La vida que se va

La vida que se va

Vicente Leñero

LA VIDA QUE SE VA
© 1999, Vicente Leñero

ALFAGUARA^{MR}

De esta edición:
© D. R. 1999, Aguilar, Altea, Taurus, Alfaguara, S.A. de C.V.
Av. Universidad 767, Col. del Valle
México, 03100, D.F. Teléfono 688 8966
www.alfaguara.com

- Distribuidora y Editora Aguilar, Altea, Taurus, Alfaguara, S.A.
  Calle 80 Núm. 10-23. Bogotá, Colombia.
- Santillana S.A.
  Torrelaguna 60-28043. Madrid.
- Santillana S.A., Av. San Felipe 731. Lima.
- Editorial Santillana S. A.
  Av. Rómulo Gallegos, Edif. Zulia 1er. piso
  Boleita Nte. Caracas 1071. Venezuela.
- Editorial Santillana Inc.
  P.O. Box 5462 Hato Rey, Puerto Rico, 00919.
- Santillana Publishing Company Inc.
  2043 N. W. 87 th Avenue Miami, Fl., 33172 USA.
- Ediciones Santillana S.A. (ROU)
  Javier de Viana 2350, Montevideo 11200, Uruguay.
- Aguilar, Altea, Taurus, Alfaguara, S.A.
  Beazley 3860, 1437. Buenos Aires.
- Aguilar Chilena de Ediciones Ltda.
  Pedro de Valdivia 942. Santiago.
- Santillana de Costa Rica, S.A.
  Apdo. Postal 878-1150, San José 1671-2050 Costa Rica.

Primera edición en Alfaguara: mayo de 1999

ISBN: 968-19-0583-0

Diseño:
Proyecto de Enric Satué

© Cubierta:
Jorge Pablo de Aguinaco

Impreso en México

A mis nietas Julia y Regina,
para cuando sea tiempo

En todas las ficciones, cada vez que un hombre se enfrenta con diversas alternativas, opta por una y elimina las otras; en la del casi inextrincable Tsui Pen, opta —simultáneamente— por todas. Crea, así, diversos porvenires, diversos tiempos, que también proliferan y se bifurcan. De ahí las contradicciones de la novela.

Stephen Albert en *El jardín de los senderos que se bifurcan*, de Jorge Luis Borges, 1941.

El ajedrez nos recuerda que el mundo es un conjunto de posibilidades casi infinitas y que hay que decidirse por una.

Luis Ignacio Helguera en
Astillas del tablero, 1998.

Capítulo I

Desde su mecedora, iluminada por una antigua y bellísima lámpara de pie, la abuela me sonrió. En lugar de la dentadura postiza, ésa que todos los ancianos depositan por las noches en un vaso de agua, con una pizca de bicarbonato, atisbé un pozo oscuro, horrible. De la encía superior colgaban sólo tres dientes amarillos, arrinconados hacia la izquierda, y de la inferior saltaban en desorden cuatro piezas carcomidas. No era sin embargo una sonrisa grotesca. Tenía una dulce manera de anunciar confianza y hacerme sentir que la visita no la importunaba. Al contrario. Qué bueno que haya venido a verme, muchacho, parecía decir. Pero dijo:

—¿No trae grabadora?

Ampliados por los gruesos cristales de sus lentes, los ojos de la abuela eran inmensos: dos canicas ágata, color ámbar, a punto de rebasar los aros de carey. Su cabello era blanquísimo. Lo llevaba corto, ondulado/

—Beto me dijo que iba a usar grabadora. Me pidió permiso.

La abuela no era mi abuela. Era la abuela de Beto Conde, un compañero al que apenas conocí en el año y medio que trabajó en el periódico. Hacía la guardia, para las noticias de última hora, y casi nadie se llevaba con él. Era cetrino, delgaducho, muy feo.

Una noche en que escribí hasta muy tarde para terminar una endiablada nota sobre los diputados de la oposición alebrestados en la Cámara, me tomé un café con Beto Conde en la redacción. Fue la única vez que conversamos.

Vivía solo, en un cuartucho de la Portales. Su familia era de Guanajuato, aunque ya no tenía más parientes que su abuela, y casi nunca la visitaba. Pero Beto no quería hablar aquella noche de su abuela, ni de su familia, ni de nada que no fuera el periodismo, me acuerdo. Estaba dispuesto a abrirse paso a como diera lugar, decía con su vocecita de homosexual clavado. Quería ganarse la fuente deportiva, especializarse en notas de beisbol, y sobresalir y resolver sus problemas económicos y escribir una novela de quinientas páginas, algún día, como todos. Yo cometí el error de vociferar tontería y media sobre las injusticias que se cometían en el periódico con los reporteros, y perdí la oportunidad de ponerle atención y saber más de Beto Conde. El tipo no me importaba, en realidad. Además de feo y maricón era gris. Le faltaba eso que se ve siempre en un periodista nato: carácter, inventiva, empuje, agallas de buen reportero. Para mí, jamás pasaría de la guardia, de una que otra suplencia, de alguna orden de trabajo importante y mal aprovechada. Pertenecía a esa carne de cañón de quienes entran a trabajar en un periódico, se llenan de ambiciones y presunciones y no despegan nunca.

Dos o tres meses después de nuestra plática insulsa, Beto Conde sufrió un accidente. Lo atropelló un trolebús que circulaba por Félix Cuevas, en el carril de sentido contrario. El muy imbécil no miró a la izquierda, cruzó la calle y el trolebús lo arrolló. Casi nadie fue al entierro. Yo andaba de vacaciones, y cuando regresé a la redacción me contaron lo difícil que había sido dar con parientes o amigos que se hicieran cargo de la pena y de las responsabilidades del fallecimiento. Aparecieron unos vecinos, algún conocido, pero la gente del periódico fue la que intervino en trámites y demás. Nos olvidamos de Beto Conde. Hasta aquel día en que

Mónica, la secretaria del jefe de redacción, me mostró una libreta azul de taquigrafía.

—Era de él —me dijo Mónica.

—¿De quién?

—De Beto. La encontré en su cajón.

Las páginas de la libreta azul estaban atiborradas de anotaciones escritas con una letra pésima, por supuesto indescifrable. Sin duda pertenecían a las noticias que Beto Conde tomaba a toda prisa por teléfono, durante su chamba en la guardia. No era eso lo que llamó la atención de Mónica, sino una frase escrita en una de las últimas hojas, después de varias en blanco:

¡AVÍSENLE A LA ABUELA!
Córdoba 140, Col. Roma

—¿Y esto qué?

—Está raro, ¿no?

Mónica me puso en las manos la libreta azul y regresó rápidamente a su escritorio porque el jefe de redacción estaba llegando a la oficina.

Me quedé mirando el recado, analizando la letra, aquí clarísima: el uso de las admiraciones y las mayúsculas; la precisión del domicilio.

Desde luego, si se refería al accidente, Beto no pudo escribir el recado después porque nunca regresó al periódico; y si lo hizo antes sólo cabían dos razones: o por una premonición, cosa que me parecía inverosímil, o porque pensaba suicidarse y el accidente había sido entonces un acto programado. No me imaginaba a ese muchacho mediocre y feúcho arrojándose al paso de un trolebús; le hubiera resultado más fácil, más seguro, menos dramático, matarse en el metro.

Rechacé pronto la idea del suicidio y me burlé de Mónica para quien la premonición estaba clarísima, según me alegó después. Terminé pensando que el recado tenía otra intención, desvinculada por completo del accidente. Beto Conde quería que avisáramos de algo a su abuela; de él, sin duda: de su situación, de su desamparo. Tal vez lo había escrito durante una crisis depresiva, o con un impulso automático, instintivo, dirigido a sus propia conciencia, a los demás en general. De otro modo no lo habría escondido en una libreta que solamente él consultaba.

Arranqué la hoja del recado y ahí la dejé durante varias semanas: en el cajón de mi escritorio. A veces me encontraba con Mónica cuando iba a recoger mi orden de información. Me decía:

—¿Por qué no buscas a la abuela de Beto?, pobrecito.

—Para qué.

—¿No eres reportero?

—Si tú me acompañas, voy.

Mónica aceptó ir conmigo a Córdoba 140, pero el día que acordamos después de varios aplazamientos, un viernes por la tarde, ella no se presentó en la oficina; se reportó con un gripón, me dijo el jefe. Fui yo solo.

Entre Guanajuato y Zacatecas, en el número 140 de la octava calle de Córdoba —según establecía el rectángulo azul de la nomenclatura—, se levantaba una casona enorme, de dos pisos, empujada hacia el fondo del terreno por un jardín selvático de árboles y plantas que no parecían haber recibido la atención de un jardinero en muchos años. Era una de esas construcciones de los tiempos porfirianos que sobrevivieron a la paulatina destrucción de lo que fue el barrio selecto de la clase acomodada. Sus muros grises, interrumpidos por las filigranas de piedra que enmarcaban ventanas y definían esquinas de volúmenes geométricos, se entreveían apenas a través de la hiedra y las bugambilias agarradas a la verja, en el límite con la banqueta. Parecía una casa abandonada. Hermosa pero triste, por el descuido exterior. Digna de una abuela obligada a refugiarse en su fortaleza de recuerdos, pensé. Enigmática mujer desde el momento en que me puse a imaginarla mientras pulsaba el timbre. Infinitamente vieja, enferma tal vez, loca, maniática. Personaje de una historia de terror.

Una mujer obesa, vestida de enfermera, me hizo sentir que acertaba en mis suposiciones. Abrió la reja blanca y me encaró con un gesto arrancado de una novela gótica.

No sabía qué responder a su pregunta. Pronuncié el nombre de Beto Conde, mencioné el accidente trágico y mi relación con él en el periódico. Inventé una plática de Beto sobre su abuela meses antes del accidente en la que mi amigo —mi gran amigo, mentí— me había propuesto presentarme algún día a su abuela para que juntos los tres conversáramos sobre los años de la Revolución.

Contraria al rechazo que cualquiera habría supuesto, la enfermera iba abriendo más y más la reja a medida que yo ampliaba mis mentiras surgidas de un creciente interés por penetrar en aquel mundo que se me imponía de pronto como una tentación. No sabía por qué. No me detenía a pensar qué demonios me importaba entrometerme en la casa y en la vida de la abuela de Beto Conde, pero cuando ya avanzaba por las losetas del jardín, con la reja a mis espaldas y la enfermera acompañándome en el breve recorrido, formulé la decisión de apurar la aventura hasta el fin. Sin duda era mi oficio de reportero, habría dicho Mónica, el motor que me impulsaba a todo, como siempre. Pero aquí todo era qué. Averiguar qué cosa. Una simple abuela, habitante de una casa vetusta, con una enfermera obesa y cuarentona que salía a abrir la reja y dejar entrar por el jardín a un perfecto desconocido, no era noticia alguna para mi periódico. Yo cubría la fuente de política, y de política no se avizoraban aquí posibles informes para el diario de mañana. No había historia, ni secreto por descubrir. A menos que de algún baúl de la casona, escondido en el sótano entre telarañas, la abuela de Beto Conde extrajera de pronto un documento amarillo firmado por Porfirio Díaz en el que se aclararan —por decir cualquier tontería— las razones ocultas del *¡Mátalos en caliente!*

Me confundo quizás. Estoy mintiendo. Estas líneas las escribo dos años después de mi primera visita a Córdoba 140, y lo que digo ahora sobre cómo me sentía cuando la enfermera cuarentona me abría la reja y me invitó con el gesto a avanzar por el jardín hasta el porche rectangular, todavía lejos de las habitaciones, no corresponde para nada con lo que verdaderamente sentía y pensaba en aquel momento. Lo escribo después de haber conversado tardes enteras con la abuela sobre las varias vidas de su vida, lo que en realidad nunca lograré comprender, como no he comprendido siquiera su voluntad de contarme a mí esta larga historia que definitivamente no es noticia de interés general para periódico alguno.

Sí, dijo la enfermera cuando llegamos al porche y después de una breve escalinata protegida por una araucaria me hizo sentar en un silloncito de mimbre; ella permaneció de pie. Sí. La señora —nunca la llamó la abuela, siempre la señora— ya sabe todo de su nieto. Le avisaron del accidente y de la muerte.

—¿Quién avisó?

—No sé. Le avisaron del periódico, me parece. Le avisaron. No sé. Vino una joven chaparrita. Yo misma la recibí. Venía del periódico, dijo. Me parece. Ya no me acuerdo, fue hace más de un año. La señora se afligió mucho pero no pudo ir al entierro, usted sabe, ella nunca sale. Se afligió mucho, mucho, pero ya está bien.

—¿Puedo verla?

La enfermera hizo un gesto que nada transmitía. Ni molestia, ni cordialidad, ni desinterés. Una simple contracción de la frente que empujó sus párpados para aproximar las cejas a sus ojos negros, pequeñitos.

—Me gustaría saludarla —insistí.

La mano de la enfermera trazó un arco en el aire, sin sentido alguno. Esos ojos negros, pequeñitos, me escudriñaban.

Era una mujer extraña. El gran volumen de su cuerpo, que de primera intención califiqué de obeso, denotaba un organismo fuerte sobre todo. Eso. Más que una gorda era una mujer robusta, corpulenta, muy alta. Su vestido blanco de enfermera le caía desde el cuello como un sayal confeccionado a propósito para disimular sus pechos, sus lonjas, sus muslos seguramente enormes. Llegaba hasta la mitad de las piernas, oprimidas por medias blancas, apenas traslúcidas, y apuntaba hacia unos zapatos tenis muy toscos que chillaban de dolor cuando la mole se movía.

Se movió como girando hacia la puerta por donde se entraba a la casona y yo entendí que me decía con el simple ademán: espéreme un momento, voy a avisar a la señora.

Me levanté del silloncito de mimbre apenas desapareció. La mujer había dejado la puerta entreabierta y eso me dio la oportunidad de atisbar, a la distancia, un salón grande y penumbroso porque las ventanas tapiadas por contraventanas de madera no permitían el paso de la luz. Contra lo que podía suponerse en una casa así, de aquellas familias, de aquellos lujos, de aquellas leyendas, había pocos cuadros y muebles dentro del salón. Algunos sillones estaban cubiertos por sábanas percudidas y el gran cortinaje de terciopelo de la ventana principal, tapiada desde luego, se había desprendido en parte como un telón en desuso. Se advertían huecos en el espacio inmenso: sillones y mesas y alfombras y adornos que ya no estaban. Un candil impresionante, como el del *Fantasma de la ópera*, había sido arrancado del techo y descansaba arrinconado junto a un piano de gran cola sin el imprescindible taburete. Advertí una mesa de billar, asomándose desde otra área que mi visual no alcanzaba, y una de ajedrez, esa sí resplandeciente, con las piezas a medio juego y los sillines de los rivales en su lugar exacto.

—Puede pasar. No tenga miedo.

La voz de la enfermera me sorprendió cuando ya me encontraba en el vestíbulo. Abría grandes los ojos para distinguirlo todo en la penumbra, mientras imaginaba preguntas reporteriles que quizá nunca me atrevería a hacer de viva voz.

La enfermera descendió lentamente y pulsó un par de botones de luz.

—Dicen que era maravilloso en los buenos tiempos —dijo.

—Todavía lo es.

—Se va acabando...

Ahora sí entré en la gran sala y miré a plena luz. Era evidente: faltaban cuadros, espejos, lámparas. Se podían distinguir, en los muros, las sombras dejadas como testimonio por las obras de arte, los gobelinos o qué sé yo la de cuadros y adornos desaparecidos de su sitio. Ninguna alfombra en el piso. Ningún retrato en las paredes.

La enfermera adivinó mis preguntas.

—La única propiedad de la señora es su casa. Vive de esto.

—¿De qué?

—De vender lo que tiene.

—Hay cosas que deben valer un dineral.

—La señora tiene muchos compromisos, hace obras de caridad. No faltan gastos y más gastos.

—¿Vive sola?

—Conmigo.

La enfermera traía una libreta en la izquierda y sonreía apenas, como si estuviera ante un anticuario de los que frecuentaban la casa —según me enteré luego— para negociar con la abuela compra tras compra. Lo iba vendiendo todo poco a poco, me explicó la enfermera. Pero sólo cuando necesitaba efectivo. Ahora un paisajito del siglo XIX, ahora una mesa de ébano que hacía pareja con aquélla, ahora la vitrina de ese rincón, el hermosísimo juego de copas de bacará.

—Mañana vienen por el candil. Es una donación para una escuela de niños down.

Iba a preguntar por la mesa de ajedrez, donde el rey negro estaba en jaque, pero la enfermera arqueó nuevamente el brazo para señalar la escalera.

—Puede subir. La señora va a recibirlo.

El salón donde encontré a la abuela era pequeño en comparación con la gran sala de la planta baja. Me sorprendió ver un televisor, con casetera y controles remotos, y el mobiliario moderno: un *love seat* y un sillón que parecía de Knoll, una mesa de centro con cristales y adornos metálicos y otra, también de cristal, donde se acomodaban tazas de cerámica y cafetera de diseño estilizado, además de una botella de Martell cobijando cuatro copitas con la forma de cubos perfectos. En el piso una alfombra esponjada, totalmente verde, sin dibujos; y en las paredes un par de pinturas muy grandes, pero de caballete, que imitaban a Siqueiros —¿o eran Siqueiros?— y la fotografía retocada a la antigua de una joven sonriente. La foto de la joven, ampliada y enmarcada en aluminio, se encontraba detrás de la mecedora de la abuela. Esa mecedora y una lámpara de pie bellísima, de fuste retorcido y ramificado en formas caprichosas, eran a la vista lo único antiguo del lugar. Además de la abuela, por supuesto, quien me tendió su mano añosa de venas azules y saltadas como las raíces de un árbol agarrado con desesperación a la tierra.

Vestía de azul, sencilla, yo diría que elegante, aunque llevaba unas pantuflas de peluche gastadas y horribles. Se mecía suavemente. Me miraba con sus ojos de canicas ágata. Me sonrió, chimuela, ya lo dije, pero graciosa, dulce:

—Beto dijo que iba a usar grabadora. Hasta me pidió permiso.

No fue necesario hacer comentario alguno sobre la tragedia de Beto Conde, ni justificar mi visita y esa apremiante curiosidad surgida en el momento mismo en que localicé, desde la banqueta de enfrente, la casona de Córdoba 140, y el jardín salvaje, y el misterio de una reja que se abre y descubre a la enfermera presentida cuando puse mi dedo en el botón del timbre. Cómo explicar y explicarme, en ese momento, el ansia por saber lo que aún no sabía que llegaría a saber. Cómo decir: estoy aquí, abuela, absorto y fascinado, metido ya de cabeza en tu remolino, hipnotizado frente a la serpiente de cascabel brotada de la cesta de un encantador marroquí cuya flauta melancólica desenrolla su cuerpo, lo levanta como en la erección de un miembro preparado ya para el placer: triunfal y balanceándose, balanceándose como la abuela, tú, en su mecedora.

No entiendo qué ocurría aquella tarde. No me lo explico, más bien. He entrevistado a toda clase de personajes famosos, mediocres, aburridos, extraordinarios. He visitado viejos políticos en oficinas y en palacetes o casonas. He sostenido conversaciones periodísticas sin que me tiemble el pulso ni me domine la emoción o la angustia por no preguntar o volver a preguntar correctamente, por no conseguir la noticia, por no ser un simple tapete que se conforma y deja ir sin comentarios el rollo demagógico de un político cabrón y colmilludo. No me sorprendo ni me asombro fácilmente, y aquella tarde, por qué carajos aquella tarde, en Córdoba 140, frente a una anciana que no era noticia, que no tenía vida pública, de la quien nadie sabía y a la que a nadie interesaba, por qué carajos estaba yo hechizado como frente a la serpiente de un pinche musulmán marroquí.

—Beto iba a escribir mi historia —dijo la abuela—. Me lo pidió. No. Se lo pedí yo, es la verdad. Beto no se daba cuenta ni entendía lo que quería contarle. Por eso acepté la grabadora, y mire lo que son las cosas, usted no trae grabadora, ¿por qué?

—No sabía.

—Ni sabe, joven. No sabe.

—Qué tengo que saber.

—La vida, joven. Mi vida, lo que voy a contarle. Nada importante, pero tan importante como toda vida, por aburrida que parezca, ¿no cree? Lo que pasa es que cada quien tiene que ir eligiendo a cada momento y eso es lo difícil: tomar decisiones... ¿Usted qué es?

—¿Yo?

—¿A qué se dedica?

—Soy periodista. Reportero.

—Usted escogió ser periodista, pero pudo escoger otra cosa, ¿no? ¿Qué pudo escoger?

—Mi madre quería que estudiara medicina.

—Entonces pudo estudiar medicina y ahora sería médico, ¿no?

—No me gustaba.

—Pero pudo ser médico, y trabajar como médico, y casarse con otra mujer, a lo mejor. ¿Usted es casado?

—Sí. Tengo dos hijos.

—¿Cómo se llama?

—¿Mi esposa? María Fernanda.

—Se casó con María Fernanda pero pudo casarse con otra, ¿no es cierto?

—No creo. Siempre me he llevado muy bien con mi mujer.

—Pero pudo casarse con otra, antes. ¿No tuvo otras novias?

—Sí, claro. Otras. Otra sobre todo.

—¿Quién?

—Una muchacha muy guapa, Lorena.

—Pero no se casó con Lorena. Y si se hubiera casado con Lorena y hubiera sido médico, usted sería otra persona, ¿no cree? Con otra mujer, con otra profesión y con otros problemas pensaría distinto, ¿no?

—Puede que sí.

—¿Nunca se ha puesto a pensar cómo sería usted casado con Lorena en lugar de María Fernanda, y dedicado a la medicina en lugar del periodismo? ¿No le gustaría vivirlo?

—No se puede.

—Usted no pudo.

—Nadie puede.

—La vida es como las alcantarillas, joven, que buscan los árboles debajo de los cuervos entre mañanas doradas y hojas de papel manila. Nadie puede entender lo que es una canción abierta a los sillones y habitada por hongos entre muchos caminos de naranjas comunes. Pensamos en las rejas y tenemos a la mano calamidades de azúcar y ventanas cerradas para que no llegue el sabor de la vainilla ni el olor de las paredes húmedas. Somos lengua de metal y carabina de espasmos, y no entendemos el idioma porque tenemos siempre palabras de hule junto a corazones abiertos y hojas de parra en lugar de botones de basura...

A veces la abuela hablaba así. En las prolongadas conversaciones que sostuve con ella durante un año y medio, dos años —todos los viernes por la tarde, escapándome del trabajo, tomándolo como mi día de descanso a la semana, grabando y desgrabando luego en la casa sus historias—, varias veces interrumpía la abuela sus relatos y se ponía a soltar peroratas como la que intento reproducir en el párrafo anterior. Desde luego el lenguaje escrito no suena como el hablado, y lo que puede parecer aquí una insensatez, entre poética y chabacana, se oía en boca de la abuela como un torrente musical que podía durar eternamente sin que yo pensara interrumpirlo. Me fascinaba. La abuela se daba cuenta y al acabar, fatigada de soltar la lengua sin hacer el menor intento de introducir una pizca de lógica en su discurso, se echaba a reír con la bocaza abierta. Los dientes horribles de su dentadura chimuela brincaban entonces, hasta que empezaba a toser ahogada por las flemas que necesitaba escupir de inmediato en el suelo, sin prestar atención a la alfombra verde, manchada en ese instante con sus gargajos. Luego sorbía a traguitos su coñac y me miraba dulcemente, largo rato en silencio.

Era un juego. El juego de los trabalenguas, decía ella. Y se empeñaba en enseñarme a practicarlo, pero yo me resistía y me resistía porque me importaba más seguir escuchando sus historias.

Todo es cosa de soltar la lengua, explicaba la abuela. Enlazar frases con las imágenes que se le vengan a uno a la cabeza, pero sin tratar de construir pensamientos coherentes. Es el sistema de los poetas, decía la abuela. O algo parecido. Sólo que aquí no se trata de comunicar, únicamente decir. Decir por decir. Hablar por hablar. Jugar por jugar una partida donde no hay vencedores ni vencidos, ni testimonio escrito, ni poema registrado para la eternidad. Los poemas me chocan y me rete chocan, gruñía la abuela. Me chocan los poetas. Me chocan los escritores. Me chocan los periodistas. Y se echaba de nuevo a reír.

Pero eso fue cuando ya tenía confianza conmigo; cuando ya llevábamos una buena cantidad de sesiones relatando ella y escuchando yo una historia que la abuela transformaba en complejísima por su empeño en introducir variantes y en saltar de la madurez a la juventud y a la vejez o a la adolescencia, y otra vez a otra madurez, a otra adolescencia o a otras de sus varias juventudes.

Aquella primera ocasión, la del primer encuentro, la abuela terminó su trabalenguas y dejó que se abriera un largo silencio en espera de un comentario mío. Tardé en decirlo, pero lo dije al fin:

—No le entendí, perdone.

—Para eso está aquí, joven, para aprender a entender.

De atrás de la mecedora extrajo un bastón en el que yo no había reparado y con él señaló el rumbo de la escalera, como despidiéndome.

—Suficiente. Ya me conoció, ya hablamos. El viernes próximo, a la misma hora, empezamos a trabajar. Pero traiga grabadora, no se le olvide.

Me levanté de golpe. Desde luego estaba decidido a regresar y a hacer lo que la abuela ordenara, pero su tono imperativo me obligó a respingar.

—¿En qué vamos a trabajar? Y por qué piensa que voy a hacerlo.

—Para eso vino.

—Vine por Beto Conde.

—Beto ya está muerto, ya no importa. Además, era muy pendejo, no iba a poder con la historia.

—¿Cuál historia?

—La historia de Norma.

—¿Usted es Norma?

—Sí —dijo la abuela y se levantó de la mecedora auxiliada por el bastón. Con el bastón señaló la fotografía de la joven sonriente que colgaba a sus espaldas.

—Soy yo.

Me aproximé para mirar con más atención la fotografía. El semblante de la abuela no parecía conservar ningún rasgo de la joven... aunque sí, podía ser.

Algo iba a comentar a la abuela sobre la fotografía, pero en la entrada del salón apareció como por un acto de magia la enfermera cuarentona.

Con ella descendí las escaleras y llegué hasta el porche. Empezaba a lloviznar.

—Espere —dijo la enfermera.

Desapareció unos instantes y regresó con un paraguas. Traté de rechazarlo, mi Tsuru blanco estaba a media cuadra, pero ella me lo encajó en la mano con un gesto imperativo, semejante a la abuela.

Juntos caminamos hasta la reja: la enfermera por delante, soportando la llovizna, y yo atrás con el paraguas abierto.

—Gracias por todo —le dije al despedirme.

—Lo esperamos el viernes —respondió la enfermera.

Capítulo II

Uno

A los once años de edad, Norma ganó a su padre una partida de ajedrez. Con un alfil acorraló al rey negro en la casilla donde se había enrocado, lo engañó luego con un gambito de torre que su padre dudó en aceptar pensando que Norma se equivocaba —todavía le dijo: ¿me regalas tu torre?— y tres jugadas más tarde saltó el caballo blanco, apoyado por la dama, para el jaque mate fulminante.

—¡Carajo! —exclamó Lucas, que así se llamaba el padre de Norma.

Lucas era entonces un hombre de cuarenta y cinco años, apasionado por el ajedrez. Jugaba todas las tardes en el segundo piso de un edificio de San Juan de Letrán, donde estaba el club, y luego de ganar casi todas las partidas a sus rivales, que lo consideraban el Maestro, se iba con ellos a tomar unos tragos. Regresaba muy tarde a casa, a punto de la madrugada. Norma oía crujir las escaleras, rechinar una puerta, y diez o quince minutos después, despacito para que no la oyera la tía Irene, subía hasta el cuarto encendido de su padre. Lo encontraba vestido, bocarriba, roncando o con una vomitada escurriéndole por la barbilla. Norma le sacaba a tirones los zapatos, le echaba una cobija encima, le acariciaba la frente y apagaba la luz. Otra vez despacito regresaba a su cama y trataba de volverse a dormir rogándole a la Virgen de Lourdes que apartara a su padre de la bebida y lo hiciera campeón mundial de ajedrez como Emmanuel Lasker o José Raúl Capablanca.

La tía Irene sabía que la causa principal del alcoholismo de su hermano Lucas era la muerte de Luchita, la esposa, cuando Norma tenía apenas tres años. A Luchita la ahogó literalmente un ataque de difteria y Lucas se culpó siempre de no haber conseguido a tiempo un médico de a de veras, no a ese imbécil de Panchito Rosas que se las daba de galeno y se dejaba pastorear como un tonto en el ajedrez, para colmo.

Cuando Luchita murió, Lucas empezó a beber en serio. La tía Irene se fue a vivir entonces con su hermano y se convirtió en la verdadera madre de Norma, desde los cuatro hasta los quince años de la chiquilla. Vivían los tres del dinero que los padres de Irene y Lucas habían legado solamente a Irene, para protegerla, dijeron, porque era mujer.

Lucas no recibió un quinto de la herencia y su sueldo de burócrata en la Secretaría de Hacienda, como supervisor en la Mesa 4 de la Oficialía Mayor, no le alcanzaba ni para sus borracheras. No le alcanzó jamás, ni en vida de Luchita. Con el ajedrez no ganaba billete, por supuesto. Era lo único que sabía hacer y lo hacía de maravilla, según los jugadores del club, pero de qué diablos le servía para la vida práctica. Si hubiera jugado de apuesta, como le aconsejaban algunos admiradores, se habría vuelto millonario, pero la simple mención de un sacrilegio tal enfurecía a Lucas al punto de los gritos y los manotazos contra la mesa.

El ajedrez es una ciencia y un arte —clamaba—. Y la apuesta corrompe; corrompe siempre, carajo, acaba con el arte. Pero muchos campeones lo han hecho y lo siguen haciendo —le decían, y le citaban ejemplos de los grandes, quién sabe si ciertos: que Janovsky y que Carlos Torre y que el mismo doctor Lasker. No sea tonto, don Lucas. Este viejo Cabañas, el millonario pulquero, el de Ixmiquilpan, juega ajedrez de apuesta, en su rancho, como si fuera pócar. Quiere jugar con usted, don Lucas, anímese. Nomás una vez. Le juntamos los pesos para entrarle y le juega un torneíto de cinco partidas. Lo pela en una noche, don Lucas, seguro. Con eso sale de problemas, se cambia de casa, paga sus deudas. Hágalo por Normita, compadre; ella necesita ropa, y educación, y colegio decente...

Se levantó de la mesa, barrió de un manotazo las piezas del tablero, se largó del club. No se paró ahí en una semana, furioso Lucas de que sus compañeros ajedrecistas como él le propusieran una inmoralidad tan atroz.

Si hubiera sido un profesional, de gran maestro para arriba, el destino pintaría muy distinto porque los profesionales ganan dinero legítimo en los torneos; van y vienen con gastos pagados a La Habana, à Moscú, a Helsinki, a Buenos Aires. Pero Lucas no aspiraba a tanto; no soy tan importante, decía. Frente a los grandes maestros internacionales soy un simple aprendiz, decía; un aficionado que gana aquí con ustedes, pero que está lejísimos de los verdaderos campeones capaces de jugar partidas a ciegas y simultáneas con veinte. No me hagan enojar otra vez, por favor. Déjeme en paz y vaya usted acomodando sus piezas, licenciado, que me lo voy a pastorear para cerrarle el pico de una buena vez.

Años antes, en vida de Luchita, ella le sugirió dar clases de ajedrez en el club o a domicilio, y cobrar como cobra un maestro de cualquier materia. Incluso la propia Luchita se ofreció a visitar un par de colegios católicos y proponer a sus directores una clase optativa de ajedrez siguiendo un modelo semejante, que el mismo Lucas platicó a Luchita, al de las escuelas de Moscú donde los alumnos aprenden ajedrez al mismo tiempo que matemáticas. Se negó a considerar siquiera la propuesta de su esposa —ya se estaba enojando, ya iba a empezar a manotear— y a la única que terminó enseñando pacientemente el ajedrez, desde explicarle lo que era un tablero y cómo se movía cada pieza hasta la salida de Ruy López y el famoso fincheto y la defensa siciliana, fue a su hija Norma, ya huérfana, cuando tenía seis, siete, ocho años.

A los once se produjo aquella partida del gambito de torre que dejó perplejo a Lucas.

—Carajo —volvió a exclamar Lucas sin apartar los ojos del tablero donde se había producido la catástrofe—. Me descuidé.

—No, papá —corrigió Normita—. Te lo preparé desde tu enroque. No le diste importancia a mi alfil.

Superada la impresión, admitida la derrota, Lucas se levantó de la mesa del comedor y sin avisar a la tía Irene se llevó a Normita al club de San Juan de Letrán donde relató a sus colegas, ahora sí henchido de orgullo, la hazaña ajedrecística de su hija, tal como lo había hecho el padre de Capablanca cuando el futuro genio ganó a los cuatro años una partida a su padre, oficial del ejército cubano. En seguida, y siempre imitando sin saberlo al padre de Capablanca, Lucas sentó a Norma frente a un tablero y convocó rivales.

Norma jugó primero con el viejo Reveles, un poeta de barba canosa y clavel en la solapa, a quien ganó llevando ella las blancas. Luego, con las negras, la niña sostuvo un duelo terrible con el Chato Vargas, un cuarentón compañero de parranda de Lucas. El Chato le llevó siempre ventaja, estaba a punto de vencerla después de cuarenta minutos de pelea, pero Norma consiguió de manera sorprendente las tablas obligándolo a un jaque continuo. Los mirones arremolinados en torno a la mesa aplaudieron el lance, y si Norma no hubiera sido una chiquilla de once años la habrían llevado en hombros a la cantina El Nivel, en la esquina de Seminario y Moneda, para festejar el descubrimiento.

A partir de ese día, y en compañía de su padre, Norma empezó a frecuentar el club de San Juan de Letrán. Iba sólo una o dos veces por semana, pero la tía Irene ponía el grito en el cielo porque el club no era un sitio decente para una niña, porque el ajedrez es un juego de hombres y la estás maleducando, Lucas —le protestaba a su hermano—, la vas a hacer marimacha, la perviertes, le das malos ejemplos, Luchita desde el cielo te va a castigar.

La verdad era que la compañía de su hija contribuyó a que Lucas se apartara de la bebida. Después del club debía llevar a Norma a su casa y ya no le quedaban ánimos para alcanzar a sus amigos en aquella cantina del Zócalo. Se quedaba tumbado en el sillón de su sala, ayudaba a Norma con la aritmética, o escuchaba radio o se ponía a estudiar frente a un tablero partidas célebres: Lasker contra Borovsky, Rubinstein contra Capablanca, Marshall contra Janovski...

Con el alejamiento y la posterior renuncia total a la bebida —en lo que ayudaron los chochos de un médico homeópata— se produjo poco a poco la transformación de Lucas. Se bañaba más seguido, se empezó a vestir mejor, se recortó el bigote, sacó de un cajón del ropero el viejo reloj de leontina que había usado su padre hasta la muerte y lo ensartó en su chaleco para presumir de *gentleman*, murmuraban sus vecinas. También las vecinas murmuraron a la tía Irene que a Lucas le había empezado a dar por visitar burdeles, pero él lo negó de manera categórica.

Es una calumnia infame, viejas chismosas —gritó entre mil aspavientos, aunque luego, de soslayo, argumentó su derecho al amor, su necesidad de mujer cuando todavía era un hombre joven, maduro ya pero joven de sentimientos, en la plenitud de sus facultades físicas y mentales, ansioso por rehacer su vida al lado de una esposa capaz de hacerlo feliz en este su segundo y último aire.

Norma cumplía quince años cuando su padre anunció su próximo casamiento con Carolina García.

Ni la tía Irene ni las vecinas tenían la menor idea de la tal Carolina García, quien resultó ser una secretaria suplente de la misma Oficialía Mayor donde trabajaba Lucas en la Secretaría de Hacienda. Alta, caballona, con pechos de llamar la atención y un semblante cargado siempre de color y maquillajes, la prometida del padre de Norma fue reprobada con cero por la tía Irene la misma noche en que Lucas la llevó a su casa para presentarla con su hermana y su hija. Es una pintarrajeada, la calificó la tía Irene, y desde ese momento el apelativo se le quedó pegado como una estampilla.

—¿Pero no te das cuenta, Lucas? Parece una güila... Si esa mujer entra en esta casa, aunque sea como tu esposa, ¡yo me largo!

Lucas no esperaba que hiciera otra cosa su hermana. Defendió como un chiquillo su romance y dejó que la tía Irene, durante días, repitiera su taralata de largarse a Guanajuato donde vivían unos primos hermanos, los Lapuente, que adoraban a Irene y por supuesto a Normita. Durante años le habían insistido los Lapuente: vente a vivir a Guanajuato y tráete a Normita, Irene. Aquí tienes casa, comodidades, no te faltará nunca nada, jamás. Aquí hay un ambiente sano, religioso, moral. Tu hija —se referían siempre a Normita como "tu hija"— está creciendo y necesita respirar y aprender buenas costumbres. Qué futuro tiene esa niña con un padre jugador y borracho. Vente con nosotros a Guanajuato, Irene.

—¡Me largo a Guanajuato! —volvió a gritar la tía Irene una semana antes de la mentada boda de Lucas con la tal Carolina García, la Pintarrajeada—. Pero me llevo a Norma.

—Eso sí que no —respondió Lucas, furioso.

—¡Me la llevo!

—¡Jamás!

—¡Me la requetellevo!

—¡Sobre mi cadáver!

Empezaron a pelear. Se dijeron cosas horribles. Lucas manoteó contra la mesa y la tía Irene estrelló un plato de porcelana en la esquina del trinchador.

—Que ella decida —propuso Lucas cuando los ánimos se calmaron, aunque la tía Irene continuaba resollando como una caldera.

Vestida de azul, con los ojos muy abiertos, asustada por los gritos que se oían hasta su recámara, Norma avanzó despacito por la sala. Aún llevaba los caireles de su fiesta de quince años y a pesar del susto se veía como una flor. Así le decían las vecinas cursis de la tía Irene: eres un capullo de rosa abriéndose a la vida, al aroma del amor, a la esperanza...

—Tú decide, Norma —dijo Lucas apoyando suavemente su derecha en el hombro de la chiquilla—, ya tienes edad para elegir. Te quedas conmigo o te vas con tu tía Irene a Guanajuato.

Norma miró los ojos empañados de su tía mientras la mano de Lucas le presionaba apenas el hombro. Guardó silencio un rato, pero al fin dijo:

—Me quedo contigo, papá.

Dos

Recién casada con don Lucas —la tía Irene viviendo ya en Guanajuato—, Carolina García trató de ser una buena madrastra para Norma, pero las buenas intenciones no florecieron porque las dos mujeres tenían poco en común. Carolina no jugaba ajedrez. Carolina cocinaba muy mal. Carolina se arreglaba como una mujerzuela. Carolina nunca iba a la iglesia: era de esa gente que estuvo con el gobierno en tiempos del conflicto religioso.

—Así es imposible.

Gracias a la tía Irene y al colegio de monjas en la clandestinidad, Norma fue muy religiosa de niña, y ya mayor, ahora, asistía a misa y comulgaba todos los días. Los sábados por las tardes daba doctrina a los niños en el templo de Santo Domingo.

Le gustaban los niños, sobre todo los desarrapados que llegaban con la barriga hecha un hueco y se retacaban luego con los dulces y chicles que ella y su amiga Paquita Suárez repartían al terminar la instrucción. Había más para los que ya sabían persignarse o recitar de memoria el Señormiojesucristo indispensable para recibir la primera comunión, pero Norma hacía trampa. Premiaba con bolsas enteras de caramelos o hasta con monedas que sacaba a escondidas de su bolsita a los más desamparados, aunque hubieran respondido mal o pésimo a las preguntas del catecismo de Ripalda.

Tenía predilección por uno: Joel, un chiquillo esquelético de ocho años que se quedaba sentadito o paradito en la banca sin realizar el menor esfuerzo por la difícil santiguada o por enunciar el misterio de la Santísima Trinidad, lejísimos de su entendimiento. Nada hacía y nada decía Joel, sólo mirar el altar o escuchar hipnotizado a las señas hablando y hablando o de pronto soltando un sonoro manazo a los rebeldes que trataban de subir al presbiterio. Norma le cogió cariño a Joel porque era pobre, y tonto, y tal vez, sobre todo, porque era huérfano de padre y vivía con un padrastro asqueroso que lo azotaba y que maltrataba igualmente a su madre.

Lo supo Norma un día en que se ofreció a acompañar a Joel hasta el cuartucho de su familia, cuadras atrás del templo de Santo Domingo. Joel acostumbraba ir y regresar solo a la doctrina, pero esa vez regresó con Norma y Norma conoció la mísera vivienda cayéndose, la suciedad y la pestilencia del sitio, el amontonamiento de escuincles más pequeños que Joel exasperando a la madre: una mujer greñuda, grosera, que no hizo más que lamentarse de su pobreza y pedir dinero a la muchacha porque su marido, trabajador de limpia, se lo gastaba todo en la pulquería.

Tanto se impresionó Norma con aquella miseria, que sin averiguar si la mujer exageraba con el ladino propósito de sacarle dinero —como le advirtió su amiga Paquita— llegó corriendo a la casa, entró en su recámara, y con la llavecita dorada abrió su cajita de Olinalá de donde sacó el último recuerdo valioso de su madre: los aretes de esmeraldas con montadura de oro. (Lo demás pertenecía ahora a la Pintarrajeada: el collar de perlas, el brazalete de plata, los pendientes antiguos de la bisabuela...)

Norma decidió no volver a la vivienda, pero tuvo que contrariar su propósito porque Joel dejó de ir de repente a la doctrina. Pasaron tres sábados y nada. Cuatro. Acompañada de Paquita regresó con la mujer greñuda que continuaba allí, regañando y azotando escuincles. Cuando vio a Norma, la greñuda alzó los brazos y se soltó a llorar a gritos. En un resuello explicó que a Joel le había dado tosferina y estaba muerto, mire nada más qué desgracia, seño. Y ya había hasta pensado en regalárselo —moqueaba la greñuda— porque con usted iba a estar mejor. Pero si se le antoja, a la de buenas, le doy otro de mis hijos, este Mayolo, mire, no le vaya a pasar lo mismo.

En la calle, ya de salida, cuando las dos amigas doblaron la esquina rumbo a Belisario Domínguez, Norma se soltó llorando en brazos de Paquita. También a Paquita se le escurrían las lágrimas.

No se alivió nunca del impacto la pobre de Norma. Dejó de dar clases de doctrina, aunque siguió yendo a la iglesia todos los días: a misa y a comulgar. Y lloraba delante de la Virgen de Lourdes. Y le pedía a su madre y a Joel, convertidos en ángeles del cielo, que la auxiliaran en las penas de la vida: en el sentirse fea, en el saberse ignorada por los jóvenes como si sólo Paquita tuviera buen cuerpo, en el no poder con la pesada carga moral de su madrastra...

La Pintarrajeada era el mayor problema de Norma cuando la chica dejó atrás la pubertad. Sus relaciones habían empezado regular, siguieron mal y se veían pésimas el año en que don Lucas tomó la decisión de mudarse a un segundo piso de la calle de Donceles para escapar de las vecinas —siempre nostálgicas de la tía Irene— quienes se la pasaban criticando a Carolina hasta el extremo de provocar un pleito fenomenal porque al decir de una de ellas la Pintarrajeada le echaba ojitos a su marido, la muy cuzca. Lo que Carolina no soportó fue el apelativo, agarró de los cabellos a la calumniadora, en plena vía pública, y la zarandeó hasta dejarla tendida y moqueando en la banqueta.

Entonces se fueron a Donceles. Lo celebró Norma por mucho que le doliera abandonar la casa de su madre en la calle de la Palma: siempre la consideró sagrada, pero cuando esa maldita entró —así gemía mientras se confesaba con el padre Ramiro en el templo de San Francisco— se cometió un sacrilegio imperdonable, por muy casado que estuviera su padre con esa mujer. Una cosa es la ley de Dios y otra cosa es el odio. Y ella odiaba a Carolina. Odiaba su voz. Odiaba su aliento. Odiaba su figura caballona. Odiaba sobre todo esos pechos enormes que sin duda acariciaba su padre entre risas y jadeos y chasquidos que trepaban el muro y la cabeza de Norma, ella retorcida en la cama, atiborrada de cobijas, taponeándose las orejas y cerrando los ojos para no ver con los oídos lo que está sucediendo al otro lado, padre, me acuso de oírlo y saberlo y odiarlo, padre, usted no sabe lo que es eso.

A los diecinueve años, Norma tenía por lo menos dos de haberle quitado la palabra a su madrastra. La ley del hielo. Se produjo como un pacto tácito entre ambas y con ello se acabaron discusiones sobre el manejo de la casa: cada quien se hizo responsable de su propia comida, por ejemplo. Carolina cocinaba para don Lucas y para ella, y Norma se preparaba sus propios guisos que comía antes de que su padre se presentara en la casa. Como don Lucas estaba llegando tardísimo por las responsabilidades adquiridas en su nuevo cargo como intendente primero del oficial mayor en la Secretaría —¡el primer ascenso de su vida, ambicionado durante años!—, la ausencia de su hija en la ceremonia del comedor no era de manera alguna notoria. Y más explicable fue cuando la muchacha consiguió trabajo en una zapatería de Dieciséis de Septiembre. No era un empleo del otro mundo. Norma acababa con la espalda triturada luego de pasarse mañana y tarde encajando zapatos en los pies derechos o izquierdos de mujeres remilgosas, pero el trabajo permitía tener y gastar su propio dinero, lo que significaba libertad e independencia. Ya no necesitaba rendir pleitesía a su madrastra como reina y señora de la economía doméstica, ni mendigarle los pesos que su padre aportaba para el gasto familiar.

En lo relacionado con el ajedrez, Norma acompañaba de vez en cuando a don Lucas al club de San Juan de Letrán: una tarde cada quince días, en los mejores momentos. Todos la querían allí a pesar de que ya no jugaba como a los once años. Había perdido agresividad, agudeza, visión para anticiparse a las celadas de los rivales. Se distraía con frecuencia y ganaba, por lo común, una de cada cuatro partidas. Se conformaba con hacer tablas. Sólo a veces, ante contendientes que le picaban la cresta llamándola la chiquita Capablanca, renacía su casta de ajedrecista, su imaginación y su fiereza, y vapuleaba al contrario como si en ello le fuera la vida. Pero eso sucedía rara vez. Lo normal era anticiparse a la derrota inclinando su rey cuando los mirones pensaban que aún podía defenderse, o conseguir tablas tras un acelerado cambio de piezas para no prolongar el encuentro. Y ya. Era como si sus visitas al club sólo tuvieran el propósito de mantener el vínculo amoroso con su padre. Tal vez, en lo profundo, ése fue siempre el móvil de Norma. No la ambición de ganar. No el gusto por competir. No la entrega absoluta a un juego para el que estaba dotada de manera sorprendente.

El de la entrega absoluta era don Lucas, y cada día jugaba mejor al ajedrez con su sólido estilo posicional. Observando con atención sus aperturas abiertas, analizando las variantes con las que iba creando ejes de poder y de presión, Norma se asombraba del nivel imaginativo alcanzado por su padre.

—Estás hecho un campeón —le dijo una noche cuando lo vio coronar un peón de torre que su rival, como lo habría hecho cualquier otro estratega sensato, había menospreciado hacia el final. Y don Lucas era casi un campeón. Aceptó que sus amigos lo inscribieran en los torneos previos para aspirar al campeonato nacional, y demoliendo rivales, eliminando favoritos, llegó al combate final contra el teniente José Joaquín Araiza, el gran campeón mexicano que en 1934 destronó al legendario Carlos Torre Reppeto vencedor alguna vez de Emmanuel Lasker.

Don Lucas peleó con Araiza de tú a tú. Pudo ganarle pero el nerviosismo, la seguridad disminuida por estar jugando contra el campeón de México lo llevaron a ser cauteloso —según apreció Norma— y a cometer un error en la última partida: el terrible error de no cambiar a tiempo su alfil negro por el caballo de Araiza, lo que aprovechó maravillosamente el veterano y lo aplastó.

—Eres subcampeón —le dijo Norma cuando regresaban a casa, caminando bajo una llovizna tenaz—. Debes sentirte orgulloso.

—Al carajo —replicó don Lucas—. En el ajedrez no hay segundos lugares. El que gana gana y el que pierde pierde. ¡Al carajo!

—Para mí eres el campeón de mi corazón —dijo Norma y se repegó a su costado mientras la llovizna les hacía chorrear el cabello.

En el club de San Juan de Letrán la hija de don Lucas conoció a Toño Jiménez una tarde en que la muchacha consiguió tablas con el poeta Reveles. Era el mismo Reveles de ocho años atrás, su primer contendiente en el club, pero se veía igualito: con su barba blanca, su frente sin arrugas y su clavel en la solapa. Toño aproximó una silla para observar la partida desde el principio. Pidió antes un permiso que ningún mirón del club acostumbraba solicitar, y con los codos en la mesa y la quijada apoyada en sus manos abiertas permaneció casi inmóvil durante todo el desarrollo.

Más que mirar el tablero, el joven miraba a Norma: su cabello largo y suave, sus cejas ligeritas, el gesto de morder la punta de su dedo meñique antes de una jugada decisiva, el chasquido de su boca al proclamar un jaque, la manera elegante y profesional de tomar una pieza capturada y sustituirla por la suya con un solo movimiento entrelazando sus dedos, la dulzura de sus ojos al mirar al contrario, su risa de campanitas...

El poeta Reveles dijo tablas y se levantó. Se mesó la barba satisfecho, bordeó la mesa para dar una palmada afectuosa en el hombro izquierdo de Norma, le guiñó un ojo. Luego se fue.

Hasta ese momento se volvió Norma hacia Toño, quien había dejado de sostenerse la cabeza y la miraba sin parpadear. Norma parecía enojada.

—Por su culpa no gané.

—¿Por mi culpa?

—No pude concentrarme. Debí cambiar la reina mucho antes.

—Yo no dije una palabra.

—Ay, no se haga el inocente, sabe muy bien de lo que estoy hablando.

—Usted me pareció más interesante que el juego, ¿qué tiene eso de malo? Es muy guapa.

Norma se levantó de un sopetón y fue hasta donde su padre jugaba. No volvió a dar la cara a Toño Jiménez.

Dos días después, una mañana temprano, al salir de San Francisco, Norma oyó pronunciar su nombre en tono de llamado. Giró la cabeza: era Toño Jiménez. El muchacho había oído misa cerca de ella, pero Norma no se dio cuenta. Por eso se sorprendió al verlo avanzar a zancadas para alcanzarla. Toño estiró al fin su derecha para tocarle el codo con la punta de los dedos, pero ella sacudió el brazo de un tirón. Se echó la mantilla hacia atrás.

—Por qué no deja de molestarme.

—Sólo quiero hablar con usted, ¿no se puede?

—No nos conocemos.

—Nos conocimos el martes, ¿ya no se acuerda?

—Nadie nos ha presentado.

—Cuál es el problema. Soy Antonio Jiménez Careaga. Tengo veinticinco años, estudio/

—Ay qué chistoso.

Norma echó a caminar con decisión. Volvió a alcanzarla Toño, la sujetó del brazo, ella lo sacudió.

—No sea malita. No tengo malas intenciones, sólo quiero conocerla. —El muchacho hizo una pausa para dar tiempo a la réplica, pero Norma se mantuvo en silencio; lo miraba con frialdad. —Vámonos viendo en el club hoy en la tarde.

—Al club se va a jugar.

—Pues jugamos, cuál problema. La reto, le doy las blancas. Soy muy bueno, ¿eh?, fui campeón en la preparatoria... ¿En la tarde, sí?

—No puedo.

—Mañana.

—No puedo.

Caminaban ya por el atrio rumbo a Madero. Norma aceleraba el paso.

—¿Y qué tal el martes de la semana próxima?

—Ya le dije que no puedo.

—¿Y el viernes?... Se me hace que me tiene miedo, por eso no quiere jugar... ¿El viernes de la semana próxima?

—No —dijo Norma al llegar a la calle. Toño ya no la siguió.

La mañana de aquel viernes el dueño de la zapatería de Dieciséis de Septiembre, don Günter Volkov —un viejo alemán bigotón y malencarado, enérgico con sus empleados—, se acercó a Norma para cuchichearle que tenía una llamada telefónica, que no se fuera a entretener. Norma terminó de calzar el botín izquierdo a una descontenta rodeada de zapatos y cajas abiertas, antes de acudir al llamado que supuso de su padre. Era Toño Jiménez. Sólo quería recordarle su cita de esa tarde, que no se le fuera a olvidar: usted lleva las blancas.

—No voy a ir.

Norma se puso el vestido de florecitas que le regaló su padre al cumplir diecinueve. Se recogió el cabello hacia atrás. Se pintó los labios de un rojo suavecito. Muy poco colorete en las mejillas, sólo lo necesario para vencer esa palidez que la enojaba con ella misma. La medalla de la Virgen de Lourdes sujeta a la cinta de cuero. La pulserita de Taxco. Los zapatos de tacón alto. Después un suéter para disimular cualquier vislumbre de elegancia.

Se observó largo rato en el espejo del baño. No era guapa como le había mentido Antonio Jiménez ni su cuerpo podía competir con el de Paquita, aunque tenía labios bien definidos, curveados al centro, y una sonrisa simpática; no estaba tan echada a perder. Algunos hombres la asediaban a miradas en el tranvía, le cedían el asiento con exceso de ademanes, la tomaban del antebrazo en el momento de descender por el estribo. Atraía sin duda al licenciado Rosas, el vecino del siete, con la única contrariedad de que Rosas era un hombre casado. También al güerito con quien tropezaba siempre en la farmacia, qué casualidad. Y a Olegario, el mandadero de la zapatería. Y a Julito, el primo de su madrastra. Y a más de uno de los jugadores del club, el moreno de lentes, el estirado que siempre salía P4R, ¿quién más? Quién más le gustaba a ella de veras, porque de no ser el licenciado Rosas, ninguno le parecía atractivo. Antonio Jiménez. Sí, ése. Antonio Jiménez era el primero desde que dejó atrás su adolescencia; porque antes, de niña, cuando su primera regla, se sentía la más popular de la calle de la Palma: jugaba y coqueteaba con todos y pagaba por ello los tremendos pellizcos de monja conque la martirizaba su tía Irene: Una niña decente no se porta así, Norma; baja la cabeza, camina mirando el piso, no hables nunca, nunca, con desconocidos, ¿me estás oyendo, mocosa?

¿Qué estará haciendo la tía Irene?, se preguntó. La extrañaba. Sus últimas cartas eran muy cariñosas. Le hacía mucha falta. Este año iría a verla a Guanajuato por segunda vez. La primera, cuando cumplió diecisiete, sirvió para que tía Irene la perdonara por no querer vivir con ella en la casona de los Lapuente: el tío don Lucio, primo hermano de su padre y de su tía, los tres hermanos Lapuente, Lucio, Luciano y Luis, primos segundos suyos; qué casota tienen, qué rancho de no saber dónde se acaba, qué amables y guapos son, en especial el primo Lucio, fortachón y de mirada bien pícara a la hora de la plática en la sala durante la copita de oporto. Ni lo mande Dios, es pariente muy cercano.

Antonio Jiménez.

Sí, Antonio Jiménez Careaga. Toño. Sonreía pensando cómo lo había tratado de mal en el club y a la salida de San Francisco. Pobre. Se creció al castigo el muchacho, muy bien, así debe ser. Ahora a ver cómo salen las cosas y cómo su ángel de la guarda la ayuda para no meter la pata. Le daba miedo, mucho miedo.

Don Lucas pasó por Norma para ir juntos al club. La Pintarrajeada no estaba en casa: de seguro andaría poniéndole los cuernos a su padre, desde muy temprano. ¡Qué razón tenía la tía Irene!

—Parece que vas a una fiesta —dijo don Lucas.

Norma cerró los dos primeros botones de su suéter como única respuesta.

Don Jacinto Morales, un millonario sesentón retirado de los negocios y fanático del ajedrez, esperaba a don Lucas en el club de San Juan de Letrán. Era un buen jugador, al decir del presidente del club a quien este don Jacinto había nombrado su maestro y asesor. Dos veces a la semana el presidente del club se presentaba en la suntuosa residencia que tenía el millonario en la prolongación del Paseo de la Reforma, y entre partida y partida le enseñaba —por ejemplificar algo— los más célebres gambitos en la técnica de las aperturas: el gambito del alfil del rey, el gambito del centro, el increíble gambito de la dama... Tan útiles y satisfactorias le habían sido aquellas lecciones a don Jacinto, que el millonario se ofreció a pagar el alquiler mensual del piso donde se asentaba el club en aquel viejo edificio de la avenida. No sólo eso: al poco tiempo entregó a su tutor un fuerte donativo para tareas de remozamiento con el cual se resanó y pintó el interior del local, se mandaron construir nuevas mesas de caoba, se cambiaron los viejos sillones por otros flamantes de vaqueta sonorense, se adquirieron potentes lámparas de diseño art decó, se transformó, en una palabra, el ambiente deteriorado, penumbroso y húmedo del lugar, hasta convertirlo en un verdadero templo del ajedrez a la altura del mejor club europeo, como decía con alto orgullo su presidente que mucho había viajado y bien conocía los exclusivos aposentos donde se practica con seriedad y entrega la estimable actividad del juego-ciencia.

Ya tenía un año de remozado el sitio y don Jacinto Morales sólo se había parado allí, muy de carrera y por insistencia del presidente del club, un lunes por la mañana para verificar de una ojeada el buen aprovechamiento dado a su generoso donativo. A jugar, nunca había ido. Don Jacinto sólo jugaba en la biblioteca de su residencia, con diletantes selectos o extranjeros de los más diversos países —lo mismo de Nueva Zelanda que de Rusia o Turquía— invitados con todos los gastos cubiertos a la ceremonia de un torneo privadísimo. Competían en un gran tablero adosado a una mesa de ébano y con piezas de marfil, de diseño tradicional por supuesto, pero talladas y firmadas por el célebre Pierre Emile Tradeau, discípulo de Renoir.

Una tarde reciente, luego de una brillante explicación sobre las catorce variantes de la apertura española y la polémica posición A2R considerada la más segura para las negras, el presidente del club invitó a don Jacinto Morales a jugar en San Juan de Letrán. El millonario comenzó rechazando, desde luego, hasta que el presidente del club le habló de don Lucas: nuestro mejor ajedrecista, dijo. Lo describió de tal manera, le narró con tal vehemencia el estilo laskeriano y las hazañas recientes y pretéritas de don Lucas, que luego de una chispa brillando en los ojillos engolosinados —característica de todo jugador adicto— don Jacinto Morales movió afirmativamente la cabeza.

—Vamos a ver.

Cuando don Lucas y Norma llegaron al club, el sitio estaba repleto, lo que sorprendió a la muchacha. Nada le había anticipado su padre sobre la identidad y la presencia de don Jacinto Morales porque para don Lucas se trataba de un compromiso ajedrecístico más, fuese cual fuese la personalidad económica del contendiente. Si se hubiera tratado de Moisés Glicco, de René Praté o de un campeón internacional de la talla de Max Euwe —por exagerar el ejemplo— la actitud de don Lucas habría sido muy distinta. Entonces sí que estaría rascándose la nariz, paseando de un lado a otro, venciendo con tazas de café la cruda del insomnio. Pero un excéntrico como el mecenas millonario, habituado a jugar en secreto con otros excéntricos como él y con piezas talladas por un escultor de seguro loquísimo, no le merecía verdadero respeto.

—A ver qué tal frente al tablero, carajo.

Antes que ir a fisgonear a don Jacinto Morales, rodeado de gente, recibiendo halagos, Norma buscó entre la multitud a Antonio Jiménez. No estaba. Miró aquí. Miró allá. Fue hasta el rincón, junto a las oficinas: No, no vino.

Luego de las presentaciones y del brindis con café —la copa estaba prohibida en aquel tiempo en el club— don Lucas y don Jacinto Morales se sentaron frente a frente. Servicial hasta el extremo con el invitado y mecenas, el presidente hizo un panegírico del visitante y en seguida volcó las piezas en el tablero. Había establecido ya, con mucha precisión, la distancia a la que debía ser observada la partida.

Antonio Jiménez no llegaba.

Aunque don Jacinto quiso echarlo a la suerte, don Lucas se empeñó cortésmente en cederle las blancas. Y empezaron.

Antonio Jiménez no llegaba.

Fue una partida relativamente rápida. Apenas el millonario abrió con la Ruy López, don Lucas empezó a contratacar echando por delante los caballos y habilitando su dama. Don Jacinto se fue al cambio de piezas y le preparó muy bien un par de celadas que debilitaron el enroque prematuro de don Lucas. Jugaba mejor don Jacinto de lo que el padre de Norma había supuesto. Era un rival de primer nivel aunque le faltaba imaginación y audacia, quizá, para lanzarse a fondo. El caso es que la partida no emocionó a nadie y terminó tablas.

No llegaba, ya no llegó Antonio Jiménez. Maldito.

A la mitad de la segunda partida Norma se asomó entre los mirones para averiguar cómo iba su padre. Tenía atrapado a don Jacinto, cerrado el paso de la torre del rey. Si papá busca el cambio de caballos y lo traspeona —calculó Norma—, el viejo está muerto. En efecto, don Lucas cambió su caballo. Don Jacinto comió con el peón y quedó en una posición incómoda. Luego don Lucas movió su reina blanca al centro del tablero para anticipar un jaque. Don Jacinto inclinó su rey.

Cuando algunos contendientes empezaban a aplaudir, el presidente del club levantó su derecha, discreto, y los contuvo.

El millonario se puso de pie. Pretextó una cena en el Prendes con don Rafael Sánchez Tapia, secretario de Economía Nacional, antes de salir a grandes zancadas acompañado por el presidente del club.

Media hora después de que desapareció el millonario derrotado llegó Antonio Jiménez, presuroso y jadeante. La concurrencia se había convertido en unos cuantos. En los sillones de vaqueta sonorense don Lucas cambiaba impresiones con el presidente del club, sin duda sobre el orgullo lastimado de don Jacinto —quién sabe cómo lo vaya a tomar, a ver si no cancela la subvención—, mientras Norma, aburrida, observaba con desgano cómo el poeta Reveles destrozaba sin piedad a un joven tembloroso y fumador a quien pocas veces se veía en el club.

Apenas localizó a la muchacha con los ojos bailadores, Toño se precipitó hacia ella.

Norma lo vio a distancia, pero decidió ignorarlo sin variar de posición: el codo apoyado en la mesa, la mano sosteniendo la quijada, el gesto somnoliento.

—Perdón. Se me hizo tardísimo. Perdón.

Norma tardó en hablar. Tanto que el poeta Reveles retiró su mirada del tablero para ver a Toño por encima de los anteojos: el muchacho estaba tenso, se estiraba el cabello con los dedos.

—Ya me iba.

—Es que tuve un examen y se me complicó todo. Perdón.

—¿Un examen a estas horas?

Toño marcó varios síes seguiditos con la cabeza. Norma se levantó.

—Ni modo.

—¿No jugamos?

—Se acabó el tiempo.

—Espéreme, déjeme explicarle...

Desde el sillón de vaqueta sonorense don Lucas volvió la cabeza cuando sintió que Norma se acercaba. Detrás iba Toño a quien la mirada del padre frenó de golpe.

—¿Nos vamos papá?

—Cuando quieras.

Dos semanas después, Norma y Antonio Jiménez empezaron a salir juntos. Se encontraban en la misa de siete en San Francisco, Toño iba por ella a la zapatería de Dieciséis de Septiembre, caminaban cogidos de la mano por las calles del centro, remaban algún sábado temprano en el lago de Chapultepec... Antes de eso, el muchacho confesó toda la verdad: la anduvo espiando durante dos o tres meses; en un par de ocasiones la vio entrar en aquel edificio acompañada de un hombre a punto de la calvicie, sin duda su padre, y hasta que la siguió por las escaleras al segundo piso descubrió que el lugar era un club de ajedrez. De ajedrez él no sabía ni cómo avanzan o saltan las piezas en el tablero, por ello habría hecho el ridículo desde los primeros movimientos, ¡qué vergüenza!, a lo que obliga el amor. Su historia personal, por otra parte, era poco interesante, más bien sosa, dijo.

Antonio Jiménez Careaga vivía con su familia en una casa grande, con jardín al frente, de la colonia Roma. El padre, madrileño de origen, era notario de sobra conocido en los altos círculos, y la madre, una modista excepcional a quien acosaban las damas de sociedad porque nadie como Elvirita para reproducir y hasta mejorar los figurines de la moda recientísima de París. Toño tenía dos hermanos: Jaime, el menor, y su hermana mayor María Elena. Él estudiaba medicina en la facultad de Santo Domingo. Según sus cálculos, conjeturaba recibirse en tres años, una vez aprobadas Cirugía 3 y Cirugía 4, que eran su coco. No pensaba ser cirujano porque le fallaba el pulso y se horrorizaba en las prácticas escolares de las autopsias; ya lo habían reprobado una vez en Disección 1 cuando su bisturí confundió el músculo milohioideo del cuello con el estilogloso. Prefería ser pediatra, a lo mejor neurólogo, y planeaba abrir un consultorio privado en la colonia Juárez, como el consultorio del doctor Torroella. Antes de ingresar en medicina estudió seis meses en el seminario de los dominicos. No pudo, no era su vocación por más que su madre le rogaba y le rogaba, hijito. Ni modo. Creía en Dios con toda su alma y todas sus fuerzas, claro está, aunque no al grado de aceptar quedarse célibe de por vida y dedicado a la predicación pastoral como exigía el espíritu de la orden de Santo Domingo. Si no podía siquiera hilvanar una conversación sesuda entre amigos, menos plantarse en un púlpito a comentar las siete palabras del viernes santo. Le pedía a Dios, eso sí... siempre le pidió a Dios encontrar una joven piadosa, así como Norma, para formar juntos una familia católica.

—Te quiero.

Estaban en la esquina, a media cuadra del edificio de Donceles y a punto de las nueve de la noche, pero ninguno de los dos quería despedirse. Se les había ido el tiempo como un suspiro, encendidos por la urgencia secreta de juntar esos cuerpos que apenas se rozaban.

Toño tomó a Norma de los hombros y sin aproximarse mucho inclinó la cabeza para besarla suavemente en los labios.

—Yo también.

Esa noche, allí, Norma se sintió volar. Volando subió las escaleras del edificio. Volando entró en el departamento sin prestar atención a la majadería que le gritó la Pintarrajeada, tumbada en el sillón con las piernotas abiertas, el radio a todo volumen. Volando fue a encender el bóiler. Volando cruzó a su recámara y luego entró en el cuarto de baño. Volando llenó la tina con agua caliente, muy caliente.

Toño pudo hacer mucho más largo el beso y abrazarme más fuerte para sentir mis pechos en su cuerpo. Pudo acomodarse, abrir la boca y abarcar la mía y luego mover su lengua. Pudimos seguirnos besando y besando hasta las nubes, sin miedo, porque donde hay amor todo se vale. Qué tonto. No se atreve —pensaba Norma sepultada hasta el cuello por el agua caliente, con los ojos cerrados, acariciándose el cuerpo como si sus manos fueran las manos ricas de Toño—. Qué tonto, Dios mío, qué tonto. Qué desperdicio.

Descendió hasta el pubis. Pensó en masturbarse, pero era pecado.

La misma noche en que Norma llevó a Antonio Jiménez al departamento de Donceles para presentarlo a su padre, don Lucas tuvo un pleito fenomenal con Carolina García.

Por quién sabe qué reclamo tonto de don Lucas, tal vez porque no habían mandado su traje a la tintorería o porque la sala estaba hecha un basurero, la Pintarrajeada se prendió como un cohete y empezó a llenarlo de reclamos; primero, que la falta de atenciones para con ella, a quien trataba como a una criada, para terminar gritándole horrores de sus malditas partidas de ajedrez que la tenían harta porque él prefería una pinche torre, un pinche peón o un pinche caballo joto que a su propia esposa encerrada en ese infecto departamento, sin oportunidad de ir jamás a un teatro o a un salón de baile, escondida de sus amigotes como si sintiera vergüenza de quien es su legítima mujer y no una puta cabaretera, y quien al fin de cuentas, cabrón, también tiene necesidad de divertirse y no la obligación de estar aquí nomás esperando a qué hora llega el baboso de su marido echando lumbre porque le rompieron la madre con un jaque mate estúpido.

Don Lucas empezó a manotear como siempre y en una de ésas soltó un cachetadón a su esposa mientras cometía la soberana idiotez de llamarla con el apelativo de la Pintarrajeada.

Ella escupió como respuesta un par de palabrotas y salió del departamento dando un portazo. En la entrada del edificio se cruzó con Norma y Toño, que iban llegando. Antes de que Norma completara un ademán y formulara una frase para presentar a Toño, Carolina García ya estaba en la banqueta luego de lanzar un fugaz gesto de desprecio a la pareja, lo que equivalió a una trompetilla.

—¿Quién es? —preguntó Toño.

Norma iba a mentir con un No sé, pero admitió: —Mi madrastra.

A pesar del malhumor explicable de don Lucas y de una cena en exceso informal, se diría que improvisada, Toño se sintió cómodo y se pasó un buen rato hablando de cómo se consiguen y llevan al anfiteatro de la escuela los cadáveres para las clases de cirugía, y de cómo nunca falta un par de alumnos desmayados durante las prácticas de disección, porque eso de ver el chisguetazo de sangre y sentir cuando la carne se abre bajo la presión del bisturí...

Bastó con que Norma hiciera un levísimo movimiento con los hombros, como de escalofrío, para que Toño se diera cuenta de lo impropio de su conversación en el momento mismo de estar todos cortando los bisteces de la cena. Frenó de golpe su discurso y a manera de compensación lanzó a don Lucas una pregunta sobre el único tema importante en esa casa.

Sin duda en otra ocasión don Lucas habría agradecido la pregunta y aprovechado el momento para explayarse en sus proezas ajedrecísticas, pero esa noche se hallaba de veras perturbado por el pleito con su mujer y prefirió dejar con la palabra a Toño para que hablara de su familia: del célebre titular de la Notaría 125 y de la no menos célebre Elvirita.

Toño decidió ser discreto: no presumir del abolengo de su familia ni de la posición acomodada en que vivían. Desvió la plática al tema de la religión, y de religión —de Su Santidad el Papa Pío XI, de la Acción Católica de la Juventud Mexicana a la que él pertenecía, de la persecución a los creyentes en los países comunistas— habló durante el resto de la velada con tal ahínco que por un momento Norma lo imaginó con un hábito de dominico y trepado en el púlpito de la Profesa profiriendo un sermón de Semana Santa sobre las postrimerías del hombre.

Cuando al fin terminó los duraznos en almíbar y se despidió y se fue, don Lucas resolló con estruendo y acarició el cabello de su hija.

—Se ve un buen muchacho tu novio.

—¿Te pareció?

—Tal vez un poco mocho, para mi gusto.

—Es su único defecto —sonrió Norma.

—Y para que tú lo digas...

Los pleitos entre don Lucas y la Pintarrajeada, que a partir de esa noche se volvieron frecuentes y violentos, exasperaron a Norma en el transcurso de aquel año. Ya no oía a través de la pared chasquidos y jadeos, ahora escuchaba gritos, acusaciones de infidelidad de don Lucas a su esposa y reclamos de desatención e indolencia de retache. Era peor: insoportable.

Don Lucas retomó la bebida y dejó de ir al club. Se iba directo a El Nivel saliendo de la Secretaría. Regresaba briago a su casa a las dos o tres de la madrugada.

Por su parte, la Pintarrajeada se pasaba fuera de casa todo el día, y en ocasiones se ausentaba media semana. Cuando se volvía a hacer visible se reanudaban los aullidos y las majaderías trepanando las paredes.

—Lo que quiero es que nos casemos ya, de una vez —rogaba Norma a Antonio Jiménez.

—Espérate, mi amor, espérate a que me reciba, qué son dos añitos.

No. Los primeros meses, los dos añitos incluso, los podía vivir en cualquier parte, en un cuarto redondo de azotea, mientras él terminaba y aprobaba Cirugía 5 y ella continuaba trabajando en la zapatería de don Günter.

—Lo que importa es nuestro amor, Toño.

—Sí, claro, lo que importa es nuestro amor, de acuerdo, pero no no no no —replicaba él. Replicaba. Siempre replicaba. Siempre salía conque debemos hacer bien las cosas, mi padre no me dejaría casar antes de sacar el título, dos añitos no son nada, cariño, un poco de paciencia.

Un día aciago, Norma estalló. Como si se hubiera contagiado de los malos modos de la Pintarrajeada, se puso histérica en una banca de la Alameda y frente a un par de transeúntes encantados con la discusión dijo al acobardado Toño lindeza y media sobre su falta de pantalones, sobre su chocante familia, sobre su mochería de beato. Lo mandó a freír espárragos, textual.

—Se acabó, Toño. Aquí terminamos para siempre.

Toño le telefoneó al día siguiente a la zapatería de don Günter para reconciliarse. Norma se mantenía digna. Toño insistió. Norma empezó a ablandarse. Toño siguió insistiendo. Por fin, Norma le propuso ir juntos esa noche a una fiesta en casa de su amiga Paquita Suárez, ahí hablarían de la cuestión.

—Pero tengo examen de Parasitología.

—Ahi tú sabes.

Paquita Suárez se había casado dos años antes con un estudiante de la Academia de San Carlos. Cambió mucho la amiga de Norma, casi de golpe. Se estaba volviendo comunista —aunque nada entendía de Marx ni de la lucha por el proletariado— por influencia de ese camarada que le puso el mundo al revés. No quedaban huellas en Paquita de aquellas clases de doctrina en Santo Domingo. Nada quería saber ahora de lo que sonara a religión; incluso se casó únicamente por el civil con la consiguiente oposición y decepción de su familia. Había hecho nuevas amistades, era feliz con su camarada greñudo, estaba naciendo.

Eso y más oyó Norma de Paquita Suárez la mañana en que la sorprendió mirando desde la acera el escaparate de la zapatería de don Günter. Norma atendía a una clienta con piernas de piano y salió corriendo al descubrir a su amiga. Tenían siglos de no verse, se habían distanciado sin darse cuenta.

Cuando Günter dio permiso a Norma de ausentarse un momentito fueron a tomarse un helado en la nevería de la esquina, junto a las tortas del Chato, y durante más de una hora intercambiaron recuerdos, experiencias...

Norma le contó de Toño. Lo puso por los cielos: era un primor de muchacho. Le confesó que andaba muy urgida por casarse. Urgida de ganas —sonrió— y urgida por los líos de su padre y su madrastra, no podía seguir viviendo así.

Paquita invitó a Norma a su fiesta de cumpleaños, esa noche.

Por temor a reprobar el mentado examen de Parasitología, Toño decidió quedarse a estudiar hasta la madrugada en casa de su condiscípulo Benito Elizondo. Norma fue sola a la fiesta.

La casa de Paquita Suárez estaba lejísimos. Más que una casa era un amplio taller de pintura de alumnos de San Carlos y algunos ayudantes del maestro Siqueiros: un galerón techado de láminas y repleto de grandes lienzos terminados o en proceso, agresivas pinturas que a Norma le parecieron horribles. Habían enfilado sillas y algunos sofás y sillones desvencijados cuyos resortes lastimaban las nalgas. En una grande mesa, ensuciada por manchones multicolores, como si la superficie fuera otro de los cuadros que colgaban en los muros descarapelados, se reunían botellas de licor y jarros para beber, entre botes de pintura, tarros de aguarrás, trapos y brochas y recipientes repletos de pinceles sucios. Los invitados parecían obreros en ropa de trabajo; andaban greñudos y chamagosos, discutían a gritos, bailaban, reían.

A pesar de que Paquita se desvivía por atender a su amiga, por presentarle a sus invitados, Norma se hallaba más sola que un huérfano. Hubiera querido escapar corriendo, al menor descuido de Paquita, o presenciar el milagro de Toño entrando en el galerón, arrepentido de su desdén, guiado por el recado que le dejó Norma en su casa cuando hizo el último intento de telefonearle. Lo vería asomarse por esa puerta, ridículamente trajeado y de corbata, y le suplicaría: Sácame de aquí, Toño, por favor, ¡sácame! Qué va. Quienes entraban y atiborraban el taller pertenecían a un mundo ajeno. Eran de otro planeta. Mirarían a Antonio Jiménez socarrones y lo sacarían a patadas apenas el atildado estudiante de medicina pronunciara su primer Buenas Noches o rechazara con gesto de fuchi el jarrito de ron.

Resultaba tan impensable imaginar a Toño entre aquellos mugrosos, como añadir a esos cuadros repletos de rostros ceñudos por la rabia o el dolor, trazados a brochazos, sin perspectiva, sin proporción, sin amor a la figura humana, la cara sonriente de una linda joven o un trazo de nubes y árboles y montañas de aquellos paisajes finamente enmarcados que colgaban en la sala principal de la familia Jiménez Careaga. También Norma estaba ahí fuera de tema, pertenecía a otra pintura. Y como Paquita se daba cuenta de la incomodidad de su amiga le encarecía a su camarada esposo, un pringoso de nombre Florentino, bigotón y de manos lampareadas de pintura, uñas negrísimas de tan sucias, que no la dejara un segundo y le presentara a los muchachos y le diera de beber algo suavecito.

Florentino incorporó a Norma a un grupo donde se comentaba sobre quién sabe qué embates contra la República española, a punto de la guerra civil; también sobre pintores y murales de los que ella nada sabía ni entendía jota, caray, sólo poner cara de tonta.

Fue Florentino quien le presentó a Daniel: un genio del arte, lo llamó. No andaba tan enmarañado ni tan sucio como los demás y tenía ojos muy grandes, la barbilla partida, una sonrisa encantadora. Daniel Limón era su nombre completo. Muy popular por lo visto, dedujo Norma porque apenas entró en el recinto todo mundo lo saludaba y saludaba, de lejos o de cerca. Se aproximaban muchachas a flirtearle con descaro, pintadas como la Pintarrajeada, aunque más lindas, mientras los amigos del tal Daniel le sacudían la espalda a palmadas tanto más fuertes cuanto más querían mostrarle su afecto, su devoción.

Daniel era sin duda el foco de la fiesta, y no obstante que lo requerían voces salidas de todos los corrillos y manos levantadas para llamar su atención, él pasó buena parte de la noche entregado a Norma. Oyó que Florentino la presentó como amiga del alma de Paquita —cosa que había dejado de ser verdad hacía más de tres años— y Daniel le clavó sus ojazos y capturó su mano como si le perteneciera. No la soltaba y Norma no se atrevía a zafarse. Lo hubiera hecho de un fuerte jalón con el Toño Jiménez de los primeros días —en realidad lo hizo— pero en aquel planeta donde los greñudos cruzaban el brazo por encima de los hombros de las chicas con una confianza verdaderamente escandalosa, o hasta las manoseaban por aquí y por acá durante el baile, repegados a ellas, Norma no necesitaba rescatar su mano ni dar el jalón. Se dejó atrapar por esa palma esponjosa, caliente, aceptó la agradable sensación que le sudoraba la piel y anduvo de un lado a otro sin que nadie la viera como una mujerzuela. Era, por el contrario, la mujer elegida por el hombre más importante de la fiesta. Todas querían bailar con él y ella era la única que bailaba con Daniel: en un principio guardando la distancia, dejando luego que el cuerpo del muchacho se juntara al suyo, envolviéndose finalmente con la música y cerrando los ojos para soñar en el cielo de otro país.

—¿Tú también pintas? —le preguntó Daniel al mero principio.

Ella negó con la cabeza y sonrió.

—Qué bonito te ríes. (Nadie se lo había dicho nunca.) Y qué bellos ojos de luna. (Jamás lo diría Toño porque además no era cierto: los párpados ligeramente caídos volvían más pequeños sus ojos de un color café cualquiera.)

—¿Qué haces? ¿Trabajas, estudias? Tienes cara de enseñar a leer a niños de primaria.

—Trabajo en una zapatería del centro.

—Pero qué más. ¿Vas al teatro? ¿Te gusta la danza, la música, los museos? ¿Lees novelas, ensayos, libros de historia?

A veces. Muy poco. No mucho. Casi nada.

Norma se atrevió a citar *Quo vadis*, no aquella historia de Nuestra señora de Lourdes que la hizo llorar y sentirse por momentos Bernardette.

—¿Nada más lees novelas?

—También juego ajedrez.

—¿De veras? Primera mujer que conozco que juega ajedrez. ¿Ajedrez ajedrez o quieres decir damas?

—Ajedrez ajedrez.

—¿Y eres buena?

—Regular.

—Yo también juego ajedrez y soy buenísimo.
No le dedico mucho tiempo pero soy buenísimo para
todo lo que me propongo. Si escribo, soy buenísimo.
Si pinto, soy el mejor. Si hago política, soy el líder. Si
bailo, ya lo estás viendo.

Bailaron y bailaron mientras Daniel le contaba
hazañas personales de una vida que parecía llevar más
de cien años. Todo parecía interesante o gracioso a
Norma aunque luego lamentaría no recordar lo que le
explicó sobre la nueva pintura mexicana lanzada a
descubrimientos grandiosos al servicio del pueblo, o lo
que dijo sobre secretarios de estado o líderes sindicales
a quienes parecía conocer de cerca, o su descripción
de esa ya casi tangible revolución proletaria que terminaría fundiendo a todos los países del mundo en una
sola nación hermana y universal. Algo así.

Norma se sentía flotar en las nubes, mareada
más bien. Los jarros de aquel licor suavecito servidos
primero por Florentino y luego por Daniel, uno tras
otro, empezaron a hacer su efecto aturdidor: se le do-
blaban las piernas, ya no podría bailar una pieza más,
y si tomaba asiento en uno de los sillones de resortes
rebotados se quedaría dormida irremediablemente
hasta el fin de los siglos.

—¿Quieres que nos vayamos? —preguntó Daniel.

—Sí, llévame a mi casa, por favor.

Para no llamar la atención, lo que hubiera provocado protestas de la concurrencia, se escaparon del
galerón sin despedirse de Paquita y Florentino ni de
los admiradores y admiradoras del hombre más importante de la fiesta. Daniel salió primero, como si fuera a
orinar por ahí, y enseguida Norma con un jarrito de
café que chiquiteaba.

En la cabina de un pequeño camión de redilas,
propiedad del muchacho, volaron —Norma sintió que
volaba— hacia el centro de la ciudad.

Eran poco más de las doce de una noche clarísima porque había luna llena. Daniel continuaba monologando mientras Norma se dejaba hundir en una grata sensación de placidez. Aquello parecía un sueño distinto a todos los que pudo soñar o inventarse en las vigilias de la madrugada, cuando las primeras luces tendían sobre las paredes rieles de claridad por donde se encarrilaban historias de caballeros medievales cabalgando hacia el castillo de la señora dama enclaustrada. En su camión de redilas, ruidoso pero veloz, Daniel era uno de aquellos varones en toda la extensión de la palabra: seguro de sí mismo, fuerte, inteligente, vivaz, hermoso por su barbilla partida y esos ojos profundos que la acosaron durante toda la fiesta y la hicieron ver sus propios secretos dormidos/

El camión frenó. Antes de que Norma abriera los ojos, los labios del caballero andante atraparon su boca y la frotaron como comiéndosela y bebiéndosela en un beso que ella luchaba por interrumpir. La vencía Daniel y resultaba emocionante confirmar que su resistencia de cabeza y de manos y de piernas y de gritos ahogados por la boca extranjera iba cediendo poco a poco al asalto masculino. Sentía sobre sus pechos las garras del muchacho multiplicadas en dedos y uñas que exploraban también sus piernas y su cintura enredándose en los trapos secretos de su vestido azul.

Por fin lo apartó.

—Quítate. Déjame.

—No te asustes.

Estaba asustadísima. Pero también excitada y temblando porque en algún momento del arrebato ella había cedido a los besos y besado también con la boca abierta y el cuerpo caliente.

—Es una locura.

—Estoy loco por ti.

Se arreglaba la ropa. Un trozo de su vestido se había desgarrado a la altura del sostén. Sintió rabia. Vergüenza. Miedo. Seguía temblando.

Daniel se hizo a un lado para dejarla en libertad, aunque mantuvo una de las manos en el hombro de la muchacha.

—¿Dónde estamos?

—En tu calle. Donceles, ¿no dijiste?... Cuál es tu casa.

—En la esquina —dijo Norma mientras buscaba la manija para abrir la portezuela—. El edificio verde.

—Vente conmigo, Norma.

Los ojos profundos del muchacho correspondían con su acento. No parecía un rufián. Se antojaban sinceras sus palabras cuando le hablaba del amor que le había despertado desde el primer momento: más puro que la noche clarísima y las estrellas colgando muy arriba de las azoteas.

—Tengo novio —balbuceó Norma—. Estoy comprometida.

Se sintió tonta al decirlo.

—Estás comprometida conmigo.

—Apenas te conozco.

Norma encontró al fin la manija de la portezuela. Estaba a punto de llorar, quién sabe por qué. Tal vez de rabia, de miedo, de emoción. También ella, de repente, se sentía enamorada. Absurdo, absurdo, absurdo.

—No te vayas —le suplicó Daniel.

Capítulo III

—En la noche todo se vuelve cojín de ventanas, humo de ciruelas y caballo amarillo para saltar por las cuatro esquinas de una playa sin leche. Esconde peripecias, muchacho. Aguza el estampido de un vientre sin sombrero. Busca al ruin en las cajas del sótano. No te olvides del corcho. Ayúdame a encontrar el secreto, muchacho, no me dejes.

En la tercera o cuarta sesión la abuela empezó a tutearme y a compartir conmigo su Martell. Se bebía dos copitas al principio de la velada y al terminar la segunda impulsaba con la punta de los dedos la botella en señal de invitación. Entonces me ponía de pie para servirme un trago en el pequeño cubo de cristal.

Dejaba la botella. Levantaba la copa. Sorbía la superficie picante de coñac antes de regresar al sillón seguido siempre por su mirada atenta a cada uno de mis movimientos. También yo vigilaba sus gestos y recogía sus ruidos con mi grabadora que encendía apenas entraba en el salón porque quería registrarlo todo: tanto sus casuales observaciones a mi manera de vestir o a la lluvia que se veía caer afuera, como esos galimatías con los que solía interrumpir su narración. Cerraba sus ojos ágata para dejar salir el flujo de las frases hiladas sin sentido, mientras con los dedos rugosos tamborileaba en los brazos de la mecedora.

¿De veras sólo hablaba por hablar? ¿No sería que en lo profundo de ese caótico parloteo se ocultaban misterios y secretos?

Durante la fatigosa tarea de desgrabar en casa sesión tras sesión, de principio a fin, me distraía con la absurda poesía de la abuela que para María Fernanda terminó por convertirse en obsesión personal. No eran frases gratuitas, ¡fíjate bien!, no era un simple juego de lenguaje: algo quería extraer la anciana de lo más íntimo de su experiencia. Y con el escrúpulo de un científico María Fernanda se ponía a volcar en cuadros complicadísimos dibujados en una libreta de argollas cada una de las frases agrupadas según su estructura sintáctica, según la frecuencia en el uso de términos, según el empleo de posibles asociaciones automáticas y según no sé cuántas categorías más planteadas por mi esposa en su minuciosa investigación.

Para mí eso era tiempo perdido, locuras. Lo importante —el meollo de mi trabajo, al fin de cuentas— estaba en las historias.

—¿Ya empezaste a escribir?

Había entrado la enfermera para darle su medicina de las cinco y media de la tarde: unas gotas amarillas diluidas en medio vaso de agua.

—Sólo tengo un borrador, señora.

—Vas muy atrasado —dijo, y bebió el líquido amarillo arrugando más su arrugado semblante. Devolvió el vaso a la enfermera. La enfermera abandonó el salón.

De la alfombra verde donde lo había dejado levanté mi viejo portafolio negro y extraje un fólder con las primeras treinta páginas en sucio.

—No no no no no —protestó la abuela—. No estoy aquí para leer, ése es problema tuyo. Me estoy muriendo, quiero acabar, ya no me queda mucho tiempo.

Abrí el fólder, moví dos o tres hojas y lo volví a cerrar.

—¿Cómo te quedó el pleito?

—¿El pleito?

—¿No escribiste el pleito entre mi padre y la tía Irene?

—Ah sí, el pleito, claro... Me quedó bien.

—No creo —dijo la abuela sacudiendo el índice. Bajó la mano, sonrió: —Y a lo mejor por mi culpa.

Vestida de azul, con los ojos muy abiertos, asustada por los gritos que se oían hasta su recámara, Norma avanzó despacito por la sala. Aún llevaba los caireles de su fiesta de quince años y a pesar del susto se veía como una flor. Así le decían las vecinas cursis de la tía Irene: eres un capullo de rosa abriéndose a la vida, al aroma del amor, a la esperanza...

—Tú decide, Norma —dijo Lucas apoyando suavemente su derecha en el hombro de la chiquilla—, ya tienes edad para elegir. Te quedas conmigo o te vas con tu tía Irene a Guanajuato.

Norma miró los ojos empañados de su tía mientras la mano de Lucas le presionaba apenas el hombro. Guardó silencio un rato, pero al fin dijo:

—Me voy con mi tía Irene.

Dos

Nunca olvidaré ese viaje, claro que no: trácata y trácata y trácata y trácata en el tren repleto de gente, y más gente, y otra gente ofreciendo por las ventanillas porquería y media cada vez que nos deteníamos en cada estación para comer un taco de cualquier cosa, a escoger entre las tostadas y los sopes, o los panuchos y los tacos dorados y los dulces de leche que eran mi adoración, pero ahorita nada me daba ganas de comer porque me sentía la tonta más infeliz del mundo a pesar de los consuelos de mi tía Irene que acariciaba con sus dedos de bruja mi cabello, dale y dale conque Guanajuato era muy bonito y mi papá iría a verme por lo menos tres veces al mes. Yo pensaba no es cierto mientras veía por la ventanilla a los vendedores levantando sus porquerías de almorzar, no es cierto, y al montón de niños pidiendo limosna con la manita alzada y tan infelices como yo, no es cierto, también sin mamá, también sin papá, corriendo para alcanzar al tren que ya se iba apenas el señor de la cachucha pasó por el pasillo del vagón gritando Váaaaaamonos y justo en el momento en que un pasajero retrasado echó a volar su maleta a través de la ventanilla y luego saltó él mismo hasta nuestros asientos, casi encima de la tía Irene asustadísima por el brincote del viejo apestoso que ensuciaba mi vestido con sus patotas mientras repetía Perdón, Perdón, Perdón señora. Pum, ya estaba adentro.

Dejé de llorar, ya había llorado mucho, y me apreté a mi tía más de lo que se apretaban entre sí los pasajeros del vagón llenísimo, porque no hubiera podido vivir en México sin mi tía: quién me iba a peinar, quién me iba a llevar al colegio de las madres, quién me iba a dar de comer todos los días y quién me iba a enseñar lo que ya iba aprendiendo gracias a ella: desde la costura y el tejido de agujas, hasta las reglas de educación importantísimas para hacerme una niña de veras decente y no como las niñas groseras de a la vuelta, horribles porque nunca tuvieron una tía Irene para guiarlas por el camino de la Virgen de Lourdes. No me quedé contigo porque no te quisiera, papá. Te quiero de aquí a las nubes, desde Alaska hasta la puntita de abajo en el mapa. Tú me trajiste el día de mi cumpleaños el vestido azul. Tú me enseñaste ajedrez y te gané a ti y a todos los señores del club, con sus ojotes abiertos cuando me abrazabas fuerte, tan fuerte que se me cayó el moño de la cabeza y luego ya no lo encontré. Me fui porque te iba a estorbar en la casa y porque no quería tener otra mamá. La única mía está en el cielo para siempre. Desde allá me ve y desde allá me cuida como me va a cuidar en Guanajuato mi tía Irene, papá. Ven, papá, ven a verme cada semana, tú solito, y nos ponemos a jugar ajedrez, aquí lo traigo, el que me regalaste cuando cumplí doce, ¿te acuerdas?

Con el trácata trácata trácata me fui quedando dormida. Cuando desperté ya estamos en Guanajuato, me dijo mi tía Irene. Ya llegamos, Normita. Vas a ser muy feliz aquí, te lo prometo.

La casa de mi tío Lapuente era un rancho grandísimo lejos del mero Guanajuato. Terrenos enormes de hectáreas y más hectáreas con borregos y vacas y caballos. Yo aprendí a montar muy bien porque me enseñó mi primo Lucio, el mayor de los tres hermanos Lapuente, primogénito de mi tío Lucio al que todos los de por aquí le decían el señor Grande, quién sabe por qué; a lo mejor por eso, porque era grandote, muy alto, muy fortachón, de meter miedo por su cara tosca y cuadrada y por unas manotas que parecían estar a punto de quebrar el tarro de cerveza cuando lo agarraba así o tumbar de un solo manotazo a cualquiera de sus hijos. Me daba miedo al principio, después ya no. Era regañón con los muchachos, pero a mí me decía Normita y me daba monedditas de plata de veinte centavos y me traía duraznos de la huerta y prometía convertirme en su consentida Lucrecia, la hija que nunca tuvo porque nunca nació mujer de su esposa Francisca: una señora muy callada, metida casi siempre en la cocina inventando platillos exquisitos, o borde y borde en la sala de costura con mi tía Irene, por las noches, o por las mañanas rece y rece en la iglesia frente al altar de Nuestra señora de la Santa Fe de Guanajuato.

Ésos eran los Lapuente: mi tía Francisca y mi tío Grande. Primo hermano mi tío Grande de mi tía Irene y de mi papá. Sus hijos eran mis primos segundos, parientes de sangre: Lucio, Luciano y Luis. Les habían puesto nombres así para que a través de las generaciones se perpetuara no sólo el apellido de la familia sino el sonido mismo del nombre del padre: tronco de un árbol fecundo, estirpe guanajuatense amante del orden y del progreso y del decoro y del trabajo y de la honradez por encima de todo.

Mi primo Lucio, el que me enseñó a montar, era el mayor; tenía veintidós años. Seguía Luciano, de veintiuno: más guapo, más inteligente y más fino que Lucio. Tocaba de maravilla el gran piano de cola que mi tío Grande llevó a la casa el mismo día en que estaba por nacer su hija Lucrecia: porque al parecer, la noche anterior, mientras la tía Francisca se contorsionaba con los primeros dolores del parto, mi tío Grande había soñado el nacimiento de una niña lindísima llamada por Dios a convertirse en pianista de prestigio universal; ya desde el sueño la veía mi tío Grande tocando un nocturno de Chopin en un piano aún inexistente, de tal manera que apenas amaneció, mientras la comadrona auxiliaba a la tía Francisca, antes por supuesto de corroborar el sexo de la criatura a punto de salir al mundo, mi tío Grande subió a Guanajuato y se trajo el piano de gran cola que el profesor Orestes Marañón intentaba vender desde hacía dos años. No fue el piano para Lucrecia, porque Lucrecia nació Luciano, y Luciano aprendió a tocarlo desde muy niño merced primero a las lecciones elementales impartidas por su madre y luego a las muy profesionales de Orestes Marañón cuya fama de gran músico se extendía por todo el país y habría de prolongarse, como una herencia, en la persona de su ahijado Luciano. Llegará a ser famoso, compadre, famosísimo, vaticinaba Orestes Marañón a mi tío Grande, pero mi tío Grande, según me platicó después mi tía Francisca, se ponía al borde de la histeria, convencido como estaba de que el piano comprado para la hija Lucrecia que nunca nació no era asunto de varones; mi tío Grande quería ver a sus hijos en el establo, ordeñando a sus vacas Holster, participando en la cosecha del trigo en los terrenos abajeros, aprendiendo a cortar y a empacar los duraznos de las huertas... no tocando valsecitos y mazurcas que eso vuelve maricas a los hombres, compadre, con el perdón tuyo pero los hace volteados.

El menor de los Lapuente se llamaba Luis, tenía mi edad; era regordete, tímido, melancólico, y cuando terminara su secundaria, ya muy pronto, sería destinado a la ordeña de las vacas suizas bajo la supervisión estricta de su hermano Lucio.

Maravillosos hermanos Lucio, Luciano y Luis. Maravillosa toda la familia Lapuente. Gracias al trato comedido y amoroso que me dieron desde el primer día pude superar el doloroso desgarramiento provocado por la separación de mi padre.

Cuando llegamos a la casona ya mi tía Francisca nos tenía preparada una recámara muy amplia en el piso alto, junto al cuarto de baño verde. Los pisos eran altísimos, así de gruesos los muros, y el techo enladrillado estaba sostenido por vigas de donde yo veía salir a veces, desde mi cama, acostada bocarriba, toda clase de alimañas: que una arañita azul, que un grillo patón con alas, que un alacrán amarillo, qué horror, cómo me asusté la primera vez, luego me fui acostumbrando. La cama de mi tía Irene era más ancha que la mía, no hacía juego, aunque las dos tenían cabeceras y pieceras de latón garigoleado. El ropero ocupaba la mitad del muro de enfrente, había un tocador con laterales y con espejo al centro, primoroso, y junto al balcón prolongado en una terracita hacia ese jardín inmenso, sin árboles, donde Luis y yo volábamos papalotes en las primeras semanas, coloqué, sobre una mesita, mi queridísimo ajedrez: su tablero negro y blanco y sus piezas en formación, listas para la batalla.

Nadie jugaba ajedrez en casa de los Lapuente. Ni ajedrez ni nada relacionado con el espíritu de competencia; ni baraja, ni damas chinas, ni dominó, ni siquiera palitos chinos. El juego vuelve pendencieros a los hombres, decía mi tío Grande, los aleja de sus obligaciones, los pervierte. Odiaba el billar, por ejemplo. Tenía terminantemente prohibido a sus hijos asomarse a la cantina de don Pepe Cárdenas, pero su primogénito Lucio lo desobedeció desde siempre. Era buenísimo para la carambola el primo Lucio: se ganaba sus buenos pesos cada vez que se aparecía en el local de don Pepe Cárdenas a quien le había hecho jurar —a él y a los parroquianos asiduos— que jamás lo delatarían con su padre. Al parecer todos cumplieron la promesa, por leales y porque era un acontecimiento ver jugar a Lucio carambola de tres bandas, de fantasía; también porque Lucio invitaba los tragos. (Esas cosas y otras me las platicó el propio Lucio tiempo después, cuando salíamos a montar rumbo a la mina de San Bernabé, nuestro escondite.) Con aquello de la rígida prohibición al juego implantada por mi tío Grande, yo no me atreví a mostrar a los Lapuente mi precioso ajedrez. Lo conservaba en mi cuarto, como un adorno, y como un adorno lo veían seguramente mi tía Francisca y las muchachas del servicio. Ninguna de ellas me hizo nunca la más ligera mención.

Era triste no poder jugar ajedrez. Algunas noches lo hacía a solas, para proponer y practicar variantes tal y como lo recomendaba mi padre a quienes deseaban mejorar su nivel de juego: me sentaba frente a la mesita apenas alumbrada por la pequeña lámpara de buró, y mientras mi tía Irene roncaba yo promovía en el tablero ataques y defensas en los que era a un tiempo blancas y negras, para luego dedicarme a analizar las partidas difíciles incluidas en el librito verde de mi padre —su santa Biblia, lo llamaba—, o a ensayar, con el mínimo de jugadas, el mate de alfil y caballo según la regla del triángulo. Pensando en mi padre me iba a dormir ya de madrugada. Qué ingrato. No contestaba mis cartas. Ni siquiera fue capaz de enviarme un telegrama el día de mi cumpleaños. ¿Seguiría enojado? ¿Sufriría mucho con la Pintarrajeada?

Tres años después de mi llegada a Guanajuato, cuando cumplí los dieciocho, tuve por fin el atrevimiento de bajar mi ajedrez al comedor de los Lapuente. La ocasión era muy especial. Acompañado de Carolina García mi padre estaba allí, allí mismito, de visita.

Luego del caluroso recibimiento general, de los abrazos palmeados, de mis explosiones de alegría y de llanto, de la gran comilona preparada por mi tía Francisca, de la interminable disertación con la que mi tío Grande presumió de sus tres hijos, de su mujer, de su rancho, de su difunto padre —hermano entrañable de la madre de mi padre—, de los recuerdos de infancia, del tiempo transcurrido como una nube de lluvia pasajera, sin ánimo alguno de rencor contra su hija Norma y su hermana Irene, acogidas cariñosa y generosamente por él, por mi tío Grande, para demostrar sin la menor vacilación que en ese rancho y en esa casona provinciana cabía completo un corazón para todos los de nuestra misma sangre: la tuya, Lucas; nunca lo olvides porque si estás aquí es porque nuestra sangre llama y tu hija es mi hija, y yo te lo agradezco, Lucio —respondía mi padre encarrerado ahora en su propia perorata—, porque como tú bien dices nada me puede hacer tan feliz como el saber y sentir que mi tesoro, mi bien más sagrado, está viviendo con ustedes, y que gracias a ustedes mi adorada Norma podrá tener el techo, la familia, el horizonte que yo no pude darle porque no pude enfrentar ni resolver mis enormes defectos, Irene, tenías toda la maldita razón. Luego pues de aquel interminable intercambio de exagerados discursos, repletos de mentiras, disimulos, verdades a medias, endulzados con los postres, rociados con el coñac, aromatizados por el delicioso café recién traído de Jalapa; luego de aquella histórica reconciliación entre los dos primos hermanos —como los dos primos hermanos la calificaron sin morderse la lengua, los muy hipócritas— mi padre me invitó a jugar una partida de

ajedrez —con el consiguiente asombro general—, porque era la mejor manera, dijo mi padre, de celebrar el
reencuentro con su hija. Allí, frente a todos los Lapuente —menos frente a mi tío Grande, quien al advertir el
sacrilegio y sin tener la manera de evitarlo, se retiró de
la sala con el pretexto de irse a fumar un habano a la
biblioteca— mi padre y yo iniciamos una partida en
toda forma. No lo vencí, desde luego, pero Lucio, Luciano y Luis se dieron cuenta inmediata de mi nivel
ajedrecístico, lo que para ellos representaba cosa de
asombro, noticia extraordinaria, feliz descubrimiento,
dijeron. Y todo fue entonces platicar de mi historia en
el ajedrez, desde la hazaña del gambito de torre a los
once años hasta una victoria mía —pura invención de
mi padre— sobre una supuesta jugadora cubana de
cuarenta años. Nada comparable a lo que mi propio
padre había conseguido durante mi ausencia: un triunfo aplastante sobre el campeón mexicano José Joaquín
Araiza, el teniente coronel, seguido de una exitosa gira
por América Central con saldo de veinticinco victorias,
siete empates y tres derrotas, que lo tenían encarama-
do en el pináculo de las tablas ajedrecísticas latinoame-
ricanas.

Se veía bien mi padre en casa de los Lapuente,
maravilloso. No se excedió con el coñac y se mostraba
apapachón con Carolina García. Ella prudente, sencilla,
silenciosa, ignorada por casi todos desde su llegada.
Por casi todos, que no por mi tía Irene. Viendo a mi tía
Irene echar desde su silla en el comedor unos ojotes
de puñal a mi madrastra comprendí la causa de su
mala voluntad desde que estábamos en México. Comprendí por qué siguió diciendo en Guanajuato, delante
de los Lapuente y sus amistades, que Carolina García
era una mujer de la calle. Comprendí por qué me con-
tagió su sentimiento de antipatía. Comprendí que mi
tía Irene tenía celos, envidia, celos horribles ya que esa
mujer había conseguido no solamente ocupar el lugar

de mi madre sino volverla a ella, a mi tía Irene, prescindible para su hermano. No no, la verdad, observándola con detenimiento ahí en el comedor francés justo enfrente de mi madrastra, Carolina García no se mostraba ordinaria, ni vulgar, ni coscolina. Era fea, sí, por exuberante, por burda, por tosca de facciones, pero traía un vestido sencillo sin escote y andaba maquillada con suma discreción: ya no merecía el apodo de Pintarrajeada. Fue cortés con los saludos; se portó prudente durante la comilona: masticaba con la boca cerrada y en las dos o tres ocasiones en que intervino en la charla lo hizo en forma comedida y sólo para hablar bien de mi padre. Luego, al convivir con todos durante tres días en la casona, hasta simpática me pareció. Se mostraba interesadísima en los secretos culinarios de la tía Francisca con quien se pasó horas aprendiendo recetas y colaborando en los quehaceres diarios de ese arte sagrado para la familia Lapuente.

Por momentos llegué a pensar que mi vida en México, con ella, no habría sido el infierno que vaticinó mi tía Irene. Tal vez mi decisión resultó precipitada pero ahora ya era demasiado tarde para rectificar. Ni siquiera mi padre insinuó el regreso, convencido sin duda de que yo era feliz en Guanajuato y recibía de la familia de su primo lo que él no podía darme en México. Cuando se despidieron en la estación del tren, amoroso él y amorosa mi madrastra, mi padre prometió contestar mis cartas y visitarme con mayor frecuencia. No contestó una línea, jamás —era flojísimo para escribir—, pero acompañado de Carolina García volvió al rancho de mi tío Grande al año siguiente y al siguiente... Mejor aún se portó en aquellas visitas Carolina García: peinaba las canas de mi padre con sus dedos, le llamaba mi viejo, le daba de vez en cuando palmaditas en el muslo; con mi tía Francisca agarró confianza porque gracias al recetario que le regaló durante la primera visita, mi madrastra abrió en un par de

accesorias vecinas a la casa de México un pequeño restorán, y le empezaba a ir bien, ya estaba formando su
clientela, vivía feliz con mi padre, muy feliz, repetía a
cada rato frente a los Lapuente para contradecir los
gestos de mi tía Irene a quien le daba por murmurarle
en las noches a mi tío Grande: hipócrita, lagartona,
maldita. Nos viene aquí a presumir de trabajadora y
decente y mira cómo cruza la pierna, Lucio, cómo se
ríe con los dientes pelados y el bocado a medio tragar,
cómo se pinta de nuevo la muy cuzca, Pintarrajeada infeliz, se está chupando al pobre de Lucas, desmejorado
y flaco, peor cada vez. ¿No te das cuenta?: ¡está volviendo a beber!: ayer se empujó tres coñacs de un solo
golpe y se hubiera tomado otros dos si tú no te llevas
la botella. Así murmuraba mi tía Irene a mi tío Grande,
y no alcancé a oír aquella noche, estaban en la escalera, todo lo que respondió a su vez mi tío Grande. Algo
sobre una conversación sostenida por ambos esa tarde
mientras paseaban por la huerta de duraznos. Pobre
Lucas, oí comentar con un chasquido a mi tío Grande,
y eso me llevó a pensar durante el insomnio que a lo
mejor la equivocada era yo; con suerte la Pintarrajeada
seguía siendo la Pintarrajeada de mis quince años y
nada más aquí, en Guanajuato, para darnos atole con
el dedo, simulaba disfrutar con mi padre un matrimonio de maravilla.

—¿Cómo te va con mi madrastra, papá? Dime la
verdad.

—Bien, Normita, no te inquietes, Carolina es
una buena mujer. Lo que me preocupa eres tú, hija,
¿estás bien?, ¿eres feliz aquí, con tus tíos, con tus primos, con Irene? ¿Te va bien?

—Me va muy bien, papá. Me va muy bien.

Era cierto. La pura verdad. A los diecinueve y a
los veinte y a los veintiún años podía gritar a voz en
cuello, sin morderme la lengua, sin dudarlo un instante
que sí que sí que sí: la vida me sonreía. Así le contesta-

ba a Orestes Marañón cuando me lo encontraba comprando libros en la plaza de San Roque, o en la escalinata del Teatro Juárez al salir de un concierto. El profesor Marañón no preguntaba como mi padre: ¿Te va bien, Normita?, preguntaba: ¿Te sonríe la vida, Normita? Sí, profesor, la vida me sonríe; a veces a carcajadas, a veces aquí, muy dentro, como una punzada en el mero lugar del corazón.

Era cierto. La pura verdad. Llegué a Guanajuato como una chiquilla bobalicona amarrada a las faldas de mi tía Irene y a los cuatro o cinco años, más o menos, algo se me desató adentro, algo crujió, algo tronó como si de repente se hubiera roto una olla repleta de libertad. Fue cosa del amor, supongo. Porque ocurrió que al paso de los meses, despacito como se movía el segundero del gran reloj Ives Renaud entronizado en la sala principal de los Lapuente, fui descubriendo que mis dos primos Lucio y Luciano, el primogénito y el pianista, se estaban enamorando de mí. De aquellas aburridas tardes bordando con mi tía Francisca y mi tía Irene en el salón de costura, de aquellas inocentes mañanas volando papalotes con mi primo Luis en el prado vecino a mi recámara, de aquellas monótonas idas y vueltas al templo de San Diego a confesarme y a rezar devociones, salté de golpe —como en el parpadeo que nos brinca de la niñez a la juventud, del sometimiento a la libertad— a mis paseos a caballo con Lucio rumbo a la mina de San Bernabé donde fundamos nuestro escondite, y a las lecciones de música que Luciano tomaba en casa de Orestes Marañón donde el viejo pianista nos informaba de Adolfo Hitler y nos prestaba novelas prohibidas de Victor Hugo, de Alejandro Dumas, del malvado Zolá.

Lucio y Luciano se enamoraron de mí. Y yo de ellos: de los dos al mismo tiempo.

—No puede ser, no puede ser... no puede ser, muchacha, no puede ser —mugía el padre Casimiro

Huesca por la rejilla del confesionario—. Escoge a uno, el que te guste más. Escoge a uno y luego reza un rosario todas las noches, al acostarte. Señor mío Jesucristo...

Lucio era la fuerza, la ambición y el derecho a ser algún día el dueño, no sólo el administrador de la hacienda de su padre. Sabía de siembras y cosechas, todo sobre árboles frutales, y el negocio de los duraznos prosperaba gracias a sus gestiones en la zona del Bajío y de buena parte del país. Quería invadir de duraznos el territorio nacional, como quería también ser el proveedor lechero más poderoso de la región. Mi tío Grande se enorgullecía de su hijo por todo eso, y porque tenía don de mando: manejaba a capataces y peones con firmeza y comedimiento. Era noble y enérgico a la vez. Sus hombres de confianza lo consideraban el verdadero patrón, cosa que para mi tío Grande representaba un alivio: poco a poco empezaba a delegar en su primogénito las responsabilidades del patrimonio histórico erigido por sus antepasados, apenas disminuido en tiempos de la Revolución, y casi intocado cuando el reparto de tierras más reciente estuvo a punto de rebanar sus dominios. El colmillo y el tacto político de mi tío Grande le permitieron negociar, disfrazar escrituras y salir victorioso de los embates del gobierno federal. Ésa acababa de ser la última hazaña, decía, en defensa del tal patrimonio que no era solamente de su familia sino de Guanajuato mismo y de todo el Bajío, por vida de Dios. Ahora tocaba a su primogénito continuar y extender la gran obra agrícola y ganadera. Para mi tío Grande llegaba el momento del retiro. A descansar, papá; a disponer de más tiempo para esos viajes a Silao, donde según las malas lenguas tenía una querida de nombre Eufrosina. Lucio sabía de ella, también la tía Francisca sospechaba, pero nadie hacía escándalo ni mentaba esa aventura que habría de prolongarse hasta la muerte de mi tío Grande.

—Qué se le va a hacer; así ha sido siempre mi padre: mujeriego y garañón.

Alzaba los hombros Lucio y sonreía con su gesto pícaro, sobre todo cómplice porque también el primogénito tenía fama el muy maldito (después se le supo todo) de mujeriego y garañón. Por lo pronto el único mujeriego y garañón era mi tío Grande.

—Y ni modo —seguía diciendo Lucio—. Así como yo no puedo dejar el billar ni los tragos con mis cuates cada sábado, así mi papá no puede abandonar esa nalga que le da lo que mi madre ya no quiere dar porque se le agotó la paciencia, más bien la fuerza para soportar el jineteo de un ranchero incansable.

Habíamos desmontado en la subida a la mina y almorzábamos la tortilla a la española que yo misma preparé y acomodé en la cesta, entre duraznos y ciruelas, junto con la botella de vino blanco, los cubiertos de plata, las servilletas y el mantelito deshilado de Aguascalientes.

No fue la primera vez que nos besamos. Nos besábamos en nuestro escondite desde hacía dos años. Lucio me acariciaba el cabello mientras me repetía lo de siempre: que la luz que yo había traído a su existencia de macho solitario y que la bella flor del campo que yo era entre los hierbajos y el pedrerío de ese paisaje agrio. No era muy palabroso el atrabancado Lucio. Prefería estarme besando y besando, pero yo le detenía su manazas para no dejarlo llegar a más. Jugábamos solamente con nuestros labios, con nuestros dedos trenzados, con suspiros y temblores. Luego subíamos hasta la mina o montábamos de nuevo para descender al páramo, soltar las riendas y dejar que mi alazana galopara conmigo en libertad. Puro viento. Puro sol. Puro impulso de existir con el amor de Lucio corriendo detrás hasta alcanzarme. Reír. Regresar. Fingir ya dentro, en la casona, a la hora de cenar, una simple relación de primos acostumbrados a verse día a día, sin el menor acento pasional. Ni quien lo sospechara. Con tal perfección construimos nuestra novela secreta que ni siquiera mi tía Francisca era capaz de imaginar que aquel salir a montar juntos un par de veces a la semana significara algo distinto a una simple costumbre deportiva. Incluso la propia tía Francisca regañó en una ocasión a Lucio porque lo vio hacerme una mala cara —así de magistral era el fingimiento— cuando entró en el saloncito de costura y besó a su madre y a mi tía Irene en la mejilla mientras me espetaba un seco buenas tardes y dejaba sin respuesta una pregunta accidental sobre el lavabo descompuesto del baño verde.

—No debes tratar así a Norma, hijo —lo regañó a solas mi tía Francisca—: si no te simpatiza esfuérzate en hacerle sentir que ésta es su casa. Ella es huérfana, no lo olvides; necesita de ti como de todos nosotros. La semana pasada estuvo muy enferma de la gripa y tú ni siquiera subiste a saludarla; sólo subió Luis y tu padre que también está molesto contigo porque tratas mal a Norma y es tu prima, Lucio, como si fuera tu hermana, tenlo bien presente.

Ay Dios mío, cómo nos reímos luego del regaño mientras nos besábamos en el escondite a campo abierto, en un recodo de la subida a la mina.

Con Luciano fue distinto.

Con Luciano mi amor fue platónico —por llamarlo de algún modo —, al menos en lo que hace a besos y caricias. Y eso por un tiempo, al principio. No es fácil explicarlo porque el orden de los acontecimientos se complica, pero vale la pena el esfuerzo para entender mejor la historia.

Luciano tocaba el piano maravillosamente, ya lo dije. A pesar de que mi tío Grande se opuso durante más de una década a que un hijo suyo, varón, se dedicara al arte musical exclusivo de señoritas y solteronas, el profesor Orestes Marañón venció la resistencia de mi tío Grande, y él en persona se esmeró en conducir a

Luciano por el maravilloso camino del virtuosismo instrumental. Eso también ya lo dije.

Para no violentar a mi tío Grande, las lecciones de Orestes Marañón nunca fueron impartidas en el piano adquirido para la inexistente Lucrecia. Luciano subía todas las mañanas a Guanajuato y en la casa del profesor Marañón repleta de vitrinas, escritorios, libreros de piso a techo, cajoneras, atriles, porcelanas de Jacob Petit, paisajes al óleo, gobelinos, trapos y partituras por dondequiera, ¡un verdadero desbarajuste de casa! para decirlo en pocas palabras, Luciano interpretaba las cada vez más difíciles composiciones que su padrino le proponía con el firme propósito de convertirlo en un Liszt guanajuatense. Era un buen piano el de Marañón, mejor que el Chase and Baker que le vendió a mi tío Grande al nacer Luciano: un Steinway de media cola traído de Munich a fines de siglo por la casa Wagner y Levien de la ciudad de México y adquirido luego por Ifigenia y Tiresias Marañón, hermanos ya difuntos del profesor. Sin duda Luciano estaba a la altura de tan fino instrumento; lo hacía sonar espléndido porque el muchacho tenía una asombrosa facilidad para extraer sonidos ocultos, oído privilegiado, un sentimiento capaz de arrancar lágrimas a las piedras: pregonaba el viejo músico cuando los vecinos le inquirían por su discípulo predilecto.

Tanto aprendió Luciano con Orestes Marañón, tan rápido desarrolló su técnica, que al cumplir los veinte años, poco antes de aparecer yo en el rancho de los Lapuente, el hijo segundo de mi tío Grande ya había dado un concierto en el Teatro Juárez ante una concurrencia de exquisitos, entre quienes se encontraba el polémico periodista convertido ahora en gobernador del estado, don Agustín Arroyo Ch, acompañado de familiares y algunos miembros de su gabinete. El éxito de ese concierto suavizó por supuesto a mi tío Grande. Luego de recibir una cascada de aplausos con

el público de pie, seguida de felicitaciones ditirámbi-
cas, abrazos y hasta solicitud de autógrafos, Luciano
escuchó al gobernador Arroyo Ch prometer, delante de
su padre, los apoyos y el dinero necesarios para que el
muchacho fuera a Europa a perfeccionar su virtuosismo. Era la respuesta inmediata a la sugerencia hecha
por Orestes Marañón durante el coctel celebratorio:
Este joven merece ir a París, señor gobernador, es un
orgullo para Guanajuato. Me contaron que mi tío Grande hizo una cara horrible: Yo no necesito favores de un
gobernador comunista, protestó; aunque resultó evidente que el éxito de su hijo lo hizo sentirse más grande todavía de lo que era, y desde luego se pavoneó
ante la crema social y política del estado. Desde esa
noche, por tanto, y para disfrute de los Lapuente, Luciano adquirió el derecho de tocar el piano de Lucrecia, el Chase and Baker de gran cola, cuantas veces
quisiera y en la presencia misma de su padre, incluso.
Aunque su padre, claro está, cuando se daba el caso,
aducía cualquier pretexto con tal de no ver a su hijo
frente a las teclas —se me figura un mariquita de burdel— y se encerraba en la biblioteca a fumarse uno de
aquellos habanos importados de Pinar del Río.

Cuando mi tía Irene y yo llegamos a vivir en la
casona de los Lapuente, ya era habitual oír a Luciano
tocar el piano de sobremesa, más bien por las noches
cuando cada quien estaba metido al fin en su respectiva
habitación. Desde la mía yo escuchaba aquella música
como si brotara del mismísimo cielo, cantada por mi
madre. Me hacía llorar. Me arrullaba. Me impulsaba a di-
bujar con el recuerdo las facciones del más hermoso de
los hijos Lapuente. Y pensaba luego en su figura elegante: pantalones de tubo, chaleco con leontina y botones
de plata, zapatos de charol, corbata azul celeste. Jamás
estropeó Luciano sus dedos largos de marfil con las ubres
de una vaca ni se lastimó las falanges arrancando duraznos. Mantenía las uñas limpísimas, las palmas tersas, la

piel perfumada. Cuando irrumpían los acordes intensos de la *Polonesa* de Chopin, Luciano juntaba las cejas como flechas, pero al sentirme cerca giraba el cuello y entonces sus ojos se volvían como de agua cristalina.

Empecé a salir de mi cuarto por las noches, protegida por la bata de seda regalo de mi tía Francisca, para escuchar de cerca la música de Luciano. Desde la escalera lo miraba y remiraba, descendía despacito para no interrumpirlo, me quedaba largo rato de pie en la oscuridad: era como asistir a un concierto exclusivo, en primera fila, muy cerca del taburete, junto a él, bebiéndome su arte.

Antes que de Lucio me enamoré de Luciano, así. No se lo dije. Lo leyó en mis ojos y los suyos respondieron con la misma urgencia traducida en acordes. Este nocturno se llama *Norma*, me informó una tarde, después de sentarse al piano, de sobremesa, cuando las tres mujeres íbamos de camino rumbo al saloncito de costura para ponernos a bordar. Me lo dijo al oído como de paso, sorprendido por la mirada aguja de mi tía Irene. Y el vals de anoche se llama *Norma*, también. Y era *Norma* un pasacalle y una canción y un concierto que empezaba a componer en el estudio de su padrino Marañón.

Cuando por angas o por mangas no salía a montar con Lucio en las mañanas, en el tiempo en que empezaba a besarme con el primogénito en la subida a San Bernabé, me gustaba acompañar a Luciano a sus clases con Orestes Marañón. Las clases de piano se prolongaban en clases de historia o de literatura que podrían durar la tarde entera si el propio Orestes Marañón no las cortara de tajo con un soberano ¡se acabó! Entonces salíamos de su templo; el viejo me guiñaba el izquierdo, me regalaba la última novela de Thomas Mann. Luciano y yo regresábamos a la casona como habíamos salido, en el auto de Lucio, porque en las mañanas Lucio nunca ocupaba su Ford.

Aquel mediodía nos detuvimos en la plaza de San Roque para tomar un té negro en el cafetín de Celerino González. Sabía yo lo que Luciano iba a decirme porque lo veía frotarse las manos como se las frotaba antes de empezar a tocar; sin embargo traté de retardar el instante aportando comentarios sobre el triste final de un Schubert demente, incapaz de concluir su sinfonía maestra, dolorosamente descrito minutos antes por el profesor Marañón.

—Necesito decirte algo muy serio, Norma, algo muy serio. ¿Ya sabes qué?

—No.

—¿No sabes?

—No.

—Desde que llegaste a mi casa, desde que te vi bajar las escaleras me enamoré de ti, Norma. Eso.

Incliné la cabeza pero el ángulo de su dedo índice me hizo levantar la barbilla. No sé cuántos minutos o segundos eternos del tamaño de minutos permanecimos mirándonos. Hasta que dije:

—Yo también. —Y descansé mi mano sobre su mano blanca de pianista mientras mis ojos no dejaban de besarlo con una ternura que nunca pude entregar a Lucio. Era una ternura exclusiva para Luciano.

Quedamos en no decir a nadie a nadie a nadie a nadie de ese amor que seguramente su familia y mi tía Irene reprobarían por incestuoso, gemía él, pobrecito.

—¿Por incestuoso?

—Tenemos la misma sangre, Norma.

Lo reprobarían, sí, tal vez, pero no por incestuoso, pensaba yo. Somos primos segundos y eso ya no asusta ni al Vaticano. Sería en todo caso un buen pretexto para mi tía Irene. Fue justamente su pretexto cuando en nuestros cruces de miradas, en la boca de Luciano secreteándome al oído, en no sé qué detalles que nunca advirtió de mí para con Lucio, empezó a sospechar y me agarró por el brazo una tarde; me dio un tremendo jalón.

—No me vayas a salir con que te estás enamorando de tu primo Luciano porque nos regresamos mañana mismo a México.

—Ay tía, qué cosas dices —la callé. Mi tía insistió y soltó un duro sermón sobre el terrible pecado de mezclar una misma sangre, aunque dio mayor importancia a las inconveniencias de ilusionarse con un chico lindo y sensible, sí, de vocación pianista, que terminará sin duda dedicado a tocar en cafetuchos y burdeles y hará la vida insufrible a su pobre esposa. Ella misma —dijo—, mi propia tía Irene se enamoró en su juventud de un miserable violinista del templo de La Profesa. A punto estuvieron de casarse, pero a muy buen tiempo, gracias a la providencial reprobación de sus padres, mi tía Irene rompió de golpe su relación con el violinista y el infeliz violinista, al correr de los años, se entregó al trago, a las juergas, a las malas costumbres, y acabó preso a perpetuidad en las Islas Marías luego de asesinar a puñaladas a una mujer de la vida fácil.

Me divertían las mentiras de mi tía Irene, tanto como me fascinaba compartir en secreto el amor de dos hermanos honrados y divinos. Era como jugar simultáneas en dos tableros, frente a dos rivales, ante dos amores.

El ajedrez, el ajedrez, el ajedrez; siempre presente, haciéndome cosquillas.

Lucio ni lo registraba. A Luciano, en cambio, le parecía prodigiosa esa habilidad mía descubierta por su familia la tarde en que jugué con mi padre frente a todos, y lamentaba sinceramente —me decía con dulzura— el forzado ayuno ajedrecístico que las circunstancias me imponían por no encontrar en Guanajuato rivales de mi nivel. Luciano decidió buscarlos para mí.

El primero fue Orestes Marañón quien como todos los viejos presumía de ducho, aunque empolvado por la falta de práctica, y tosía prepotente mientras sacaba de los recovecos de un ropero veneciano el viejo ajedrez de su hermano Tiresias. No sirvió ni de aperitivo el queridísimo profesor. Apenas abriendo lo tenté con el gambito de dama, al estilo Evans, y cayó en la trampa, redondo, para un pastor humillante. Nunca el profesor Marañón volvió a sacar el ajedrez de Tiresias ni a tocar el tema, perdón. Luego jugué con Celestino González, el del cafetín. Aunque me dio más batalla en la apertura, lo destrocé por el flanco del enroque, pésimamente protegido, y ya le llevaba un caballo y dos peones cuando inclinó su rey.

Encantado con mis triunfos, Luciano se enteró de que en el casino de Guanajuato había dos viejos zorros dispuestos a competir hasta de apuesta, además de un párroco en Irapuato que ganó de joven un torneo entre seminaristas. No quise enfrentarlos. Me asaltó de pronto un sano temor a revivir la pasión ajedrecística que más temprano que tarde me llevaría a contrariar los dogmas de mi tío Grande. El verme y saberme transformada en una jugadora metida tardes y noches en casinos y casas extrañas, jaqueando a viejos profesores o bohemios apestosos, habría provocado a mi tío Grande un disgusto más fuerte que el de saber de mis amores simultáneos con sus hijos.

No podía dar crédito Luciano a mi negativa: cómo renunciar así a ese don sobrenatural. Porque no soy ninguna genio, Luciano, le respondía yo. Ganarle a aficionados como el profesor Marañón y Celestino González no es proeza alguna, ni el ajedrez es de veras tan importante en mi vida. Y él brincaba:

—Es como si yo renunciara al piano, Norma, ¡jamás! Nací para tocar. Por encima de la voluntad de mi padre me dediqué a la música y no la dejaría por nada del mundo. Es más importante que todo. Es mi vida, Norma.

—Mi vida eres tú —le respondía yo acariciando su mano.

Discutimos. Casi nos peleamos. A la mañana siguiente me vestí y me puse muy bonita para salir a montar con Lucio, pero Lucio tuvo un problema serio con los peones del establo, me mandó un recado tempranito, y entonces yo me fui sola a la pradera de los tulipanes, no a la subida de la mina. ¡Cómo hice correr ese día a la yegua alazana! La agoté hasta agotarme. Me desmonté. Me tiré en la hierba húmeda por la llovizna de la noche. Pensaba en Luciano, en Lucio, por primera vez en la necesidad de hacer una elección. Tal vez Luciano es el mejor para mí, pensé. Tal vez Luciano.

Dos o tres días después —esa misma semana de mis dudas— Luciano llegó jadeante y me urgió para que fuéramos a conversar en la huerta, a salvo de las miradas espionas de mi tía Irene. Venía de casa de Orestes Marañón con una noticia que era a la vez un reto para nuestro amor, dijo mientras caminábamos bajo los duraznos.

Resultaba que el profesor Marañón era amigo cercanísimo de don Enrique Fernández Martínez, el recién nombrado gobernador de Guanajuato luego de que el Senado de la República declaró desaparecidos los poderes del Estado y puso de patitas en la calle a don José de Jesús Yañez Maya, un pobre gobernador que duró escasos tres meses. Aunque Guanajuato vivía tiempos políticos muy agitados, nosotros permanecíamos al margen: sólo nos enterábamos de lo poco que rumiaba mi tío Grande —enemigo siempre del gobierno— y de algunos picantes comentarios, más bien chismes de pasillo, del profesor Marañón. Y el profesor Marañón estaba ahora exultante: no sólo habían nombrado gobernador a su amigo Fernández Martínez, sino que su amigo Fernández Martínez, luego de una plática *tête a tête* con él, se mostró dispuesto a financiar, por cuenta de la Oficina de Cultura del gobierno, todos los gastos y la estancia de Luciano Lapuente en París para tomar un curso de piano con un tal no sé quién, maestro celebérrimo en Europa y América.

Para Luciano era la oportunidad de su vida. Ahora sí. El momento preciso de abandonar por fin el rancho de su padre —ya no lo soportaba; ni a la casona, ni a las vacas, ni a los ojos espiones de la tía Irene— y emprender de veras, lo que se dice en serio, una carrera profesional de pianista.

—Quiero irme contigo, Norma. Te necesito. Te quiero. Te adoro. Escapémonos juntos sin decir nada de nuestro amor, sin pedir permiso para un matrimonio que jamás de los jamases aceptarán ellos. Lo sé y bien lo sabes tú también, Norma. Es la única manera: fugarnos sin avisar a nadie, dejar una simple carta si quieres, huir y que pase lo que pase a nuestras espaldas.

Necesité gritarle, sacudirlo, callarlo porque parecía una locomotora descarrilada. Estaba a punto de un ataque: tenía los ojos desorbitados, temblaba, se prendía a mis manos con desesperación. Cálmate, Luciano, tranquilo, no es para tanto. No necesitaba huir como un ladrón para realizar en Europa su carrera de pianista. Era un derecho ganado con estudio y esfuerzo. Se lo merecía, le dije. Y mi tío Grande podía ser un bruto, un gigantón de mente cuadrada, pero era también un padre y yo estaba segura, le dije, que si Luciano le explicaba las razones y la importancia de estudiar en París con ese tal no sé quién famosísimo e importantísimo, mi tío Grande terminaría dándole no solamente el permiso y la bendición, sino el dinero suficiente para cubrir sus gastos y para no necesitar de los favores del gobierno que ésos siempre se cobran a largo plazo, como diría mi tío Grande, le dije.

—El problema no es ése, no es ése —gritó Luciano—. El problema eres tú. Quiero irme contigo y si no puedo fugarme contigo como mi mujer, como mi amante, como lo que sea, no me iré jamás, Norma.

Luciano se paralizó de pronto, giró la cabeza. Por entre los duraznos, al fondo de la huerta, vimos cruzar como una sombra pesada el cuerpo regordete de Luis, el inaprensible hijo menor de los Lapuente. Había escuchado todo. Nos espiaba.

La abuela empezó a toser a toser a toser a toser a toser: un acceso brutal que me obligó a levantarme, asustado. Las flemas la ahogaban. Manoteaba con los brazos en alto. Jalaba aire. No podía respirar. Se le cayeron los lentes. Estaba pálida, colorada, seguía jalando aire con desesperación.

Salí corriendo para llamar a la enfermera. Mis gritos la hicieron aparecer pronto, por la zona de servicio de la planta baja, con una torta a medio morder. Subió rápidamente. Dejó la torta en la mesita de cristal y luego de sacudir a la abuela desapareció en la habitación vecina para regresar casi de inmediato con un tanque de oxígeno portátil. Le enchufó la mascarilla en boca y nariz, y poco a poco se fue tranquilizando la anciana: aspiraba jadeante el oxígeno hasta que gritó ¡Ya! Hizo a un lado la mascarilla de un jalón y luego escupió un par de gargajos en la alfombra mientras la enfermera le encajaba los lentes.

La contemplamos sin movernos algunos minutos. Parecía respirar de nuevo con normalidad. Había pasado el susto.

—Será mejor que me vaya —dije y me di la vuelta para apagar la grabadora y recoger mi portafolio.

La abuela movió de un lado a otro la cabeza con gesto enérgico.

—Tú enciende ese mugroso chunche que el azúcar no es materia ni razón. Caminamos aprisa porque hay rosas afuera. Paladar y narices. Calendarios y sillas. Payasos y cordones. Estanques y campanas. Sol y roca. Humo y sangre. Luz y cuello. Torre y patio. Pelo y risa. Ya no pidas lo que ya no importa, Daniel/

—Ya es hora de que descanse, señora —interrumpió la enfermera—. Van a dar las ocho.

—Está delirando —dije yo.

—Estoy pensando, estúpido, ¿no me ves? —gritó la abuela antes de mirar a la enfermera—. Ya me siento bien, déjame.

—Van a dar las ocho, señora.

—Que te vayas, ¿qué no entiendes!

La enfermera meneó la cabeza con resignación y desapareció por la escalera con el tanque de oxígeno portátil. Dejó olvidada su torta mordisqueada en la mesita de cristal.

—Siéntate y no pongas esa cara de baboso. ¿En qué andábamos?

—Cuando Luciano se iba a ir a París.

La abuela abrió su boca horrible para lanzarme una sonrisa. Se quedó pensativa largo rato. Yo no podía dejar de mirar la torta mordisqueada que me producía repugnancia. Me reacomodé en el sillón y extendí el brazo para cubrir con mi portafolio aquel mendrugo asqueroso.

Tres

Prométeme que vas a aprovechar cuanta oportunidad se te presente, Luciano. Si consigues otro curso, si te ofrecen un concierto o una gira o encuentras un trabajo de planta en una orquesta no lo pienses dos veces, acéptalo. Sé famoso. Sé grande. Sé genial. Tienes el futuro en esas manos de pianista que adoro, Luciano, no lo olvides. Piensa y hazlo por ti, por mí, por todos. Nuestro amor puede esperar: ya habrá tiempo de casarnos o fugarnos, no es ahora el momento, somos jóvenes, yo estaré siempre aquí.

Lo convencí con poco esfuerzo como si él mismo, a pesar del "sin ti no me iré jamás", hubiera estado esperando esas palabras. Desde luego no hubo mayor problema con su padre, lo sabía. Mi tío Grande inició su numerito con un berrinche teatral y terminó dándole no sólo su consentimiento sino el dinero necesario para su viaje hasta el puerto de Le Havre en el buque *Mauritania*, vía ciudad de México y vía Veracruz. Dinero para el viaje, dinero para el curso carísimo, dinero para su estancia en París y más dinero —si fuese necesario— para continuar su mentado perfeccionamiento en Europa: tal vez Montecarlo, tal vez Londres, tal vez Milán. Mi tío Grande le enviaría periódicamente las remesas monetarias que Luciano debería comprobar con relaciones clarísimas porque no se le enviaba a divertirse sino a tallarse el lomo.

O regresas famoso o no regreses, Luciano, le espetó mi tío Grande cuando toda la familia, incluido el profesor Orestes Marañón, lo despedimos en la estación de tren de Guanajuato.

—Se fue. Ahora sí ya se fue.

Esa tarde, de regreso a casa, mientras mi tía Francisca continuaba llorando a mares, en todo momento consolada por mi tía Irene, feliz mi tía Irene de que la partida de Luciano arrancara de mi mente la tentación pecaminosa —¡la pobrecita de mi tía Irene!—, esa misma tarde, digo, me topé con el inaprensible Luis en el momento en que Lucio me picaba los labios con un beso furtivo entre el comedor y la terraza. Luis surgió justamente de la terraza, pero Lucio se dio la vuelta y ya no alcanzó a verlo; desapareció rumbo al jardín posterior. Entonces el menor de mis primos me entregó un papelito doblado.

—Para ti —me dijo y desapareció rápidamente.

Mucho me inquietaba Luis. De seguro había descubierto desde hacía tiempo mi doble romance con sus hermanos, merced a esa actitud espiona y furtiva, explicable en un muchacho ignorado por los padres y puesto al servicio de su hermano mayor casi como un peón de hacienda. Era muy capaz de haberme seguido en mis cabalgatas rumbo a la mina de San Bernabé. Muy capaz de atisbarme cuando bajaba de mi cuarto para acudir al íntimo concierto musical. Muy capaz el indino de capitalizar toda la información para desatar un escándalo que lo vengara de una vez por todas del maltrato recibido desde niño, para acosarme con un chantaje de no sé qué condiciones. Me preocupaba más el escándalo que el chantaje, y cuando recibí el papelito doblado en cuatro, pensé: Es eso, un chantaje; se trata de un chantaje.

No lo era. El papelito contenía un poema de amor encantador escrito con letra pálmer finísima, casi de mujer, y firmado con su nombre. Lo leí varias veces: ahí en el comedor y esa noche en mi recámara sentada frente al tablero de ajedrez, con el balcón abierto hacia el prado de los papalotes.

No fue el único poema que escribió para mí el primo Luis. A partir de esa tarde me llegaron por diversos conductos, cada semana, cada mes a lo sumo, versos apasionados o tiernos, eróticos algunos, que delataban sin disimulo las fantasías de un hombre en calentura. No me los entregaba de propia mano. Los descubría yo debajo de mi almohada, dentro del libro de Flaubert que leía por las noches, al pie de la reina blanca en el tablero de ajedrez, debajo de la pastilla de jabón conque me bañaba en la tina, entre los dobleces de mi camisón azul... Me asombraba su audacia. Siempre descubría yo los papelitos pero podrían hacerlo, en cualquier momento de mala suerte, la husmeadora tía Irene o alguna de las muchachas del servicio. Y entonces el zipizape. No cabía disimulo posible porque siempre llevaba su firma y decían con letras grandes, a veces entre florecitas: *Para Norma*.

Qué escándalo. Qué peligro. Qué divertido me resultaba saber que también el hijo menor de la familia estaba enamorado de mí. O pensará quizá que soy una puta y por eso se atreve el maldito a decir estas cosas de mis senos, me dije alguna vez. No, no eran poemas para una mujerzuela sino para su amor platónico. Éste sí que platónico porque Luis esquivaba siempre cualquier encuentro conmigo. Salía cuando yo entraba. Entraba cuando yo me iba. Tomaba asiento en el comedor y no permitía a sus ojos enfrentarse con los míos por más que delante de todos le hiciera yo preguntas sobre cualquier trivialidad.

Una mañana casi de madrugada fui al establo para sorprender a Luis. Lo encontré sobre un banquillo en la fila de los ordeñadores de las Holster. Era notable su habilidad para extraer la leche de las ubres alternando de arriba abajo el jaloneo de su derecha y su izquierda sin apartar la vista del henchido aparato de la vaca y de la cubeta llenándose.

Algo le dije sobre mi interés de platicar con él porque desde adolescentes nada sabía yo de sus pensamientos, de no ser últimamente esos versos en papelitos que por cierto me gustaban muchísimo. Nada respondió Luis. Mantuvo fija su vista en las pezuñas de la vaca, aceleró tal vez el jaloneo oprimiendo y soltando, oprimiendo y soltando... Tuve que ser más enérgica:

—¿Qué traes con esos papelitos, Luis? Yo no puedo aceptar una forma así de trato, y si no platicamos y si no me explicas yo voy a tener que enseñarle tus versos a mi tía Francisca, ¿te importa?

Me fui sin respuesta; la entrega de los versos se espació. En su lugar empecé a recibir las tarjetas postales y alguna carta de Luciano que poco decían de sus cursos o de sus impresiones de París. Sólo hablaban de amor: que me extrañaba, que me quería muchísimo, que soñaba conmigo. Páginas y páginas prolongando una tupida declaración en la que mi pelo y mis manos y mis ojos eran joyas y luceros, rematado todo con la vehemente promesa de regresar a mi lado en cuanto le fuera posible para enfrentar a su familia y hacerme su esposa por las buenas o por las malas. Yo le respondía con pensamientos románticos, quizá no tan acendrados como los suyos ni dirigidos a él específicamente sino al amado en general, ese amado que lo mismo era él que el evanescente Luis de los versos exquisitos o que el tangible Lucio; sobre todo Lucio porque reales y tangibles eran los besos de Lucio, tangible era su piel y sus manos y su carne lamida por mis labios sedientos.

Desde luego las cartas de Luciano no llegaban al rancho sino a la casa de Orestes Marañón. Sabedor de mis secretos, ya que su ahijado se confió a él en vísperas de la partida, el profesor me las entregaba de inmediato. Él sabía más que yo de los avances de Luciano en el ejercicio pianístico porque las cartas al padrino eran sobre todo informativas.

—Va bien, va muy bien —aseguraba Orestes Marañón. El muchacho había resultado el mejor alumno en el curso del profesor famosísimo y empezaba a conseguir algunos trabajos como pianista de eventos sociales. De eso estaban enterados también mi tío Grande y mi tía Francisca gracias a un par de misivas en las que Luciano exageraba sus avances y evadía sus tropezones en los círculos musicales de París. El ambiente era muy cerrado —se quejaba Luciano con Marañón—; hasta para ingresar en una orquesta de segundo nivel se requerían habilidades políticas, no sólo musicales, contrarias a la rectitud del orgulloso muchacho Lapuente. —Pero va bien, va muy bien, la vida le sonríe —me sonreía Marañón—; el mayor impulso lo recibe de ti, Norma, no lo traiciones.

Como las Holster del establo me quedé rumiando el "no lo traiciones" mientras cruzaba la plaza de San Roque y me escondía tras una mesa de la cafetería de Celestino González para leer ahí la última carta de mi enamorado ausente. No lo traiciones. ¿Sospecharía algo el profesor Marañón de mis andanzas con Lucio?

Habíamos cuidado con verdadero ingenio y tacto nuestros encuentros, pero sin duda resultaba cada día más difícil disimular porque la ausencia de Luciano me había vuelto descuidada: me vivía más libre para sonreír a Lucio en cualquier circunstancia, para frotar mi pierna con su pierna por debajo de la mesa durante los rituales del comedor. A veces lo besaba al paso, fugazmente en la escalera, y en nuestros encuentros en la terraza o a la entrada del rancho me atrevía a sostenerle una caricia en el cuello o en la cintura. Así como nos sorprendió Luis aquella vez, así se abrieron los ojotes de la cocinera de mi tía Francisca cuando la mano de Lucio me oprimió un pecho mientras simulábamos probar de la cazuela madre un bocado de los chilaquiles a la tehuana. El mismo Orestes Marañón nos encontró de la mano en la Alhóndiga de Granaditas y Cata, una chismosísima prima de mi tía Francisca, nos lanzó una mirada de carbón ardiendo cuando Lucio me ayudó a bajar de su Ford, casi sosteniéndome en vilo, frente al templo de San Diego. Y es que el haber saltado de los simples besos y las simples caricias al contacto carnal, nos creaba una urgencia inevitablemente delatora.

Fue justo esa vez cuando ocurrió, donde siempre, en nuestro escondite, por el rumbo de la mina de San Bernabé. Habíamos prolongado los besos más de la cuenta, había permitido yo que las manos de Lucio me estrujaran los senos, nada hice cuando empezó a desgranar los botones, cuando desató el corpiño y arrancó de un tirón el sostén y me ayudó a desprenderme de las botas con todo y el pantalón de montar que se atoraba durante el jaloneo de ambos tratando de quitar los obstáculos en una eternidad de ardides y de risas y jadeos hasta que al fin ya estábamos sintiéndonos: sintiendo en mí su lengua que aliviaba la entrada de mi sexo antes de arder su lanza que me descoyuntó al hundirse entre mis piernas como un puñal de lumbre. Me abrió y rompió mi cuerpo. Me dividió en dos almas. Me hizo nacer ahí cuando su empuje encontró los caminos y luego fueron luces y viento y alegría, mientras yo le gritaba hombre, hombre, hombre, que era el único nombre de todos los hombres amados a partir de ese instante.

A partir de ese instante no sólo fornicábamos en nuestro escondite, por el rumbo de la mina de San Bernabé, sino en cualquier otro sitio: donde tocara el de repente. Una vez fue en el asiento trasero del Ford detenido prado arriba en la desviación a Dolores Hidalgo, y otra, mucho más peligrosa, en el cuarto mismo de Lucio a donde llegué una noche a sorprenderlo porque mi cuerpo ya no aguantaba las ansias.

Por todo eso, a los dos o tres años de que se fue Luciano a París, decidimos hacer pública nuestra decisión de casarnos. Contra lo que yo me suponía el impacto no fue de terremoto sino de un simple temblor que sacudió, sí, a mi tío Grande, a mi tía Francisca y a mi tía Irene, aunque iluminó también sus ojotes abiertos porque ese matrimonio significaba una unión más sólida para la estirpe de los Lapuente. Desde luego mi tía Francisca y mi tía Irene se sintieron obligadas a aludir —aplazando de momento cualquier expresión celebratoria— a la mentada objeción del parentesco: toda aquella taralata sobre el incesto de primos en segundo grado condenado por la Iglesia Católica Apostólica y Romana y sobre los peligros de una posible hemofilia que hiciera nacer tontos a nuestros hijos, además de/ Mi tío Grande paró en seco a las mujeres. Sandeces, dijo, sandeces; evidenciando con ello su enorme satisfacción porque el más querido de sus hijos, su primogénito Lucio, quería unirse a quien había sido desde su aparición en el rancho una verdadera y amadísima hija.

—Si los cretinos curas de Guanajuato se atreven a poner la más mínima objeción yo estoy dispuesto —clamó mi tío Grande con su vozarrón— a presentarme en persona en el mismísimo Vaticano y solicitar

o comprar los papeluchos necesarios para que esa boda se celebre como Dios quiere y como yo mando, no
faltaba más.

Mi tía Francisca se santiguó al oír los exabruptos de su marido mientras mi tía Irene se ponía a razonar en voz alta —lúcida la muy canija y ahora sí en
apoyo de mi tío Grande— sobre los malos entendidos
en torno a un matrimonio tal. No era lo más común
—dijo—; sin embargo, no se trata en este caso de primos hermanos sino de primos segundos, lo cual elimina todo peligro de caer en incesto —horrible palabreja,
argumentó—. Ella conocía por cierto un sonado caso
de dos primos hermanos matrimoniados en la ciudad de
México, previa dispensa de la Mitra diocesana y sin escándalo social alguno.

—Los curas son unos cretinos —insistió mi tío
Grande—. Si hay que hablar con el papa, yo hablo con
el papa y se acabó.

La verdad, me estaba divirtiendo de lo lindo. Las
palabras de mi tía Irene no hacían sino corroborar lo
pensado desde que ella me adujo todo lo contrario apenas sospechó de mi romance con Luciano. Ahora sí, canija tía. Tratándose de Lucio, heredero del rancho y figura principal de Guanajuato, amigo del novísimo
gobernador Luis I. Rodríguez y apreciado por las familias decentes, cuál problema, caray, cuál problema. No
lo hubo en realidad con la dispensa eclesiástica, si no se
toman en cuenta los engorrosos papeleos y el ir y regresar a cada rato con que esos cretinos curas provincianos
trataron de darse importancia y justificar tanto la jugosa
limosna solicitada como la promesa de mi tío Grande de
restaurar la bóveda del templo de San Cayetano.

El único problema, si acaso, y si de citar problemas se trata, era el mío personal. Mi problema llamado Luciano.

En un telegrama lanzado de continente a continente mi tía Francisca envió a su hijo segundo la noti-

cia de la boda, cosa que yo no me atreví a hacer en mi última misiva, cuando ya todo el Bajío estaba al tanto del inminente casorio. Pasaron semanas y semanas y Luciano dio la absoluta callada por respuesta. Ni a su madre ni a mí nos envió una línea. Sí desde luego a Orestes Marañón.

Busqué información con Orestes Marañón a unos cuantos días de la bendición nupcial. Estaba muy serio conmigo el querido profesor. Enojado. Primero negó haber recibido carta reciente de Luciano. Luego, cuando ya me retiraba ofendida por el trato hosco de ese hombre a quien tanto respetaba y quería, oí silbar en su voz a mis espaldas.

—Sí, me escribió Luciano.

No quiso mostrarme la carta Orestes Marañón. Me informó únicamente de la terrible decepción sufrida por su ahijado ante aquella impensable noticia. Así dijo: está decepcionado, triste, muy dolido. Furioso contra mí, supongo. No, nada más triste, tristísimo, dijo el profesor Marañón.

—Y eso no se le hace a nadie, Norma, es una canallada.

Me solté a llorar.

—Yo lo amo, profesor.

—No te quiero ver nunca más en esta casa —dijo.

Con Luis no hubo palabra de por medio, solamente un papelito doblado con un poema firmado por él. Lo encontré debajo de la torre negra, en el tablero:

¡Adiós por la vez última, amor de mis amores;
la luz de mis tinieblas, la esencia de mis flores,
mi lira de poeta, mi juventud, adiós!

La boda fue el acontecimiento de la década en todo Guanajuato, dijo y repitió durante semanas mi tío Grande. Suntuosa ceremonia en la iglesia parroquial repleta de azucenas e iluminada como si estuviéramos en el cielo. Lucio se vistió de charro con un traje galoneado de plata de los hombros hasta las espuelas y con su sombrero hermosísimo mandado traer de Tepatitlán. Mi tía Francisca y mi tía Irene me cosieron un vestido de novia que me hizo sentir princesa de cuento de hadas: tenía una cola de kilómetros y un velo como de nubes sujeto por una corona apretada de azahares. Todavía lo conservo.

Asistió todo mundo, hasta el gobernador. (No sé si seguía siendo Luis I. Rodríguez o ya habían nombrado al chismoso de Rafael Rangel.)

Mi padre se presentó con Carolina García, desde luego, arreglada ella de manera impropia por escandalosa, según mi tía Irene. Sin embargo, se veían felices con mi felicidad, al grado de que mi madrastra, de un abrazo tan fuerte, tan estrujado, me rasgó con sus uñas el velo de tul francés heredado por mi tía Francisca de su abuela Chuyita, chilló la tía Francisca al advertir el percance. Mi padre se veía muy arrugado de la cara y más calvo que nunca, pero se pavoneaba con su chaleco blanco y una leontina de oro espectacular. Lo malo fue que se emborrachó durante el banquete y en los postres tuvo un pleito con mi madrastra delante del alcalde de Querétaro y su esposa Conchita. Fue breve el escándalo porque los separaron antes del manotazo con que mi padre trató de alcanzar el rostro de Carolina, y se lo llevaron a dormir la mona en mi recámara.

El único ausente fue Orestes Marañón. No vi a Luis en el banquete cuando lo busqué para bailar una polca. Me dijeron que se había mareado en la iglesia por el incienso y el sofoco de tanta gente. Al parecer se fue a Salvatierra donde se pasó una semana entera: desprecio inaudito y suficiente para que mi tío Grande le soplara luego un regaño de aquéllos como cuando era niño, de paliza y todo; hasta le dejó de hablar durante meses.

Se mataron doscientos cabritos y terneros y cerdos. Se bebieron ochocientos litros de cerveza, pulque, vino francés y champán. Hubo música con orquesta y mariachi y marimba. Comilona para los invitados durante tres días. Felicitaciones a granel, hasta la bendición papal.

En tren nos fuimos de luna de miel a Monterrey y Laredo, y también en tren la necedad de Lucio nos hizo llegar hasta Pensilvania.

Fui feliz. Me sentí la mujer más dichosa del mundo durante años: cuidada, regalada y adorada por mi marido como jamás pensé que me amaría un hombre, ni cuando nos trenzábamos en la subida a San Bernabé, ni cuando me sentía devorada por los ojos punzones de los tres hermanos, ni cuando de niña gané aquel juego con el gambito de torre. Mimada por mi tío Grande. Convertida en la hija Lucrecia de mi tía Francisca y en la hija única que fui siempre para mi tía Irene: más ahora en que ya no compartíamos la misma recámara en el piso alto, ni siquiera la misma casona porque Lucio construyó otra casa, más pequeña, al fondo del prado de los papalotes. En esa casa nueva nació mi hija, a los dos años de matrimonio con Lucio. Fue difícil el parto: necesitaron sacar con fórceps a la criatura, pero todos los dolores se me volvieron burbujas cuando la sentí bebiendo de la fuente misma de mis entrañas. La bautizamos con el nombre de mi madre, María de la Luz: Luchita.

Ya le había salido el primer diente, ya comenzaba a gatear Luchita, ya caminaba del jardín a la casona de los abuelos, ya decía palabras difíciles como ferrocarril o trimestre, ya podía escribir su nombre y apellido en un cuaderno a la italiana, ya montaba su pony, ya sabía cómo brincan los caballos y cómo se deslizan los alfiles por el tablero cuando en un de repente el hijo segundo de mi tío Grande y mi tía Francisca, el pianista viajero, mi amor musical, el querido Luciano regresó después de siglos a la ciudad de Guanajuato. Si conmigo había roto por completo toda relación epistolar, la conservó por medio de cartas aisladas con sus padres y con Orestes Marañón. Ellos sabían de sus éxitos en París y en Madrid, sobre todo en Madrid. Tocaba en una sinfónica como pianista de planta, era maestro en una escuela superior de música y habían realizado giras como solista por Europa y tocado el *Concierto para piano y orquesta* de Beethoven en el Carnegie Hall de Nueva York.

—Logró más de lo que se propuso —presumía mi tío Grande en el casino. Aunque lo extrañaban, lo extrañaban muchísimo él y mi tía Francisca. Lo lloraban en silencio como si estuviera muerto. A veces mi tío Grande, en sus noches de insomnio, se metía a la biblioteca para releer las pocas cartas de su hijo luego de haber mostrado a un grupo de invitados al rancho, durante la cena, los recortes de periódicos europeos que aludían con elogios a Lapuente, el pianista mejicano.

Lucio no solía hacer comentarios conmigo sobre su hermano. Escuchaba con atención la lectura en voz alta conque mi tío Grande daba cuenta de alguna carta reciente de Luciano, pero de no ser un "me alegro mucho" poco decía Lucio —sus maxilares oprimidos, tensa la quijada—, como si algo supiera o sospechara de aquel secreto mío anterior al matrimonio, pensé más de una vez, viéndolo así: sus maxilares oprimidos. Tal vez se enteró por un chisme grosero reído en la cantina billar de Pepe Cárdenas, local que ahora atendía el hijo de Pepe Cárdenas porque éste había muerto de repente por una embolia cerebral. Tal vez Orestes Marañón cometió una vengativa infidencia. Tal vez la famosa prima Cata inventó una novela como las del radio. Lo cierto es que, al menos ante mí, Luciano no ocupaba los pensamientos de Lucio, ni su hermano era tema de conversación interesante.

Del Luis de aquellos años podría hablar un poco más si tuviéramos tiempo. Sólo diré que desde aquel infortunado pleito con mi tío Grande, cuando desapareció de mi boda y se perdió en Salvatierra durante una semana, las relaciones entre padre e hijo se enfriaron como hielos. Luis seguía visitando con frecuencia Salvatierra porque en aquella ocasión tuvo la suerte de conocer ahí a un sabio sacerdote —así lo llamaba— a quien entonces le confió cuitas y pecados y de quien empezó a recibir tal cantidad de consejos, de enseñanzas religiosas, de conocimiento de libros sagrados, que surgió en Luis una rápida y firme decisión de ingresar en el seminario de los padres franciscanos. Cuando lo hizo saber en el comedor de la casona, justo en el momento del café, mi tía Irene gritó levantando los brazos: ¡Alabado sea Dios! Mi tío Grande arrugó la frente y dejó caer el sobrecejo. Mi tía Francisca inclinó la cabeza para no ver. Lucio se echó a reír.

Yo hablé con Luis al día siguiente, en la huerta, entre los duraznos. Fue nuestra primera y única conversación verdadera. No me miraba a la cara pero se veía contento de hablar conmigo, como si lo hubiéramos hecho a menudo. Era él quien llevaba la plática colmada de una retórica empalagosa en la que salían a relucir las parábolas del hijo pródigo y del buen sembrador revueltas con los sermones de San Buenaventura y del San Agustín de las *Confesiones* en los que yo resultaba aludida como si fuera una mujer adúltera pendiente de redención. Pasé por alto las indirectas a todo lo relacionado con mi supuesta promiscuidad amorosa en aquellos tiempos de coqueteo con sus hermanos y con él hasta que me llegó el momento de recordarle sus versitos románticos.

—Me hiciste trampa —le dije de sopetón. Y vi cómo se frenaba y volvía la cabeza para mirarme fijamente por única vez.

—¿Trampa?

Se veía lindísimo con sus ojos negros clavados en los míos. Su gesto delataba extrañeza.

—Sí sí, Luis, trampa. Yo era muy ignorante. Creía que los versos los inventabas tú, para mí. Me emocionaba, hasta me masturbaba con ellos, ¿vas a creer? —abrió la boca del susto—. Pero un día, en la biblioteca de mi tío Grande, encontré unos libros de poesía y ahí estaban esos mismos versos; eran de Acuña, de Gutiérrez Nájera, de Amado Nervo, ¡qué desilusión!

—Nunca dije que los versos eran míos —se defendió Luis mientras echábamos a caminar de nuevo por las callecitas de la huerta.

—Los firmabas con tu nombre y eso no se vale. Eso es trampa. Como cuando tocas un caballo en el tablero y luego quieres mover un peón. No se vale.

—Perdón, yo creí...

—No te apures, ya qué importa. Ni quien se acuerde.

Regresamos a la casona y antes de entrar, para escandalizarlo por última vez, le oprimí fuerte la mano derecha y sin darle tiempo a evitarlo le planté un largo beso en la boca. Le introduje mi lengua, se la moví dentro.

Tres días más tarde, Luis Lapuente entró en el seminario de la orden de San Francisco.

Esto es un paréntesis. Estábamos entonces en que los primeros días de un mes de noviembre, en vísperas del cumpleaños de Luchita, sin previo aviso, Luciano regresó a Guanajuato. Lo supimos por Celestino González, el del cafetín, quien lo vio cruzar la plaza de San Roque en compañía de su padrino Marañón. No pudo ser otro, era él, segurísimo, reafirmaba Celestino ante el gesto incrédulo de mi tío Grande. Imposible. No. Imposible. No lograba entender mi tío Grande cómo podía llevar Luciano más de cinco días en Guanajuato —porque Celestino hablaba de hace cinco días— y no haberse presentado en el rancho para abrazar a su familia. Era absurdo, como extrañísimo era, además, que Orestes Marañón no estuviera en su casa. Se había ido de viaje a fines de la otra semana, le dijo una vecina a mi tío Grande.

Absolutamente nadie en Guanajuato pudo dar razón cierta a mi tío Grande de su hijo pianista. Algunos como Celestino González aceptaban haberlo visto así, de pasada, pero con nadie cambió dos palabras el muchacho. Tenía prisa al parecer, iba de carrera por el templo de la Compañía, por la presa de la Olla, por el mercado Hidalgo, por los callejones retorcidos de la zona centro, igual que un fantasma. Parecía tratarse del fantasma de Luciano lo que alcanzaron a ver los que algo vieron, porque siempre era de noche el instante: se les apareció y luego se volvía sombra, humo, ilusión. También en Silao y en León y en Irapuato lo buscó mi tío Grande. Se pasó más de un mes persiguiendo la sombra de su hijo hasta acabar vencido y convencido de la equivocación unánime de los posibles videntes.

Transcurrió una semana más y una noche, en la casa nueva, me despertaron ruidos de cosas tropezadas provenientes al parecer de la cocina. No desperté a Lucio: había llegado tarde pasado de tragos y dormía embarrado de babas con el cuerpo desnudo bajo las sábanas, como un náufrago. Me asomé al cuarto de Luchita donde mi tesoro soñaba ángeles y serafines, y luego me atreví a inspeccionar la cocina, el comedor, la sala, el cuarto de trebejos. Regresé a la cama poco antes de que la puerta se abatiera de un envión y surgiera en el quicio, iluminado apenas por la claridad de la ventana sin cortinas, la figura de un hombre agitado por su propio asalto. Me lancé hacia él cuando advertí el movimiento de su brazo extendido en el momento mismo de irrumpir con un revólver apuntado hacia el cuerpo de Lucio, aunque no alcancé a tocarlo siquiera: dos disparos como truenos sonaron antes. Era Luciano. Luciano disparando contra su propio hermano, saliendo a la carrera, tropezando con el taburete, huyendo en seguida tal vez hacia el huerto, hacia el páramo, por los establos, entre los silos, inalcanzable. Un tiro pegó en la cabecera de latón, sobre el remate esférico. Otro dio en el costado de Lucio y abrió paso como un dique roto a un manantial de sangre.

Fue aquello la sorpresa, la tragedia, la desolación. A gritos acusé a Luciano, porque lo había reconocido irremediablemente en la penumbra, sólo que ni mi tío Grande, ni mi tía Francisca, ni mi tía Irene, azorados desde ese instante por el atentado, rota el alma, desbaratado para siempre todo gesto de alegría en el rostro, quisieron admitir jamás que el segundo hijo de los Lapuente hubiera sido capaz de disparar contra su hermano mayor. Fue un borracho, un ladrón —dijeron—; un peón resentido que no y no confesó su atentado a pesar de los criminales interrogatorios y los despidos por decenas a los que fueron sometidos por la policía municipal y por mi tío Grande en persona casi todos los trabajadores del rancho.

Llevamos a Guanajuato el cuerpo herido de Lucio, ahogado por la sangre, y por los desvaríos de la muerte aproximándose, y en lo que resultó una operación calificada de milagrosa, dada sobre todo la precaria condición del hospital provinciano, consiguieron salvar la vida a mi marido. Después de cuántas horas sin aliento —con el Jesús en la boca familiares y amigos—, fueron las ganas de vivir de un varón enérgico y robusto, trenzado el músculo en las faenas del campo, entre los rezos a Nuestra señora de la Santa Fe y los llantos de mis tías, lo que hizo seguir siendo Lucio al queridísimo Lucio. Eso dijo mi tío Grande. Yo pensé: Fue mi amor; mi hija Luchita no merecía vivir sin su padre.

La convalecencia de Lucio se desarrolló incierta. Pasaban meses y recaía, se ponía mal, estaba muriéndose otra vez. Fue necesario trasladarlo a México, al Hospital de Jesús de la avenida Veinte de Noviembre, donde volvió a sacudirnos el grave diagnóstico de los médicos: urgía una nueva operación porque el balazo había perforado no sé qué regiones vulnerables y su órgano cardiaco —en pocas palabras— continuaba lastimado. Eso deduje de los terminajos con que un especialista, el doctor Jiménez Careaga, nos explicó el estado coyuntural del enfermo. Con el dinero de mi tío Grande resultaba factible llamar al mejor cirujano de Estados Unidos, traerlo de Houston, pagarle una millonada, pero la situación era tan urgente —explicó el doctor Jiménez Careaga— que si en ese mismo momento no se realizaba la intervención quirúrgica, él no garantizaba a Lucio una segunda noche con vida.

Ahora el milagro fue del doctor Jiménez Careaga: el mejor cirujano de México, lo calificaron sus colegas del Hospital de Jesús y lo corroboraron los expertos consultados a la carrera en la desesperación de mi tío Grande. Tuvieron razón. El doctor Jiménez Careaga salvó a Lucio y Lucio volvió a abrazar a nuestra querida Luchita.

—Fue Luciano, ¿verdad? —me preguntó meses después, apenas se atrevió a montar el alazán árabe que le obsequió mi tío Grande para celebrar su cumpleaños y su regreso al mundo de los humanos. No le respondí esa vez ni las muchas otras en que me insistió con la pregunta. Parecía seguro de haber escuchado el nombre de Luciano gritado por mi pánico en el momento de los balazos y vuelto a gritar después, a la llegada presurosa de la familia, mientras me debatía en atender a Lucio, en calmar a Luchita, en volver a tenderme sobre el cuerpo de mi marido tratando de contener la sangre y gimiendo y acusando y blasfemando contra ese Dios que nada hacía por ayudarme.

—Me odia porque me casé contigo, ¿verdad?
—decía de nuevo, a dos o tres años del atentado cada
vez que regresaba borracho o cuando traía ganas de
reñir conmigo por mi forma de educar a Luchita o porque voló la mosca. Cualquier pretexto servía para
echar fuera ese vómito de celos, aunque yo nunca le di
pie para que del vómito pasáramos al pleito. Lo corta-
ba con un gesto. Le daba las espaldas. Agarraba de la
mano a Luchita y con ella me montaba en el tordillo y
salíamos a galope rumbo al camino de subida a la
mina.

—Algún día voy a encontrar a ese cabrón de
Luciano, donde se esconda, en el último rincón del
mundo, y lo voy a matar. Por ésta que lo voy a matar.

Ésa era la idea fija en la mente de Lucio que
fastidió nuestra vida: como si nos hubiéramos metido
en uno de esos remolinos de tierra que se levantan por
el rumbo de Dolores Hidalgo.

Ya nunca nada fue como antes. Y como decía
Chayito, la célebre cuñada de Celestino González que
empezó a echar las cartas en un zaguán de Guanajuato, junto al Callejón del Beso:

—Cuando te cae la tragedia una vez, ya no te
suelta, Normita, ya no te suelta. Hoy te llega una desgracia y andando el tiempo te llega otra mucho peor,
no tiene remedio.

Así fue. Una tarde de noviembre —otra vez el
maldito mes de noviembre— nos llegó la noticia de
que mi padre se había metido el cañón de una pistola
en la boca y había jalado el gatillo.

Capítulo IV

—Vente conmigo, Norma.

Los ojos profundos del muchacho correspondían a su acento. No parecía un rufián. Se antojaban sinceras sus palabras cuando le hablaban del amor que le había despertado desde el primer momento: más puro que la noche clarísima y las estrellas colgando arriba de las azoteas.

—Tengo novio —balbuceó Norma—. Estoy comprometida.

Se sintió tonta al decirlo.

—Estás comprometida conmigo.

—Apenas te conozco.

Norma encontró al fin la manija de la portezuela. Estaba a punto de llorar, quién sabe por qué. Tal vez de rabia, de miedo, de emoción. También ella, de repente, se sentía enamorada. Absurdo, absurdo, absurdo.

—No te vayas —le suplicó Daniel.

Tres

Hicieron el amor en un cuarto de azotea. Olía a pintura como en el galerón de la fiesta, y resultó difícil porque Norma luchaba entre el deseo y el rechazo con plena conciencia de estar cometiendo un pecado mortal. Necesitaría confesarse con el padre Ramiro, romper su compromiso con Toño Jiménez, evitar la mirada de su padre, soltar una trompetilla a su madrastra cuando Carolina García leyera en su rostro, sin necesidad de preguntas, las huellas de la fornicación condenada claramente en el sexto mandamiento. Pensaba en las monjas y en el abandono de su tía Irene. En su comunión diaria en San Francisco. Pero también sentía chasquidos y besos por todo el cuerpo mientras aquellos dedos punzantes remodelaban sus pechos como lo había soñado tantas veces bajo el agua caliente de la tina.

Fue delicado pero enérgico Daniel Limón. Hecho un enredijo le extendía las piernas y le besaba la cara interna de los muslos para ablandarlos. Lo intentó dos veces hasta que en la tercera Norma experimentó el impulso de un dardo caliente desgajándola, luego el golpeteo continuo sobre su pubis y el orgasmo entre doloroso y dulce por el que se iba hacia las estrellas. Llegó a las estrellas en otro momento de la noche y hubiera querido no perder nunca ese gemido placentero brotado en el sitio mismo del corazón; su corazón no estaba arriba a la izquierda —descubrió Norma—, latía en el rincón húmedo de su sexo.

Ya era de día cuando Norma despertó. Tenía delante los ojos de Daniel; su barbilla partida, su sonrisa tierna. El muchacho estaba en calzoncillos, con el torso descubierto y los pies descalzos.

—¿Quieres un café?

—Quiero irme —dijo Norma enderezándose en la cama.

—Tranquila, espérate.

—Me quedé toda lo noche.

—Te quedarás toda la vida, conmigo —sonrió Daniel mientras bebía de su jarrito humeante.

El cuarto de azotea era pequeño. Se veía limpio a pesar del desorden de una mesa atiborrada de chácharas y libros y lámparas y una hornilla eléctrica donde se calentaba una cafetera de peltre. Dos sillas, otra mesita, un buró, un viejo ropero. Cuadros en las paredes.

—Me voy —dijo Norma. Había rescatado de entre las sábanas y el piso de mosaico su ropa interior y su vestido azul; se vestía con rapidez. —¿Dónde puedo ir al baño?

Daniel le señaló el sitio: era un cuartito húmedo, maloliente, a la izquierda y hasta el fondo caminando por la azotea entre paredes descarapeladas, tinacos y lavaderos.

¿Qué estás haciendo aquí?, preguntó Norma a la Norma que no se atrevió a posar por completo sus nalgas en la taza de fierro. Al limpiarse con dos trozos del papel periódico que colgaba de un clavo, descubrió una mancha de sangre en la curva del muslo. Jaló la cadena. El ruido la asustó.

No lo puedo creer, Norma, ¿qué hiciste?, ¿estás loca?

No era un solo cuarto el que Daniel ocupaba en la azotea de aquel edificio de oficinas distribuidas en largos pasillos, idénticos en cada piso (donde terminaba la escalera principal arrancaba otra, muy estrecha, de lámina, y ésa conducía al humilde hogar de Daniel Limón); lo integraban otros dos cuartos vecinos al sitio donde Norma dejó vencida su virginidad. En uno de ellos, el que se podría llamar sala-comedor, amueblado con sillones viejos y una mesa arrinconada contra una esquina, Daniel había tumbado la mitad de un muro para conectarlo al otro, el más amplio, convertido en su estudio de pintor: botes, pinceles, brochas, cartulinas, trapos, bastidores y un caballete, de cara a la ventana de fierro que ocupaba toda una pared. En el caballete reposaba un lienzo a medio pintar: el cuadro de una mujer apenas configurada por brochazos inclementes; no tenía rostro.

—¿Quién es? —preguntó Norma.

—Vas a ser tú: la mujer que estaba esperando.

—¿Me quieres pintar como esas monas horribles?

—Quiero pintar tu alma.

—Jamás —sentenció Norma.

Daniel la tomó del brazo, intentó besarla. Ella se apartó de un jalón, quería irse ya. Con reniegos había aceptado entrever los dominios del muchacho y ahora tenía prisa por abandonar el sitio, como si al hacerlo consiguiera borrar de un golpe la aberrante locura que la puso allí.

—¿Nos vemos en la noche?

—Ni sueñes.

—Claro que lo sueño, Norma, espérate. No te vayas. Yo te quiero, de veras te quiero con toda el alma. Para mí esto no fue una aventura, fue el más grande descubrimiento de mi vida, te lo juro.

—Pero yo no quiero saber de ti nunca más.

—¿Por qué?

Norma se sentía sucia de alma y de cuerpo mientras caminaba con pasos muy largos y sentía enormes ganas de echarse a correr lejos de aquel barrio nefasto. Cruzó frente a un edificio amarillo de baños públicos y hubiera deseado, de no ser por el asco y por la urgencia de estar de nuevo en su casa, entrar, meterse bajo la regadera de presión y enjabonarse la conciencia, restregar con un zacate las huellas de Daniel, ahogarse, morir.

Cambió de rumbo. No. Iría a la oficina de su padre y le pediría perdón, de rodillas, llorando. Estaría preocupadísimo su padre, pensó: toda la noche buscándola en la Cruz Verde y en las delegaciones de policía, imaginándola muerta, accidentada, perdida. Se había convertido en eso: en una mujer perdida.

—Por la puerta de vidrio —le señaló la jovencita morena que atendía el ingreso a una oficina cuadriculada de escritorios y archiveros. Norma ya conocía el sitio pero su ansiedad la desorientaba.

Don Lucas tenía los ojos clavados en una montaña de papeles. Levantó la cabeza. Se quitó los lentes. La miró.

Con las manos agarradas a su bolsa de mano como a un barandal que la protegía del vacío, Norma avanzó despacio. Su padre tardaba en hablar: se puso de pie, carraspeó, se frotó la nariz, volvió a sentarse.

—Perdóname, hijita. Estuve jugando hasta muy tarde con el Chato Vargas y luego nos fuimos a su casa, ya sabes, los tragos. Perdón... Me quedé a dormir ahí... ¿Te preocupaste?

—¿Y Carolina?

—Se fue a Tehuacán, dizque con sus tíos, ve tú a saber. Ya no sé si regrese.

Don Lucas se tensó las canas de su calva reciente.

—Las cosas andan muy mal con Caro, hijita... Pero siéntate Norma, siéntate por favor, vamos hablando de una vez.

Norma tomó asiento frente al escritorio de su padre. Dejó de morderse los pellejitos de los labios.

—Tú ya te diste cuenta, no encontramos la manera. Claro, mucho de la culpa es mía, porque no me he portado con ella, ni contigo, como debería portarme.

—Yo no tengo nada que reclamar, papá.

—Uy sí, tienes muchísimo, muchísimo. No lo haces porque eres muy prudente, como era tu mamá... Justamente, mira, el Chato Vargas me decía ayer que hay un doctor muy bueno que cura este vicio, ya sabes, el alcohol. Y lo voy a ir a ver, Normita. Hoy mismo en la tarde hago la cita y te juro que todo volverá a ser como antes. No quiero que tu novio/

—Toño ya no es mi novio —interrumpió Norma.

—¿Qué pasó?

—Lo voy a cortar... No es el hombre de mi vida, papá.

—Pues si no es el hombre de tu vida haces muy bien, hijita, claro que sí. Tú eres muy linda y muy inteligente, puedes encontrar un muchacho mejor.

Por encima del escritorio, don Lucas tomó con su derecha la mano extendida de Norma. La acarició suavemente.

—¿Por qué no nos vamos a Guanajuato, Normita? esta Semana Santa. Tú y yo solitos. Ya ves qué bien la pasamos la otra vez. Tu tía Irene te extraña mucho.

Justamente esa tarde Norma recibió carta de su tía Irene.

Con el tiempo, las misivas de la hermana de su padre habían dejado de ser escuetas y duras. Empezaron a llenarse de *muchachita linda, hijita adorada, todas las noches rezo por ti,* cuando don Lucas y Norma accedieron a visitarla en el rancho de los Lapuente un par de veces, por la Semana Santa. Por supuesto la tía Irene aprovechó la ocasión para sugerir que Norma se quedara ahí, con ella; invitación que don Lucio Lapuente reforzó e hizo suya con expresiones tan estentóreas como sinceras: sí, sí sí, sí sí, le encantaría ver a Norma viviendo en Los Duraznos y formando parte de la familia como hermana consentida de los primos Lucio, Luciano y Luis.

La cosa no pasaba de eso: magnífica disposición, reiterada propuesta y agradecimiento al calce. Hasta ahí. Nada más. Estaba muy claro que la muchacha no deseaba ni desearía jamás vivir lejos de su padre.

—Un viajecito rápido en Semana Santa. Ya falta poco.

Un viajecito rápido le caería muy bien. Cinco o siete días de vacaciones en el rancho le ayudarían a olvidarse de Daniel Limón y de Toño Jiménez al mismo tiempo: a la porra los dos; ¡a calacas y palomas!, como en los tiempos de canicas. Regresaría aliviada y dispuesta a ayudar a su padre a vencer el maldito alcoholismo y a sacarse del corazón a la mugrosa Pintarrajeada: causa única de todas las desgracias ocurridas a su familia desde que la tía Irene se fue a Guanajuato.

Norma releyó en el baño la carta de la tía Irene y se echó a llorar.

Al día siguiente citó a Antonio Jiménez en una nevería de la calle Hidalgo, La Estrella Polar, donde acostumbraban reunirse para sus chiqueos verbales.

Toño abrió tamaños ojos.

—¿Pero por qué? ¿Nada más porque no nos casamos luego luego?

—No sólo por eso.

—Pues mira, para que lo sepas, ya hablé con mi papá. Y ya casi está de acuerdo en que nos casemos para fin de año.

—¿Sin que termines tu carrera?

—Sin que termine mi carrera. Puedo recibirme en año y medio... y viviríamos en su casa mientras tanto.

—Eso jamás.

—Bueno, le puedo pedir que nos ayude para que alquilemos una casita cerca, en lo que me recibo... Te quiero, Norma. Quiero vivir contigo. Quiero que tengamos muchos hijos. Quiero que me apoyes en mi carrera y me ayudes a ser un buen médico que gane lo suficiente para mantener a nuestra familia.

—Sólo piensas en ti.

—Estoy hablando de nuestra familia.

—Nuestra familia, la tuya. Tus hijos. Tu carrera. Tu título. Tu consultorio.

—No he dicho nada de mi consultorio, Norma.

—¿Y no piensas en lo que yo pueda querer?

—¿Qué cosa?

—Estudiar una carrera, por ejemplo. Tener una profesión.

—¿Qué profesión?

—El ajedrez.

—¿El ajedrez?

—Quiero jugar ajedrez como una profesión.

Toño guardó silencio. Lamió la cucharita del helado de fresa que casi se había terminado.

—La semana pasada no me hablabas así, Norma. ¿Estás enojada conmigo, todavía?

—Enojada no. Cambiada.

—Cambiada de qué, por qué. ¿Qué te hice?

—No me hiciste nada. Yo me hice a mí misma, todo. Cambié de golpe.

—¿De la noche a la mañana?

—De la noche a la mañana, así soy. No lo sabía, pero así soy.

—Y a santos de qué.

—Estoy enamorada de otro hombre.

Toño soltó la cuchara y sacudió la cabeza como en el escalofrío de un tic. Luego sonrió, burlón.

—Me quieres hacer enojar. No te creo.

—Peor para ti.

—Quién es.

—No lo conoces. Un muchacho que me presentaron en esa fiesta a la que no quisiste ir. Si hubieras ido conmigo...

—No te burles, Norma.

—Te estoy hablando con la purita verdad, Toño.

—¿Te enamoraste de él, así, a simple vista?, ¿con un flechazo de película? ¿Es Rodolfo Valentino?

—Sí, es Rodolfo Valentino.

—Norma, por Dios...

—No insistas, Toño, ya. Por favor. Hasta aquí llegué contigo. Punto.

Toño siguió insistiendo mientras pedía la cuenta, mientras se alejaba de la mesa sin dejar propina, mientras salían a la calle Hidalgo, mientras se separaban por fin: Toño dejando extendida la mano de Norma y a punto de soltarse a llorar de dolor y de rabia.

Apenas cruzó la Alameda y pisó la acera de avenida Juárez, Norma se sintió aliviada como de un crónico dolor de muelas. No vería nunca más a Toño Jiménez pero tampoco a Daniel Limón. Daniel Limón le había servido sólo para deshacerse de aquella cucaracha, según insultaba su padre a los enchinchosos jugadores que nada más lo hacían perder el tiempo con marrullerías o pausas interminables entre movimiento y movimiento. Daniel Limón fue el clavo para sacar otro clavo, émbolo mecánico para deshacerse del parche de la virginidad —¡pero qué te pasa, Norma, carajo!—, chispazo para descubrir que con ese mediocre y mocho estudiante de medicina no deseaba salir a caminar la vida. De repente y de milagro, como al conjuro de un pase de Mandrake el mago, Daniel Limón hizo aparecer de una muñequita de trapo a la nueva Norma que caminaba alígera por San Juan de Letrán rumbo al club de ajedrez.

Esa tarde jugó como nunca. Venció llevando negras al gordo Pérez Jácome y luego se enfrentó con la hija del presidente del club, una cuarentona de nombre Mercedes que vivía en Guadalajara y presumía ser —así la presentaba al menos su padre— la mejor ajedrecista de la República.

En la primera partida con Mercedes, la defensa siciliana de Norma, desarrollada como Gilg en 1927, hizo pensar a su rival que las negras preferían actuar con cautela. Mercedes se confió y se lanzó al acoso sacando su dama antes de tiempo; entonces Norma organizó en trenza a sus alfiles, se apoderó de la iniciativa junto con el centro del tablero, y en la jugada dieciocho, después de un imparable intercambio de piezas, la mejor ajedrecista de la República se quedó sin fortaleza alguna en un campo desolado. Dobló su rey en la jugada veintiuno.

El triunfo de Norma atrajo la atención de los jugadores del club. El padre de Mercedes y el padre de Norma aplazaron sus partidas y acudieron al tablero de las mujeres a presenciar la revancha.

Mercedes movía la cabeza y fumaba de continuo:

—Me descuidé con la variante del alfil —dijo al presidente del club, como disculpándose, mientras ordenaba las negras en su lado.

Norma guiñó un ojo a don Lucas. Desde su salida, sobrecargando de piezas un centro restringido, remedó al mejor Capablanca, el que destrozó a Alhekine, a Marshall, a Akiba Rubinstein...

—Ah, la chiquita Capablanca —exclamó el presidente del club, que conocía bien el estilo del campeón cubano. Con eso puso en alerta a su hija Mercedes quien rehuyó con inteligencia un gambito de caballo y obstaculizó el ingreso de las torres blancas. No pudo hacer más; la mejor ajedrecista de la República buscó las tablas con desesperación; infructuosamente, porque Norma la sorprendió con un jaque mate de peón en el rincón izquierdo del tablero.

Mercedes se levantó de un brinco mientras el presidente del club clavaba los ojos en las piezas congeladas sobre el tablero tratando de descifrar cómo se había cocinado ese mate inverosímil que venció por segunda vez a su hija.

—Jugaste muy bien, Nora —dijo Mercedes tendiendo su derecha.

—Me llamo Norma —rectificó Norma.

—Ojalá juguemos otro día.

—Cuando quieras.

Ya eran las nueve de la noche cuando Norma, enrachada y con enjundia para jugar hasta la madrugada, retó a su padre y le ganó una partida rarísima gracias a que logró coronar un peón envenenado al que don Lucas desdeñó.

—Me engañaste otra vez, como con el gambito de torre, ¿te acuerdas? —exclamó el padre de Norma y la estrechó fuerte contra su pecho.

Salieron a caminar por Madero, Motolinía, Tacuba, rumbo a Donceles. Su padre continuaba asombrado por el juego que le ganó a la tal Mercedes.

—No te conocía esa agresividad, me dejaste patitieso.

—Estaba inspirada.

—Pero casi no vienes al club, ¿cuánto hace?

—El librito verde, papá.

—¿Qué estás estudiando? ¿La defensa siciliana?

—Los peones... Los peones pasados, los finales con torre y peones.

Se detuvieron a cenar unos churros con chocolate en una fonda de Tacuba y continuaron hablando de los finales de partida a base de peones. Luego de Carolina García, escondida en Tehuacán.

—Si esta semana no regresa, la voy a ir a buscar.

—No te humilles, papá. Por favor no te humilles.

Semana y media más tarde Norma habló con Paquita Suárez. Fue Paquita quien la buscó en la zapatería, pero esta vez don Günter no la dejó salir porque era sábado de mucho movimiento. Se quedaron de ver el domingo, en el jardín de San Fernando.

Desde luego no hubo más tema que Daniel Limón. El pintor acababa de estar en casa de Florentino y Paquita, muy entusiasmado porque Diego Rivera lo había llamado de nuevo como ayudante para un mural en el Hotel Reforma. No era la primera vez. Daniel estuvo en la cuadrilla del maestro Diego cuando pintó esa maravilla del Palacio Nacional —así dijo Paquita: esa maravilla— y antes trabajó con el maestro Siqueiros en la Escuela Nacional Preparatoria. En ese entonces Daniel tenía como quince años —imagínate qué tan genio es—, y si no siguió con Siqueiros fue porque ahora Siqueiros andaba peleando en España contra los fascistas de Franco. Era un gran artista el queridísimo Daniel. El mejor del grupo. Cuando vendía sus cuadros de caballete a los gringos —tienes que verlos, Norma, son de volverte loca— se metía un dineral a la bolsa, aunque todo se le iba en la causa del Partido o en la enfermedad de su madre, encerrada desde hacía muchísimo tiempo en un sanatorio mental de Guadalajara.

Además de gran artista y gran persona —siempre según Paquita Suárez— Daniel era un impresionante orador y un político con ideas clarísimas; avistaba los peligros del trotskismo, infiltrándose como una serpiente en el corazón mismo del Partido, y trabajaba por la edificación en nuestro país del verdadero comunismo enfrentado cara a cara a los regímenes burgueses de todos los presidentes de la República, incluyendo al de este Cárdenas, que con la mano izquierda saludaba al socialismo mientras con la derecha —eso también lo sostenía Florentino— propinaba golpes bajos a los camaradas obreros.

Poco o nada entendía Norma de lo que hablaba Paquita Suárez. Sólo al padre de Toño Jiménez había oído nombrar a Diego Rivera, y muy mal por cierto: lo llamaba pintor de brocha gorda, pintamonotes horribles. De Siqueiros, nada, y de comunismo, lo que decía el padre Ramiro: una doctrina herética empeñada en destruir la religión, la familia, la moral.

Por lo que venía escuchando de Paquita desde el jardín de San Fernando hasta un café de chinos de la colonia Guerrero, Norma se percató de que nada de lo ocurrido en el cuarto de azotea había contado Daniel a sus amigos. No es un cínico —pensó Norma—; por lo menos es discreto.

—Se fueron sin avisar. Cuando voltié la cara ya no estaban, Norma, ¿qué pasó?

—Me marié con los jarritos y le pedí que me llevara a mi casa. No te quise molestar.

—Todos pensamos que se habían ido a otra cosa.

—¿A qué?

—De romance. Daniel es muy enamorado. No deja viva a la que se le pone enfrente.

—¿De veras me creíste capaz?

—Qué tiene. Yo no lo hubiera visto mal. Así me pescó Florentino. Lo conocí en una fiesta y acabamos en la cama.

—¿De veras?

—¿Entonces no hubo nada de nada? ¿Ni un besito?

—Pero muy rápido.

—Ay ya ves, canija, ya salió el peine.

—Muy rápido. Nos despedimos y ya. No quedamos de vernos ni nada.

—Eso sí no te lo creo —sonrió Paquita, con malicia.

Empezaba a oscurecer. Salieron del café de chinos y Norma acompañó a Paquita Suárez hasta la parada de camión. Cuando el camión se aproximaba, preguntó:

—¿Qué dijo Daniel? Ora que fue a visitarlos, ¿qué dijo?

—¿De qué?

—De mí.

—Ya te conté.

—No me contaste nada —protestó Norma.

Paquita extendió el brazo para marcar la parada.

—Ah pues luego te platico. Te busco la semana próxima.

—¿Pero qué dijo?

El camión se detuvo y Paquita se aproximó al estribo para subir. Volvió apenas la cabeza:

—Que eras muy linda. Que se había enamorado de ti.

Toda la noche del domingo y todo el lunes rumió Norma estas dos frases de Paquita Suárez. ¿Será cierto?

En lugar de ir a San Francisco a confesarse con el padre Ramiro —o mejor con un sacerdote desconocido que no sepa quién soy, que nada más oiga y me regañe y me absuelva y ya— Norma tomó la decisión de faltar ese martes a la zapatería y se fue a caminar, a caminar, a caminar en busca del rumbo que le pareció nefasto aquella mañana de su primera vez. Cuadras arriba y cuadras abajo veía y reveía tratando de reconocer establecimientos, edificios, tendajones; aquella fachada, un letrero, el puesto de periódicos, un detalle, por Dios, para activar su memoria. Empezaba a desanimarse cuando localizó al fin, en la acera de enfrente, el edificio amarillo de los Baños Públicos. De ahí ya fue más fácil.

El portón a la calle estaba abierto. No le parecieron tan lóbregos los pasillos como los sintió cuando bajó corriendo de estampida. En el segundo piso reparó en un letrero adosado a una puerta con una leyenda borrosa, inexistente casi: Sindicato de Obreros Técnicos Pintores y Escultores. En el tercero la detuvo una mujer gorda que cargaba una cubeta y un trapeador.

—¿Dónde va?

—A la azotea. Con el señor Daniel Limón.

La gorda hizo un gesto incomprensible y siguió su camino por el pasillo.

Norma temblaba cuando subió la escalera de metal. Sintió una opresión en el pecho. Pensó en regresar, en bajar corriendo otra vez. Siguió hasta encontrar la azotea. Llegaba música de alguna parte.

Primero golpeó con los nudillos el cuarto aquel, donde había pasado la noche, y como nadie pareció escucharla fue hacia el cuarto vecino. La puerta se hallaba ligeramente abatida y del interior escapaba, de un disco a medio volumen, la poderosa voz de un cantante de ópera a la que se encimaba otra voz, en vivo, desentonada y potente, remedo triste del tenor.

Norma cruzó la sala con pasos cortos y se asomó al estudio. De espaldas, empuñando una brocha que batía el aire como para acompasar el aria operística, estaba Daniel con la camisa desfajada, el pelo revuelto, sucio, y el pantalón manchado de pintura.

—¡Lotería! —exclamó Daniel al descubrirla.

Norma frunció la boca porque le chocó la expresión: le pareció grosera.

—Sabía que ibas a venir.

Daniel separó el brazo del disco y apagó el aparato.

—Tú sabes dónde vivo.

—Pero no me gusta forzar a nadie.

—¿Así piensan los comunistas?

—Así pienso yo.

Daniel se aproximó pero ella le puso dos dedos sobre los labios para detener el beso.

—A todas horas pienso en esa noche —murmuró Daniel —. Todavía tengo tus ojos en mis ojos, tu piel, tus manos, tus piernas...

Se produjo el beso. Norma lo hizo breve.

—Vas a pensar que soy una buscona.

—No hables como niña burguesa. Tú eres una mujer libre.

Los dedos de Daniel empezaron a manipular el botón más alto de la blusa blanca de Norma. Ella le apartó las manos.

—No —dijo—. Quiero hablar contigo. Quiero conocerte.

De una jarra que estaba sobre la mesa, entre pinceles y botes de pintura, Daniel sirvió dos vasos de agua fresquísima, de jamaica. Luego se pusieron a conversar. Le mostró sus cuadros: eran grandes lienzos, sujetos en bastidores, de pinturas terminadas o a medio terminar. Se encontraban uno tras otro apoyados sobre un muro y Daniel los fue exhibiendo como si lo hiciera frente a un coleccionista reflexivo.

Casi todos proponían figuras humanas: hombres, mujeres, rostros encimados con expresión doliente o furiosa. Las formas no guardaban proporciones reales y de pronto un brazo escapaba de una cubeta y un puño flotaba en una nube entre manchones de pintura negra y brochazos rojos que parecían llamaradas. La confusión de colores y el desorden de la composición creaban para Norma una atmósfera horripilante.

—¿No te gustan? —preguntó Daniel.

—No los entiendo muy bien.

—¿Qué no entiendes?

—Yo estoy acostumbrada a los retratos, a los paisajes tranquilos —se atrevió a decir Norma.

—Para eso existe la fotografía. La pintura tiene que expresar lo oculto de nuestra realidad: el dolor de las madres desamparadas, la furia del proletariado. Además de todo lo demás —se exaltaba Daniel—. Necesitamos abrir los ojos del pueblo para que grite, para que se rebele de una vez.

Más que su discurso interminable, a Norma le fascinaban las manos de Daniel, sucias de pintura, con las uñas negrísimas, moviéndose en círculos como garras o volando como palomas por el cuarto.

Ese día y muchos otros, los fines de semana, Daniel llevó a Norma a conocer la obra de los muralistas nacionales. Primero la del maestro Diego que coronaba la escalera del Palacio Nacional y donde la historia patria se convertía en una historieta pegada a las paredes.

—Aquí está Hidalgo, en el centro, junto a Morelos. Allá Juárez, mira, con las leyes de Reforma, ¿ya lo viste? Ésa es la Inquisición. Aquí están los conquistadores destruyendo a los indígenas. El pueblo está en todas partes, míralo: masacrado, burlado, dolido.

Fueron a ver *La creación del hombre* en el Anfiteatro Bolívar y viajaron a Chapingo, con una cesta que llevó Norma para almorzar en un claro del jardín entre paladeos y besuqueos luego que Daniel le explicó la manera en que el maestro Diego había ilustrado *La evolución biológica y la transformación social* con ese desnudo gigante de una mujer representando *La tierra dormida*.

Un sábado por la mañana conoció Norma los frescos de Rivera en la Secretaría de Educación Pública y *Los mitos* de Siqueiros en la Escuela Nacional Preparatoria.

—El mural es como una novela, Norma. Está lleno de historias y de personajes, tardas una vida en captarlo. A la pintura de caballete se le aprecia de golpe, como un cuento.

Se vieron obligados a suspender sus recorridos artísticos porque Daniel empezó a trabajar con el maestro Diego en la obra para el Hotel Reforma de que le habló Paquita. Más que un mural eran cuatro tableros enormes donde Diego quería mofarse de la burguesía. La obra se iba a titular *Carnaval de la vida mexicana* y el trabajo de Daniel consistía en cuadricular los espacios, bocetar los dibujos trazados antes en papel, manchar con pintura los fondos. Poco tenía de creativa la tarea, a veces el muchacho funcionaba de mandadero, pero él se sentía orgulloso de estar al lado del gran artista. Un mediodía, Norma fue a visitarlo con la curiosidad de conocer cómo se daba el desarrollo de una obra así. Daniel la presentó con Diego Rivera. El famoso parecía mayor de los cincuenta años que tenía y ella lo encontró muy feo: mirada hosca, overol mugroso, zapatotes viejos, y un ridículo sombrero de alas extendidas. Rivera no prestó atención a la muchacha. Trazó un gesto con la boca, a manera de saludo, y continuó limpiando los pinceles.

La relación entre Norma y Daniel había entrado ya en una etapa como de noviazgo —palabreja que el muchacho odiaba—, aunque no habían vuelto a acostarse —palabreja que admitía—. Solamente se besaban y tocaban en el camioncito de redilas y en el estudio de azotea.

Estaban en el estudio de azotea una tarde, ya anocheciendo, cuando de los besos y los estrujones Daniel trató de saltar con Norma a la cama. Ella se apartó enérgica.

—Pero si ya me pusiste a prueba casi un año, Normita, caray.

—Me voy.

—Espérate, vamos echando una apuesta.

—¿Qué apuesta?

—Tanto me presumes que órale, a ver: te juego un ajedrez. Si te gano, a la cama; si pierdo, te vas.

Norma soltó una risa.

—¿Me lo juras?

—Te lo juro —exclamó Daniel y acto seguido se acuclilló frente a un mueble repleto de rollos de papel, libretas, tubos apachurrados de óleo, de donde extrajo un tablero polvoso y la caja de las piezas. Los llevó a una esquina de la mesa. Despejó el área. Acomodó los peones...

—Te doy las blancas, para que veas.

Norma seguía sonriendo. Más de una vez le había contado de sus hazañas en el club de San Juan de Letrán, pero Daniel nunca ponía atención ocupado en ser el único centro de toda plática, se tratara de pintura o se tratara, como en este momento, de ajedrez: inolvidables eran sus victorias trepidantes sobre los camaradas del partido y los mates de fantasía con que asombraba a los viejos zorros de una cantina de Cinco de Mayo.

—De veras soy muy bueno, Norma.

Aunque Norma se aventuró a jugar como una principiante —anticipando la salida de su dama y avanzando sin freno los peones, como lo hacía el poeta Reveles—, venció con extrema facilidad a Daniel. Apenas se despejó el campo sacó las torres, y las torres blancas de Norma barrieron al enemigo como los tanques de la guerra del catorce, dijo Daniel. Y se rascaba la cabeza:

—Increíble, increíble, increíble...

Norma no dejaba de sonreír cuando al levantarse para darle un largo beso en la boca tropezó con el tablero y derramó las piezas en el piso de mosaico: caían como botones, rodaban un tramo.

Hicieron el amor hasta que la muchacha se irguió asustadísima porque no había visto el reloj. Lo siguieron haciendo ahí mismo una o dos veces por semana, ajustados cada vez mejor sus cuerpos, descubriendo ella placeres distintos en las nuevas posturas que Daniel le enseñaba, cuidadoso siempre de no ir más allá de lo pedido por Norma entre murmullos y mientras la muchacha buscaba acomodos que terminaban con su cabeza acunada en el torso peludo de Daniel.

Eso sí era el paraíso terrenal.

Don Lucas conoció a Daniel en La Buena Estrella, un merendero de la calle de Bolívar a donde Norma llevó al muchacho a presentarlo con su padre. No agradó a don Lucas la prepotencia del pintor ni el continuo frotamiento de sus dedos sobre los brazos y los hombros de Norma, delante de él, sin recato alguno, como si estuvieran casados. Por la conversación entendió don Lucas que la relación de los muchachos se medía ya en meses, no en semanas. Y casi nada le había confiado Norma, ¿por qué?

Era culpa de su padre, se latigueaba don Lucas. La temporada mala se había prolongado, ni hablar. Cuando no andaba de viaje a Tehuacán para reconciliarse con Carolina y traérsela de nuevo al departamento de Donceles, se pasaba las noches en el burdel de La Negrita —él decía a Norma que en casa del Chato Vargas— cobrando venganza de las canalladas de la mujer. Maldita maldita, la maldita Carolina. Siempre sospechó de ella y más cuando esa misma tarde descubrió una carta enviada desde Tehuacán, Puebla. Abrió el sobre. Desdobló la página. Leyó el *Mi querida Caro* y la firma con letra horrible de un tal Paco. Parecía una simple carta amistosa, aunque esas frases insulsas podían estar escritas en clave, pensó don Lucas.

¡La que armó Carolina cuando se topó con que el imbécil de su marido había violado su correspondencia! Paco era un amigo de la infancia, cuántas veces tendría que decírselo; Lucas no tenía razón para imaginar infidelidades ni menos derecho a violar su correspondencia, cabrón, eso merecía la cárcel.

—A la que debes espiar es a tu hija —le gritó Carolina—. Esa mosquita muerta se está acostando con alguien en tus narices.

El manotazo de Lucas sólo abatió el aire porque Carolina García se movió a la derecha.

—A las escuinclas que dejan de ser quintitas se les echa de ver en la cara, en la forma de caminar, de mover la cintura. Tú nomás fíjate, Lucas, no seas pendejo.

El pleito entre don Lucas y Carolina García no fue de los históricos —don Lucas no salió a emborracharse con el Chato Vargas ni Carolina García huyó a Tehuacán— porque el padre de Norma sabía que su mujer decía la verdad y él mismo, mea culpa, me culpa, mea culpa, no había sabido guiar a Norma como lo habría hecho sin duda la tía Irene si viviera con la muchacha en Guanajuato.

Eran más de las once y media de la noche cuando don Lucas oyó los ruidos de Norma entrando en la sala y al poco tiempo en el baño y en su recámara.

Norma estaba desnuda, enfundándose el camisón. Se dio la vuelta asustada y aceleró sus movimientos.

—¿Te estás acostando con tu novio? —preguntó don Lucas.

Norma se mordió los pellejitos de los labios donde aún sentía los besos de Daniel Limón. Movió los hombros, como retorciéndose. Luego hizo un gesto afirmativo con la cabeza.

—Vamos a casarnos, papá.

Hablaron durante una hora y media de la falta que les había hecho a ambos tu mamá, Normita, y después la tía Irene. Del error de haber traído a Carolina García, de su mutua incapacidad para hacer una vida en común con todos los detalles que implica una vida en común: los tiempos compartidos, las obligaciones bien distribuidas, los paseos semanales, las amistades familiares, los viajes más frecuentes al rancho de Guanajuato. Terminaron abrazados, llorando.

Esa misma semana, Norma se disgustó con Daniel porque Daniel Limón no quiso oír una palabra sobre casamiento por lo civil y mucho menos por la Iglesia.

—Yo no creo en papeles ni en esas babosadas, amor. Soy comunista de verdad, ¿no te has dado cuenta todavía?

Norma lo dejó hablando solo, con el discurso a medias, y bajó de golpe la cortina de su tendajón, como le dijo a Paquita Suárez cuando Paquita Suárez y su esposo Florentino trataron de servir de intermediarios para reconciliar a la pareja. Norma se había confesado en La Profesa, como mujer anónima encerrada en el ropero de un confesionario, y después de la regañada y la penitencia que le puso un sacerdote de voz gangosa por los terribles pecados cometidos por la joven, tomó la firme decisión de renunciar para siempre a Daniel Limón si él no aceptaba un casamiento como Dios manda: es decir: con ella de blanco y en el templo de San Francisco. A sabiendas de que tal exigencia requería de un milagro, y ella no creía en los milagros, Norma pidió autorización a su padre para irse diez días a Guanajuato, ahora sí, con su tía Irene y la familia Lapuente: quería pensar, quería distraerse, quería olvidarse de Daniel y hasta de Toño Jiménez que se le estaba apareciendo en sueños y le revoloteaba a veces como mariposa en el estómago.

—¿Cuándo piensas irte? —le preguntó don Lucas.

—El domingo. Ya hablé con don Günter y me anticipó mis vacaciones.

Parecía un buen plan, pero se interpuso Daniel Limón. El viernes anterior a la partida se presentó en el negocio de don Günter y Norma se dejó vencer por los ojos profundos y la barbilla partida del muchacho. Pensando en ti, Norma —le dijo—, acababa de abandonar sus mugrosos cuartos de azotea y conseguido una vivienda muy decente en una vecindad de la colonia de los Doctores, aledaña, por suerte, a la bodega donde Daniel estaba instalando su nuevo estudio. Allí la llevaría a vivir como su esposa cuando se casaran el mes próximo en un juzgado de lo civil.

Desde luego, lo del matrimonio lo discutieron más tarde, no en el momento en que se produjo el encuentro cuando ella salió de la zapatería al concluir su trabajo. Luego de un forcejeo verbal, el inevitable estira y afloja, anduvieron caminando la Alameda sin que Daniel consiguiera una sonrisa de Norma. Pero la venció eso: sus ojos profundos, su barbilla partida, el ansia de sentir en sus brazos y en sus piernas y en sus pechos las caricias de este tipejo infame, prepotente, pagado de sí mismo, terco, ardiente, maravilloso, maravilloso, maravilloso, repetía Norma usando la palabra preferida de Daniel Limón mientras se amaban a revolcones en la cama de la nueva vivienda. Ella no era capaz de resistir, lo necesitaba tantísimo que era más fácil abandonar en un rincón a Nuestra Señora de Lourdes y olvidarse de un vestido blanco y una iglesia llena de flores que perder el aliento de este comunista del infierno.

En verdad era linda la vivienda. Norma pondría una maceta de geranios por aquí, su mesita de ajedrez por allá, unos visillos de encaje en la ventana, el mantel de su madre en el comedor... Sería la dueña y señora, mujer-esposa del pintor Daniel Limón. De entrada sufriría una secuela de reprimendas, tal vez un manotazo en la mejilla, pero en menos de una semana lograría convencer a su padre de ese matrimonio sólo por el civil. Nada anunciaría a la tía Irene ni a los Lapuente de Guanajuato, qué les puede importar. Paquita Suárez y

Florentino serían los únicos testigos de un casamiento casi en secreto. Continuaría jugando ajedrez tres veces por semana en el club de San Juan de Letrán.

Norma se guardó por un tiempo la noticia porque el matrimonio se aplazó de repente. El maestro Siqueiros estaba de regreso en México y confió a Daniel un trabajo secreto de extrema importancia.

Le encantó a Norma el maestro Siqueiros. A diferencia del maestro Diego, el mechudo sí reparó en la muchacha y hasta felicitó a Daniel por su magnífica elección.

Siqueiros no quitaba los ojos de Norma. Se dirigía precisamente a ella cuando narraba a un grupo de jóvenes pintores, en el galerón de Florentino y Paquita, sus más brillantes hazañas en la guerra civil española —perdida desgraciadamente para la causa de la libertad— dijo.

Las otras reuniones con Siqueiros durante los cuatro meses siguientes fueron secretísimas. Participaban Daniel con una docena más de comunistas muy selectos reunidos quién sabe dónde. Nada sabía Norma de los asuntos y de su trascendencia porque el maestro Siqueiros pidió a sus compinches silencio absoluto.

Es un complot, dedujo Norma porque veía muy nervioso a Daniel los pocos días que lograba verlo, en lapsos brevísimos. No se sentaban a platicar. No visitaban a Florentino y Paquita. No hacían el amor.

—¿Por qué no me cuentas?, yo te puedo ayudar.

—Te he dicho más de lo que debo.

—No me has dicho nada.

—Es todo lo que puedes saber.

Una tarde de mayo de 1940, pocos días después de que Norma cumplió veinticuatro años sin que Daniel se diera por enterado a pesar de que Florentino y Paquita prepararon un festejo y él no fue, ni se disculpó, ni le dio un regalo, ni siquiera un beso..., esa tarde en que Norma fue a ver a Daniel a su estudio, a unas casas de la nueva vivienda, el muchacho se paseaba nervioso de un lado a otro, entre sus cuadros y su tiradero. Y ya no pudo más:

—Vamos a balacear a Trotski.

—¿Vas a matarlo?

—Sólo a darle un susto, a él y al gobierno.

—¿Trotski no es comunista?

—Es un traidor, Norma. Queremos que el presidente lo expulse. Que sepa que no lo queremos en México.

—¿Y el maestro Siqueiros?

Todo lo supo Norma unos días más tarde.

Disfrazado de mayor del ejército, con lentes oscuros y bigote postizo, el pintor David Alfaro Siqueiros comandó un asalto a la casa de Coyoacán donde vivía el viejo Trotski. Se utilizaron dos automóviles, uno de ellos conducido por Daniel Limón. El grupo estaba compuesto por miembros del partido, muy de la confianza del maestro Siqueiros, y por un par de campesinos de Hostotipaquillo, un pueblo minero del estado de Jalisco. A excepción de Siqueiros, todos iban disfrazados de policías civiles. Dispararon como doscientos tiros sobre la casa y salieron huyendo.

Lo que narró Daniel y lo que Norma leyó en los periódicos asustaron más a la muchacha. El maestro Siqueiros fue a refugiarse a Hostotipaquillo y el resto de los camaradas se escondieron con amigos o continuaron haciendo su vida normal, como Daniel Limón. Creían estar a salvo, pero alguien hizo una delación, agarraron a un camarada asaltante, y el gobierno desató entonces una cacería feroz acicateado por el escándalo de los periódicos.

Aprovechando que su padre se encontraba en Tehuacán —una vez más había ido a reconciliarse con Carolina García—, Norma se transladó a la vecindad de la Colonia de los Doctores para acompañar a Daniel Limón. El muchacho se veía más tranquilo que Norma.

Pese a la supuesta cacería policial —no les creas mucho a los diarios, le recomendaba Daniel— se consideraba fuera de peligro porque la operación resultó perfecta, te lo juro.

Norma no pensaba lo mismo y trataba de convencerlo de que se fuera a Guadalajara, a casa de su primo, cerca de su madre encerrada en el sanatorio mental.

—No pasa nada.

—Pero si hasta Paquita y Florentino sospechan, Daniel.

—¿Qué sospechan?

—Que tú estabas en el complot.

—Ellos no saben nada, no es cierto.

—Vete a Guadalajara, Daniel. Hazlo por tu hijo.

Los ojos de Daniel Limón se abrieron como lámparas.

—Estoy embarazada —completó Norma.

—¿Embarazada embarazadísima? ¿Estás segura?

—Embarazadísima, Daniel.

Daniel se lanzó hacia la muchacha. La abrazó por la cintura, la levantó en vilo y luego giró con ella como si fueran una pirinola.

—Maravilloso maravilloso —gritaba y reía Daniel—, maravilloso. —Saltó como un chamaco para golpear con la mano el foco que colgaba del techo.

Norma respiró a plenitud. Había temido que la noticia enojara a Daniel, más en una situación como la que estaban viviendo, y la reacción explosiva del muchacho la llenó de alegría: no se había equivocado, ese hombre la amaba de veras.

Daniel se puso a cantar el aria de *Cavalleria rusticana*. Sacó de un cajón de triques una botella de un tinto portugués y sirvió dos vasos. Antes de arrojarse a la cama se acabaron la botella.

Fue esa tarde, o la tarde del día siguiente, o una tarde pasados varios días —no siempre es fácil para una cabeza vieja recordar con exactitud— cuando un grupo de policías vestidos de civil irrumpió en la vecindad de la Colonia de los Doctores. Directo se fueron los intrusos a la vivienda de Daniel. Golpearon la puerta. La derribaron.

Mientras entraban como un ventarrón, Daniel Limón brincó por la ventana que daba a una azotehuela. Detrás de él se hallaba Norma, ayudándolo a huir. Cuando la muchacha giró la cabeza hacia el ruido de los invasores se encontró con el disparo. La bala le penetró en la cabeza, a la altura de la frente, y Norma se desplomó de golpe: cayó de espaldas.

—Está muerta —dijo minutos después un policía vestido de civil.

Durante una eternidad la abuela se mantuvo en silencio. Yo estaba a punto de apagar la grabadora.

—Sírveme un coñac.

Me levanté para obedecerla. Era el cuarto coñac que pedía aquella tarde y sentí cierta aprensión ante el peligro de que la enfermera me avistara alcoholizando a la anciana: un acto sin duda reprobable. Como la abuela enchuecó la boca para acentuar su exigencia, ya no dudé. Serví el licor y puse en su mano deformada por la artritis el cubito de cristal.

Con el trago en la mano, mientras yo continuaba de pie, su brazo extendido señaló hacia los dos cuadros colgados sobre la pared del saloncito.

—Son de Daniel Limón.

Aunque no soy un experto en cuestiones artísticas, unos meses antes mi amigo Armando Ponce me había pedido cubrir una nota sobre las celebraciones del centenario de Siqueiros (se exponían en Bellas Artes varias obras de caballete pintadas por el artista en los años treinta), lo cual me permitía ahora aseverar que sí, ciertamente esos dos cuadros de la abuela parecían emparentados con las pinturas de la exposición. Eran semejantes a los valiosos Siqueiros —el mismo estilo, la misma temática— aunque los firmaba, con una letra amarilla brillando sobre el fondo ocre: *Daniel Limón / 1939.*

Mientras la abuela sorbía el coñac examiné las pinturas.

—¿Te gustan?

—A veces pienso que me está tomando el pelo, señora.

—Qué dices.

—Que a veces pienso que me está tomando el pelo.

—Sí, eso puede ser. Puede ser que te engañe...

—Por qué razón.

—Por el gusto de engañarte, nada más.

La abuela sonrió y con la izquierda alzó del piso una campanilla: la hizo sonar. Era la primera vez que yo veía esa pequeña campana de bronce, de timbre nítido, cuyo mango configuraba un pequeño Napoleón Bonaparte de cuerpo entero. Sin duda la mantenía sobre el buró de su recámara, y como ahora nuestras conversaciones solían prolongarse hasta llegada la noche había decidido tenerla consigo en el saloncito, al pie de su mecedora.

La enfermera tardó en subir un par de campanilleos más. Noté su gesto reprobatorio cuando advirtió la copa de coñac en el puño de la abuela. Se la arrancó sin pronunciar palabra mientras yo me hacía el disimulado.

—El álbum negro —ordenó la abuela.

Con todo y copa de coñac, la enfermera salió hacia el rumbo de la recámara y regresó con un álbum empastado en piel negra, muy grande, gastado por el uso. Las cartulinas se hallaban cubiertas de fotografías amarillentas, pegadas con esquineros, aunque también alcancé a ver otras sueltas, flotando entre las hojas.

Como me hallaba de pie junto a los cuadros siqueirianos, me resultaba imposible a esa distancia distinguir las imágenes del álbum. Sólo pude apreciar la fotografía que la abuela buscó entre varias cartulinas y me puso delante. Era de tamaño postal y de color sepia. En ella se veía una pareja de jóvenes detenidos sobre una angosta calzada, mirando hacia la cámara. La muchacha vestía una falda amplia que caía hasta muy cerca de los tobillos; llevaba un suéter oscuro y zapatos sin tacón, como sandalias. El joven, de pantalón amplio y camisa arremangada, cruzaba con su brazo izquierdo a la joven por detrás de los hombros. Él era bien parecido. Ambos sonreían.

—Soy yo con Daniel Limón, en Chapultepec.

De inmediato me mostró otra fotografía, más grande, como de ocho por diez. Era una foto en la fachada de un templo.

—Mi boda con Lucio, en la iglesia parroquial de Guanajuato. El que está a la izquierda es mi papá. A la derecha de Lucio, mi tío Grande y mi tía Francisca. Y la de negro, la del chongo, es mi tía Irene.

Ni siquiera pude distinguir a los personajes citados. Me arrebató las dos fotos de un tirón. Volvió a meterlas en el álbum.

—¿Por qué no me presta su álbum?, me serviría.

—No comas ansias, muchacho, no comas ansias.

Al lado izquierdo de la mecedora, de pie, la enfermera había presenciado la escena sin chistar. Cuando salió con el álbum de pastas negras rumbo a la recámara, cruzó conmigo una mirada rápida. Creí leer un gesto como de lástima hacia mí.

De nuevo me senté en el sillón. Revisé la grabadora: seguía funcionando. Era una grabadora grande, buenísima, que María Fernanda me trajo de Nueva York: grababa hasta los suspiros.

—¿Sigues pensando que te estoy tomando el pelo?

—No sé.

—Qué no entiendes.

—La muerte de Norma.

—Terrible, ¿verdad? Pero acuérdate, la muerte está siempre al final de todos los caminos.

—¿Qué pasó después?

Un silencio largo, otra vez, como siempre.

La abuela tomó de su regazo el pañuelo blanco que nunca abandonaba y lo oprimió con el puño. Luego lo lanzó hacia mí.

—Ahí va un navío, un navío, cargado de...

El pañuelo hecho bola no alcanzó siquiera la mesita de cristal. Se desplegó en el aire, quedó flotando unos segundos y fue a caer al pie de la mecedora, sobre sus pantuflas de peluche.

—Tarántulas. Timbre. Tejones. Tijeras. Tapices. Torrejas. Tiranos. Tapetes. Turrones. Tarimas. Toreros. Tepaches. Terremotos. Tenazas. Tinteros. Tomates. Tiendas. Tíos. Tunas. Tejas. Tacos. Tepaches. Tirantes. Tinacos. Talegas. Temas. Tontos. Tundas.

Se echó a reír. Jadeaba contenta, divertida, borracha, feliz como una niña.

Capítulo V

Tres

Me fugué con Luciano a París. No esa misma noche ni a la mañana siguiente ni a las dos semanas... Había tiempo de sobra para pensarlo y planearlo, me dije, porque para viajar a Europa Luciano necesitaba primero el consentimiento de mi tío Grande y después la bendición de mi tía Francisca, quien a pesar de que la separación de su hijo segundo le desgarraba el alma como a la Virgen María de los Dolores: las famosas siete espadas acribillando su corazón —así le dijo llorando a mi tío Grande—, ella, mi tía Francisca, mejor dicho, el inconmensurable amor materno de mi tía Francisca le ordenaba pensar antes que nada en la felicidad de Luciano, y la felicidad de Luciano estaba en París, en ese curso de privilegio, primer escalón de una carrera musical, de virtuosismo pianístico si cabe la palabra, que ellos los padres deberían impulsar, ¡ellos!, no el recién nombrado gobernador Enrique Fernández Martínez, por muy amigo que fuera del compadre Orestes Marañón, político aquél al fin de cuentas, pronto a presumir de mecenas ante la fina sociedad del estado y a pararse el cuello luego si el muchacho lograba triunfar en Europa.

Tan machaconas fueron las peroratas de mi tía Francisca que mi tío Grande dijo está bien está bien, ya no se discuta más, y encomendó a su primogénito Lucio hacerse cargo del sistema de transacciones necesario para dotar a su hermano Luciano de cantidades suficientes para el viaje, para el curso y para una estancia decorosa en la Ciudad Luz.

—Y óyeme bien, Francisca, si tu hijo se vuelve joto será responsabilidad tuya, sólo tuya, por el resto de tu vida. Ya no quiero saber del destino de ese pobre muchacho. Allá tú.

Mientras ocurrían estos forcejeos yo dudaba y dudaba y dudaba: no sólo estaba convencida de los estragos familiares que provocaría nuestra fuga —digna de una historia de Rafael Pérez y Pérez—, sino del terrible dolor que me significaría renunciar para siempre al amor de Lucio. Eso me quitaba el sueño. Y gracias precisamente a una crisis de insomnio fue que asumí la decisión definitiva.

De no haber sido porque una noche oí sonar las notas agudas del Chase and Baker no en la forma de un preludio o una mazurca con los que Luciano solía llamarme a la conversación secreta en el salón, sino las notas agudas de un tintineo obsesivo; de no haber sido porque alertada y pensando de inmediato en Luciano me levanté de la cama y bajé las escaleras y vi al regordete Luis sentado en el taburete ante las teclas pulsadas por él con el índice y el anular ajeno por completo a mi presencia, sorprendido cuando me vio y trató como siempre de huir; de no ser porque lo alcancé y lo detuve y lo forcé para que habláramos yo tal vez no habría tomado la decisión de romper para siempre con Lucio y fugarme con Luciano.

Luis tardó en aceptar pero lo aceptó al fin: sí, sabía de mi juego en simultáneas con sus dos hermanos; nos espió durante años y en esos años sorprendió mis besuqueos con Lucio como sorprendió al mismo tiempo —en simultáneas, pues— mis manoseos con Luciano en ese taburete, todo lo cual calificaba Luis de reverenda canallada, dijo. Una y otra vez me acusó de mujer liviana, y una y otra vez me instó a que renunciara a ambos o eligiera a uno de los dos. Y que si elegía a uno de los dos, me gritoneó Luis, ese uno debería ser forzosamente Luciano porque Luciano quería mi alma no sólo mi cuerpo.

Lucio era un rufián, el semental del rancho, lo llamó. A él, a su propio hermano, a su hermano menor, el benjamín, lo trataba como a bestia de carga y ante capataces y obreros, ante parientes y amigos, lo acusaba de ser un bueno para nada: el zángano Luis.

—¿Un semental dijiste?

Con el beneplácito de mi tío Grande, Lucio ejercía el derecho de pernada sobre las hijas de los trabajadores: un gran número de muchachas sencillas, recolectoras de duraznos, tejedoras, auxiliares en la ordeña, nixtamaleras, ayudantes de cocina, desyerbadoras, habían abierto las piernas a Lucio —con el perdón sea dicho— y otras muchas estaban a punto de hacerlo luego de tanto acoso y tanta amenaza del hijo del patrón. Y eso no era lo más. Lo mucho más para ella, para Norma, era que su adorado Lucio tenía amores clandestinos, ya no digamos con las prostitutas del burdelito Miraflores, el de la vereda al Teján, al que iba todos los jueves, sino con las mujeres casadas como la tal Chayito, cuñada de Celestino González, el del cafetín de la plaza de San Roque. Tres años fue su amante de planta y medio Guanajuato sabía que ese niño de once meses de Chayito no nació de su matrimonio con el hermano de Celestino, porque ese hermano de Celestino de nombre Heladio tenía fama y tipo de invertido: nació de la unión pecaminosa de Chayito con Lucio en el mismo tiempo que te enamoraba a ti, Norma, dijo Luis.

Lloré, grité y grité no, estuve a un tris del desmayo, pensé en regresar a México, en enfrentar antes cara a cara a mi Lucio, en no sé cuántas barbaridades más, y decidí mejor emprender ciertas pesquisas: primero preguntando del caso a Orestes Marañón, quien discreto como siempre para todo lo relacionado con los Lapuente no dijo sí ni dijo no pero meneó la cabeza como si lamentara la existencia de tipejos así, y después visitando a la cuñada de Celestino González en su casita de fachada azul añil a espaldas del Teatro Juárez.

Aproveché una ida a Guanajuato con mi tía Irene, un lunes por la mañana. Luego de que oímos una misa cantada en el templo parroquial y compramos hilos y botones en la mercería Azucena del mercado Hidalgo, sugerí a mi tía Irene que realizáramos una breve visita a la cuñada de Celestino González.

Casi se le desbarató el chongo a mi tía Irene cuando oyó el nombre de Chayito. No la bajó de cuzca durante todo el alegato de su negativa, pero era precisamente por cuzca, le dije, por lo que me interesaba hacerle esa breve visita inspirada en lo que predicó el padre Huesca en la misa del domingo, tía, ¿ya no te acuerdas?, sobre la necesidad de acercarnos a los pecadores como Jesús se acercó a la mujer adúltera que se encontró en el pozo, ¿ya no te acuerdas?

Aceptó de mala gana mi tía Irene y dimos toda la vuelta a la manzana del Teatro Juárez. Yo llevaba un buen pretexto para caerle de golpe: le había comprado en El Gallo Pitagórico un librito de horóscopos, tema que según Celestino González inquietaba y encantaba sobremanera a su cuñada Chayito. Y eso se le vio en la cara cuando abrió la puerta, cuando miró la carátula del libro y nos miró a nosotras y no llegó a entender ni en ese momento ni nunca a qué demonios se debía nuestro interés por visitarla con tanta amabilidad, siendo como era de una clase inferior. En los diez o quince minutos que estuvimos ahí, en su casa muy limpia, Chayito se portó bien. Nos sirvió un agua de tuna, nos ofreció un poco de chicharrón con guacamole —que rechazamos— y acabó mostrándonos a su criatura de once meses: un escuincle divino que gateaba de aquí para allá y se llamaba Alberto. Era el vivo retrato de Lucio Lapuente. No necesitaba yo realizar más pesquisas.

Fue entonces cuando decidí fugarme con Luciano.

Preparamos bien el lance, con estrategia de ajedrez. En compañía de Orestes Marañón, Luciano se iría por delante a la Ciudad de México al día siguiente de la gran despedida que le organizó mi tía Francisca: una barbacoa fenomenal a la que asistieron ciento y pico de comensales, coronado el festejo con un estudio para piano de Liszt interpretado a cuatro manos por el profesor Marañón y por el virtuoso hijo segundo de los Lapuente, en la antesala misma de la gloria internacional, según predijo el gobernador Fernández Martínez en la farragosa pieza oratoria con que se remató la reunión.

De acuerdo con la estrategia, yo alcanzaría a Luciano y al profesor Marañón unos días después valiéndome de un pretexto que funcionó de maravilla: mi padre estaba por cumplir cincuenta y cinco años y mi mejor regalo sería sin duda presentarme de sorpresa en México, acompañada de mi tía Irene —propuso rápido mi tía Irene tal y como yo lo había previsto.

No fue difícil deshacerme de mi tía Irene luego que mi tío Grande y mi tía Francisca encomiaron mi deseo de felicitar a mi padre en su cumpleaños. La víspera del viaje organicé una travesura: agregué al licuado de piña que mi tía Irene tomaba todas las mañanas para defenderse de la artritis dos cucharadas de semillas molidas de abelmosco, un purgante insaboro y efectivísimo —según Lucio— usado con frecuencia con las chivas preñadas. Se bebió el licuado sin advertir menjunje alguno y ya para mediodía la pobre de mi tía Irene se derramaba toda en una diarrea incontenible que le ocupó la noche entera en precipitadas carreras de ida y vuelta al cuarto de baño, entre bascas y retortijones. Se vio obligada a suspender el viaje. Desde luego yo no podía hacer lo mismo, le dije, porque llegaría a México después del cumpleaños de papá, y aunque Lucio se ofreció prontamente a acompañarme, tanto mi tía Francisca como mi tío Grande se sumaron a mi rechazo porque sería muy mal visto —aunque fuéramos primos— el viaje en tren de dos jóvenes de nuestra edad.

No le sorprendieron a Lucio tales razones, muy acordes con la moralidad de sus padres, sino la vehemencia con que yo sostuve mi empeño de viajar sola. Era la confirmación del súbito desdén con que empecé a tratarlo después de mi plática con Luis. Nada entendía Lucio: por qué me negaba a salir a montar, por qué separaba mi mano cuando la buscaba, por qué me levantaba de la mesa cuando su pierna presionaba la mía. Varias veces trató de hablarme a solas en la huerta o en el potrero, pero aduje pretextos sin fin: que me dolía la cabeza, que tenía un quehacer en la cocina con mi tía Francisca, que me estaba esperando mi tía Irene.

No, no me pasa nada. No, no estoy enojada contigo. No, no me vinieron con ningún chisme, Lucio, yo soy así. Me da por épocas: me deprimo, me aburro, me canso del rancho y de Guanajuato y de todo. Ya me pasará. No te preocupes. Tenme paciencia.

Lucio consideraba pretextos todas mis explicaciones y se enojaba, se iba al billar, tal vez al burdelito aquel de la vereda al Teján, o a la casa de Chayito. Bebía mucho, llegaba muy tarde sin cuidarse de que mi tío Grande lo sorprendiera borracho, y sufría, sufría sobre todo el muy maldito, infiel.

Lo conseguí. Viajé a México sola, y en la estación de Buenavista a donde fueron a esperarme, Luciano y el profesor Marañón me dijeron que ya todo estaba listo para el viaje a Veracruz y para la travesía en barco hasta Europa.

—No me acuerdo muy bien lo que pasó esa semana en México —dijo la abuela.

Se había puesto en pie y se mantenía inmóvil en la orilla de la mecedora, apoyada en el bastón. Miraba hacia la escalera, detrás de mí, como si yo fuera transparente.

—Es que no quiero acordarme —dijo—. Eso es lo que pasa.

Volvió a tomar asiento y en el silencio yo cambié el caset de la grabadora.

—Me sentía pésimo, imagínate. Me costaba gran esfuerzo escribir a mis tíos una carta con toda la verdad: que me fugaba con Luciano, que no me volverían a ver nunca, que me perdonaran por favor, que pensaran de vez en cuando en mí, que me perdonaran por favor, que me perdonaran, que me perdonaran, que me perdonaran...

Por primera vez vi sollozar a la abuela, parecía una joven.

—Cálmese —dije, por decir.

Respiró hondo y pareció tranquilizarse al fin. Se levantó los anteojos. Con el pañuelo blanco restregó sus ojos cerrados para limpiarlos de lágrimas. Se sonó ruidosamente frotándose una y otra vez la punta de la nariz, como si quisiera hacerse daño. Convirtió el pañuelo en una bola húmeda. Lo escondió dentro del puño. Luego continuó su narración:

Parecía como si un asalto a mano armada, o un vendaval, o un terremoto, o las tres desgracias al mismo tiempo hubieran arrasado la queridísima casa de mis padres en la calle de la Palma. Así la vi de rota, de sucias las paredes, de mugrosos y desvencijados los muebles, de deshilachados los tapetes: el descuido era absoluto, y dolía: allí nací, allí murió mi madre. En la pared principal de la sala, donde reinó siempre un cuadro del Sagrado Corazón de Jesús junto a la foto de bodas de mis padres, colgaba ahora, enorme, la fotografía enmarcada de Carolina García.

No tuve tiempo de sufrir más porque la alegría de abrazar a mi padre, tras la sorpresa mayúscula, me nubló los ojos y me hizo sonar campanitas en la cabeza. Qué dicha dicha.

Esa misma noche, que era la del cumpleaños cincuenta y cinco, Carolina García, mi padre y yo nos pusimos elegantes y cenamos cabrito en el restorán Prendes a la cuenta personal de mi madrastra. Sólo fuimos los tres porque mi padre no quiso invitar a sus amigos íntimos, como le sugerí: ni al presidente del club, ni al poeta Reveles, ni al Chato Vargas... Solamente los tres, y la pasamos de maravilla, lo que sea de cada quien. Carolina García: simpatiquísima con sus chistes de gachupines tontos y sus burlas al trompudo presidente Cárdenas que estaba llenando el país de españoles comunistas. Mi padre: atento a todo lo que yo quería y decía, feliz de verme y agradecido por la sorpresota que le di llegando así, de repente y sin aviso. Se emborrachó un poquito.

Lo de veras malo vino después, al final de la semana, cuando confesé a mi padre lo de mi fuga a París con mi primo Luciano Lapuente.

—Mañana nos vamos a Veracruz.

Luciano me había pedido guardar el secreto, siquiera hasta el último instante, para no dar tiempo a que la noticia llegara a Guanajuato y se organizara —vaya uno a saber— cualquier loca operación de impedimento. Por eso Luciano no se presentó en casa de mi padre un solo día de la semana; yo dormía en mi cuarto —polvoso y arañado por los ratones, pero lo mejor conservado de mi viejo hogar— mientras Luciano y Orestes Marañón lo hacían en un viejo hotel cercano al Zócalo; nos encontrábamos durante el día para tratar asuntos relacionados con el viaje y pasear un poco, si acaso. Nada más. No puse a Luciano delante de mi padre ni lo llevé siquiera al club de San Juan de Letrán. Guardé el secreto hasta el último momento. En el último momento solté la verdad:

—Mañana nos vamos a Veracruz y ahí nos embarcamos en el *Victoria* para Le Havre.

Nunca imaginé tal furia de mi padre. Me llamó desnaturalizada y me acusó de traición a esa familia que me había dado techo, amor, educación para que yo, ahora, les pagara de manera contraria a las buenas costumbres inculcadas y practicadas por esa gente tan decente... ¡y tan horrible al mismo tiempo!, la verdad, que se vayan al carajo —exclamó mi padre al dar fin a la botella de ron–. Abrió otra sin chistar y empezó a despotricar contra los Lapuente y sobre todo contra mi tía Irene que me arrancó de su lado para convertirme en esto: en una mujer perdida a punto de fugarse con su primo. Todo habría sido distinto si yo no me hubiera ido a Guanajuato —gemía mi padre—. Desde cuándo él habría mandado al mismísimo demonio a la tonta de Carolina para vivir solamente con su hija ahí, en esa casa tan bonita, tan limpia y bien pintada que se veía ahora. Continuaba con Carolina por eso: porque su hija estaba en Guanajuato y él era incapaz de vivir solo. Maldita vida, Norma. Maldita tu tía Irene que te secuestró, chilló mi padre, y volvió a decir: y mira para qué, para que esta muchacha, mi hija única, termine traicionándonos a todos.

—No quiero saber de ti nunca más, Norma. Fuera. No me escribas. No me mandes telegramas. Para mí ya estás muerta.

Antes de embarcarnos en el *Victoria*, Luciano y yo nos unimos en matrimonio en un juzgado civil del puerto de Veracruz, con Orestes Marañón como único testigo y luego de cohechar a un juez de apellido Galíndez y uñas manicuradas quien alegaba no sé cuántas irregularidades por la falta de papeles indispensables para celebrar un matrimonio con todas las de la ley.

En el muelle nos despedimos del profesor Marañón. Aún recuerdo su brazo derecho levantado con el sombrero en la punta de su mano, como una estatua surgiendo del monumento mismo que el profesor se merecía: nuestro único testigo de boda y nuestro único lazo atado apenas a ese mundo, una silueta que nos decía adiós con el sombrero.

La segunda tarde de navegación, cuando las dos parejas que ocupaban con nosotros el estrecho camarote salieron a cubierta, Luciano y yo hicimos por primera vez el amor. No resultó tan hermoso como yo había imaginado, pero él, siempre prudente, siempre generoso, lo atribuyó al difícil instante que vivíamos. Me resultaba imposible, y era explicable que me resultara imposible, incluso cuando mi piel desnuda se untaba al cuerpo de Luciano, dejar de pensar en la carta escrita a los Lapuente poco antes de abordar el barco y a punto de llegar la susodicha carta a la estación de Guanajuato, a la oficina de correos de Guanajuato, a las manos de mi tío Grande y de mi tía Francisca y de mi tía Irene. Tras el azoro inconmensurable y el grito horrísono, una cauda de improperios semejantes a los lanzados por mi padre estarían brotando ahora de las fauces de mi tío Grande, de mi tía Francisca, de mi tía Irene, y del mismo Lucio incluido en ese coro de maldiciones y de quejidos, porque también quejidos de dolor provocaría nuestra fuga.

Creí escuchar un ¡aaaay! larguísimo rasgando el mar, como una flecha.

Ya no existen Norma y Luciano, diría mi tío Grande a punto de encerrarse en la biblioteca. Se hundió el barco. Se ahogaron. Punto.

Como tres años, o un poco más, vivimos en París. En la Rue de la Fleur, a unas cuadras del templo de la Madeleine, Luciano consiguió en alquiler un lindo piso. Yo le sugería que buscáramos mejor una casa de huéspedes porque seguramente mi tío Grande habría ordenado a Lucio interrumpir de golpe cualquier envío monetario y pronto empezaríamos a sufrir estrecheces, difíciles de soportar en cualquier parte pero más en una ciudad extranjera, ¿no crees? A manera de respuesta, Luciano me tomaba de los hombros, fijaba en mí sus ojos negrísimos y me besaba con paciencia. Él llevaba dinero suficiente para vivir poco más de seis meses con holgura, decía, y a los siete meses ya estaríamos tan habituados a París que él o yo, o ambos, no tendríamos demasiados problemas para conseguir trabajo: él tocando el piano en cualquier cafetín de Montmartre y yo cuidando niños o impartiendo clases de español a los franceses.

—Algo así, Norma, no te preocupes.

De momento lo más importante era aprender francés, decía Luciano, cosa que por cierto no me costó el menor esfuerzo. De veras. Para mi sorpresa y la de Luciano —sobre todo para la sorpresa de Luciano quien por motivo de sus clases con Arthur Rubinstein (que así se llamaba el maestro celebérrimo) y de su trato con mayor número de personas, amigos y compañeros de la escuela de música, debió aprender más pronto el francés y la verdad no podía, no podía...—; para mi sorpresa y la de Luciano, digo, yo me solté hablando francés en el mercado y en la calle y en el café y en donde fuera, a poco menos de dos meses de instalarme en la Ciudad Luz. Tenía una facilidad extraordinaria, me di cuenta: tanta como para el ajedrez. En la academia del Barrio Latino donde Luciano y yo estudiábamos mañana y tarde —él aprovechando los pocos huecos que le dejaban sus cursos de piano— yo era la más aventajada en un grupo numeroso de españoles recién llegados a París. Y no sólo me dediqué al francés. Al año empecé con el alemán y en seguida con el italiano. Los aprendía con tan asombrosa rapidez que antes de irnos a Madrid, años más tarde, trabajaba ya en una asociación de intérpretes dedicada a atender turistas o gente de negocios en viaje por Francia. La AII. Ganaba buen dinero.

—Pero eso fue después, perdón. Regreso a nuestros primeros meses en París.

A poco tiempo de llegar, disponiendo de una suma considerable de nuestro capital básico, Luciano adquirió un piano de medio uso que ocupaba casi toda la salita del piso alquilado. Desde luego no era un Chase and Baker como el de la casona, ni menos un Steinway como el de Orestes Marañón; era un viejo Ronish que todavía sonaba muy bien, aunque un vecino gruñón del quinto piso, Mesié Gustave, viudo y numismático, conminaba a Luciano a no tocar por las noches: amenazaba con acusarlo a la policía, meterlo a la cárcel, echarlo del país... De poco servían mis ruegos porque poco importaba a Mesié Gustave que mi marido hubiera resultado el discípulo preferido de Arthur Rubinstein durante aquel curso de perfeccionamiento y que Rubinstein le compartiera algunos de sus secretos. El pianista debe cantar con voz sorda mientras toca, decía Luciano que decía el maestro Rubinstein; cantar con el cuerpo porque la música no brota de los dedos en movimiento sino del impulso que hace moverse a las vísceras. Y así tocaba Luciano: con el hígado, con los pulmones, con el corazón pulsando los fascinantes preludios de Liszt o hasta los monótonos e intrincados ejercicios de Czerny, de Cramer, de Moscheles. Cuando concluyó el curso de Rubinstein y éste se fue de París, Luciano siguió estudiando con otros virtuosos de primer nivel como el italiano Busoni y el español Pujol.

Así veo a Luciano ahora en la memoria: estudiando, estudiando, siempre estudiando como si fuera imposible alcanzar la perfección en una técnica propia que podía asombrar a los pueblerinos de Guanajuato, pero no a los europeos. Buenos pianistas había de sobra en el viejo continente, y para sobresalir entre la multitud era necesario ser más que los mejores.

Llevábamos una vida austera. Comíamos en casa —trataba de preparar las recetas de la tía Francisca con los comestibles que encontraba en el mercado de la Rue Mouffetard— y salíamos poco, casi siempre a conciertos en la sala Gaveau, en la Pleyel, o en la Ópera Garnier. Algunos fines de semana paseábamos por

Versalles, íbamos a misa a Notre Dame, curioseábamos a los pintores de las callejuelas de Montmartre. Mi orgullo era el ahorro. Me hacía feliz guardar hasta el franco más indispensable —escondido en la cajita forrada de conchas marinas que me regaló Orestes Marañón en Veracruz— aunque para sorpresa de Luciano y mía los depósitos bancarios desde México aparecían sin retraso alguno. Tal como lo prometió mi tío Grande, Lucio nos enviaba cada dos meses el dinero acordado. Por eso era el asombro. Como si nada los enojara contra nosotros llegaban puntuales las remesas, aunque ninguna carta de Guanajuato de no ser, desde luego, las del profesor Marañón. Eran pocas y breves. Nada nos contaba en relación con nuestra muerte decretada por mi tío Grande, lo que hacía evidente su deseo de disimular cualquier noticia capaz de perturbarnos.

Fue duro el golpe, fue duro —escribió Orestes Marañón en su primera misiva—. *Hay que confiar en el tiempo,* como dice Bernard Shaw; *el tiempo todo lo alivia.*

Y nada más. Prefería informarnos de las violentas manifestaciones en León de la Unión Nacional Sinarquista y de las polémicas públicas por la nacionalización de los ferrocarriles mexicanos decretada por el presidente Cárdenas. También nos daba consejos, entre paternales y filosóficos, para hacer más plena nuestra vida matrimonial.

En eso andábamos bien. El amor entre Luciano y yo, sometido durante los primeros meses a las presiones anímicas derivadas de la fuga y el desgarramiento —lo que provocaba fuertes enojos mutuos alternados con momentos de melancolía— se fue acendrando con las semanas hasta convertirse en una llama viva. Al completar el segundo año en París, lo único doloroso en mi trato íntimo con Luciano era que no se produjeran mes tras mes los anuncios de un embarazo deseado al principio con ilusión, luego con desasosiego y años más tarde —cuando nos fuimos a Madrid— con auténtica desesperación. De nada valieron los engorrosos análisis clínicos ni los tratamientos de los especialistas que me hicieron sentir humillada y lastimada. De nada valió el dineral gastado en mi maldita esterilidad.

La esterilidad es tu castigo por el daño que has hecho a tu familia, Norma, me decía a mí misma por las tardes acodada en el barandal de piedra del Petit Pont, llorando frente a las aguas mansas del Sena. Un viejecito de barbas muy densas se acercó y me tendió un libro empastado en rojo. Era una novela de Gorki traducida al francés cuyo título me pareció una dolorosa ironía: *La mère*. Lo compré, lo leí, pero no me gustó: el asunto nada tenía que ver con mi problema, y era ese problema lo único que me obsesionaba una vez sepultado el recuerdo de mi padre, a quien escribí cuatro cartas y no recibí respuesta, y una vez arrinconadas las imágenes de los Lapuente y de mi tía Irene, a quienes de vez en cuando soñaba envueltos en la niebla de madrugada, caminando a mi encuentro por una callejuela del Barrio Latino pero mostrándome de pronto las espaldas justo cuando les gritaba y corría a alcanzarlos: ellos cruzando ahora el Petit Pont y entrando a Notre Dame para volverse figuras de colores en los vitrales heridos por lanzas de luz.

Terminada la misa de ocho el templo se había ido vaciando mientras yo me mantenía de rodillas, con la mente en blanco, en la penumbra, frente al vaso rojo del Santísimo donde una veladora cintilaba como una esperanza. No estaba en Notre Dame, estaba en la Madeleine: ese extraño templo cuya fachada me recordó cuando la vi por primera vez —habíamos ido a vivir cerca, ya lo dije— las postales del Partenón. De pronto me eché a llorar sin saber exactamente por qué —en ese tiempo lloraba por cualquier cosa—, y no sacaba aún el pañuelito de mi bolso cuando sentí a mis espaldas una presencia. Era un hombre de negro, ensotana-

do, muy alto. Tendría como cincuenta años y una sonrisa de santo. Me habló en un español trabajoso, como
si adivinara mi origen, y yo le respondí en francés sin
darme cuenta. Traté de sonreír. Me ayudó a levantarme.
Lo seguí hasta la sacristía y ahí conversamos durante
un par de horas. Tenía un apellido judío, se llamaba
André Lipstein.

Con el padre André Lipstein inicié aquella mañana una larga relación amistosa y religiosa que con el
tiempo me permitiría entender al Jesucristo de los Evan-
gelios —como lo llamaba el padre Lipstein— más preocupado por la miseria de los desheredados que por
las cuestiones de la moral y de la fe, y del cumplimien-
to con las leyes de la Iglesia que tanto machacaban los
curas de Guanajuato.

—Los muy cretinos. ¡Punta de imbéciles!

Sonreía el padre Lipstein con mis exabruptos
dictados por la irreligiosidad, y tal llegó a ser en mí su
influencia que durante una temporada lo acompañé en
sus visitas a los barrios miserables de París, donde más
que enseñar catecismo a los indigentes les enseñaba a
defenderse de las injusticias y a reclamar sus derechos.
El padre Lipstein optó también por visitar fábricas y
centros de trabajo, lo cual le suscitó serios problemas
con sus superiores. Entonces abandonó de golpe las
tareas parroquiales en la Madeleine y entró a trabajar
en una fundidora de acero de Burdeos, como un obrero más; para mostrar el Evangelio en la acción, decía.

Desde luego, en aquel primer encuentro en la
sacristía de la Madeleine sólo hablé con el padre Lipstein de mis penas, de mis pecados, de mis amoríos en
simultáneas con los dos hermanos y de la horrible
culpa que me acosaba en las noches por vivir con Luciano sin estar casada ante la ley de Dios. Él no consideró la situación tan grave como yo la vivía —no te vas
a ir al infierno por eso, muchacha, a Dios no le hacen
falta papeles—; sin embargo, para tranquilizarme, me

ofreció celebrar dos semanas más tarde, ahí en la Madeleine, un casamiento clandestino en el que fungieran como testigos el sacristán cojo del templo, don Torino, y una beata simpatiquísima que me ayudaba en las tareas de la casa, la inolvidable Justine. Para certificar el matrimonio religioso como exigían los cánones de la diócesis, el padre Lipstein se vio obligado a falsificar papeles y dar fe de documentos imposibles de conseguir en poco tiempo. Fue una boda simplísima pero maravillosa. De ella escribí a nuestras gentes de Guanajuato exagerando las circunstancias, intentando demostrarles que había sido poco menos que el acontecimiento del año en París. Ni una carta llegó de respuesta, ni siquiera de Orestes Marañón.

Al principio, en tiempos de aquella boda, Luciano vio con buenos ojos mi amistad con el padre Lipstein: me encontraba más animada, más amorosa, más alegre. Luego, por desgracia, cambió de opinión. Empezó a criticar la frecuencia de mis excursiones a los barrios miserables y a malinterpretar la diligencia con que atendía al sacerdote cuando iba a cenar a la casa: me pasaba el día entero preparándole el costoso filete a la Chateaubriand según receta de mi tía Francisca, se me caía la baba con su plática, no tenía ojos más que para él, decía Luciano. Eran celos, Dios mío, horribles celos de mi esposo.

—Mira cómo te mira. Mira cómo te besa al despedirse, casi te muerde la esquinita de la boca. Mira cómo te agarra y te soba la mano. Mira cómo te sonríe.

—Ideas tuyas.

—No. Es un hombre como cualquiera, Norma, con un sexo colgando entre las piernas, no estoy inventando nada.

Reñíamos por el tema del padre Lipstein. Luciano empeñado en verlo como un gañán libidinoso y yo como un célibe por vocación, gustoso de ser eunuco por amor al reino de los cielos, igual que Jesucristo. En eso porfiaba la de la voz aunque algunas noches, al darme la vuelta en la cama después de consumar un acto de amor con Luciano en el que manos y boca de André Lipstein habían aparecido fugazmente como un relámpago de tentación, empecé a sentir un cosquilleo en los muslos y un oleaje en el pubis que a lo mejor daban la razón a mi marido. En todo caso era yo, no el sacerdote, quien se estaba enamorando fuera de orden. Me asusté. Dejé de ver a Lipstein y me consagré al aprendizaje de idiomas y a desempolvar mi ajedrez. Por noticias rebotadas supe del trabajo de Lipstein en la fundidora, como sacerdote obrero, y en los posteriores años de la guerra mundial me contaron que había militado en la resistencia francesa.

Precisamente para apartarme de André Lipstein, cuando el rostro de Lipstein se me reflejaba hasta en el agua de la tina, junto con las ganas de telefonearle, de verlo, de acompañarlo a sus barrios, fue Luciano quien se empeñó en que desempolvara mi ajedrez. Un compañero suyo irlandés, Fredy MacLean, virtuoso del contrabajo, le recomendó para mí un club de viejos zorros, el casino Lafayette, muy próximo a la estación del metro Miromesnil. El lugar me recordó al club de San Juan de Letrán, aunque la zona de ajedrez era un solo cuarto largo y estrecho, para cuatro o cinco mesas, pero muy elegante: olía a caoba y a tabaco Mapleton.

Mi presencia en el casino molestó a los viejos porque no estaban acostumbrados a que una joven de las Américas se atreviera a retarlos. Me miraron con desdén, pero el desdén se convirtió en azoro cuando jugué con un barbón que me recordó al poeta Reveles. No logré ganarle, aunque estuve a un tris de coronar mi peón blanco y darle el susto de su vida.

—*Oh la la, mademoiselle...*

Perdí otros juegos, esa misma tarde y alguna más, hasta llegar al convencimiento de que necesitaba estudiar y practicar en casa. En los tenderetes de libros usados, a orillas del Sena, encontré un librito formidable, *La práctica de mi sistema/ Tomo 2*, de un ruso de apellido impronunciable: A. Nimzowitsh. Mientras Luciano practicaba por las noches glisseando, repitiendo los agobiantes estudios de Moscheles, volviendo loco al Mesié Gustave, a cuyos puñetazos en la pared colindante ya nos habíamos acostumbrado, yo me sentaba frente al tablero y analizaba jugada por jugada, librito en mano, las partidas que servían de ejemplo al sistema de Nimzowitsh. Era muy buena su teoría de los dos alfiles conservados a toda costa para los momentos finales y traté de aplicarla con los viejos de Lafayette. Empecé a ganar. Los viejos dieron por respetarme, al grado de disputar entre sí los turnos para jugar conmigo. Los enojaban mis ausencias cada vez más frecuentes, obligadas por mis clases de idiomas y luego por mi trabajo casi estable en la Asociación de Intérpretes Internacionales, y cuando me presentaba de nuevo me llenaban de halagos, a veces de flores o regalos.

Cómo me hubiera gustado compartir con mi padre estos momentos de mi regreso al ajedrez. No me atreví a mandarle una nueva carta. Lo más que llegué a escribir fueron las dos líneas del cómo derroté a Monsieur Philippe Avignon, ex combatiente de la guerra del catorce, poniendo en práctica aquel gambito de torre en situación casi idéntica. Me frené en esas dos líneas. Arrugué el papel. Me solté a llorar.

Dos viernes no pude asistir a la cita con la abuela. El primero porque me enviaron del periódico a entrevistar al procurador de Nuevo León, y el segundo porque Teo, el mayor de nuestros hijos, nos pegó un sustazo el jueves por la noche. Desde recién nacido Teo ha padecido del sistema respiratorio y ese jueves, con sus ahogos horribles y un calenturón de cuarenta grados, pareció que se moría. A las tres de la madrugada lo llevamos al Pediátrico de la Nápoles, y María Fernanda y yo nos pasamos ahí todo el viernes. Telefoneé a la redacción para pedir a Mónica que mandara al Chapo a casa de la abuela, a decirle que yo no iría esa tarde, pero como ya había sucedido otras veces: o el Chapo se pasó el recado por el arco del triunfo o fue Mónica quien se olvidó una vez más de mi encargo.

Eso era, para mí, lo mortal de la falta de teléfono en Córdoba 140: se necesitaba ir hasta la casa de la abuela para avisarle de cualquier imprevisto, y si el recado no le llegaba —como sucedió en aquella ocasión por culpa del Chapo o de Mónica— la abuela se enojaba, mejor dicho se ponía tristísima por lo que consideraba un desdén.

—Vamos a suspender estas reuniones —me dijo desde su mecedora luego de hacerme esperar en el porche cuarenta y cinco minutos.

Le había contado ya de la enfermedad de Teo, de lo rápido que se presentó la crisis y de lo rápido que felizmente fue resuelta por la doctora Mireles Guzmán —el domingo Teo ya andaba por las resbaladillas del parque, feliz—. ¡Qué le iban a interesar mis problemas a la abuela! No me creyó. Ni siquiera me puso atención. Se ensimismó en su tristeza: ¡le había fallado su escribano!

—Sí, yo creo que las suspendemos —repitió—. Ni a ti te importan y a mí me cansan mucho. Cucaracha en pies de luna martes trece. No tiene caso.

—Como usted quiera, señora.

Cerré el portafolio. Continuaba de pie frente a ella, furioso, la verdad. Ahora me salía con esto después de haberme hecho esperar ¡cuarenta y cinco minutos! No para castigarme —se precipitó a excusar la enfermera a su ama— sino porque estaba finiquitando con don Venancio Méndez, su anticuario de cabecera, la venta del piano de gran cola que se hallaba en el salón principal.

Eso parecía cierto. Cuando llegué a Córdoba 140 ese viernes, a la cinco en punto, encontré un camión de mudanza frente a la reja abierta. Por las losetas del jardín frontal cinco cargadores avanzaban sosteniendo con cables, o directamente con manos y brazos, el hermoso instrumento. Dirigía la operación un hombrecillo calvo y lo hacía como si estuviera frente a una orquesta: movía de arriba abajo las manos para indicar el ritmo al que deberían conducir el piano, siempre en posición horizontal.

Aunque me mantuve inmóvil, a distancia para no entorpecer el delicadísimo traslado al camión, alcancé a leer la marca del piano, cosa a lo que no me había atrevido en tantos viernes, cuando cruzaba frente al salón rumbo a las escaleras. Tal como lo había supuesto era un Chase and Baker.

La enfermera, que había llegado hasta mí vigilando también a la comitiva de los cargadores, advirtió mi curiosidad.

—Es el de Luciano, ¿verdad? —le comenté con gesto cómplice. Me miró como si hubiera oído una barbaridad.

—Es el piano de la señora —dijo.

—El que estaba en Guanajuato, en el rancho.

—No sé. Cuando yo vine aquí, ya estaba aquí ese piano.

La enfermera me despidió la mirada y fue hasta la reja por la que habían desaparecido ya los cargadores y el hombrecillo calvo. Al rato regresó conmigo y me indicó el porche.

En el silloncito de mimbre esperé esos cuarenta y cinco minutos a que bajara el anticuario don Venencio Méndez y a que la abuela me autorizara a subir.

Cuando llegué al salón y le conté de Teo y le ofrecí disculpas por los dos viernes de ausencia fue cuando me armó todo el teatro de la humillación y el desdén y la carabina de Ambrosio.

—Aquí le paramos.

—Como usted quiera, señora —repetí. Estaba furioso, ya lo dije.

Nos fuimos a París porque nuestra situación económica se puso difícil. Al año y meses de haber llegado se interrumpieron por fin las remesas de mi tío Grande enviadas por Lucio. No más; sin una sola explicación, sin advertencia alguna. Sobrevivimos gracias a nuestros ahorros, muy mermados por los gastos médicos que exigieron los tratamientos a mi esterilidad, pero sobre todo gracias a un trabajo de pianista que consiguió Luciano en un restorán modesto de Pigalle, decía él: un barcito. Yo sabía que se trataba de un burdel. Cuando perfeccioné mi francés y avancé en el estudio del alemán, los de la Asociación de Intérpretes me encomendaron algunos trabajos que equilibraban como de milagro el presupuesto. De cualquier modo siempre eran más los gastos y Luciano andaba nervioso, de mal humor; reñíamos por cualquier tontería.

Mi marido entabló amistad con una muchacha española que tocaba muy bien el violín, según él. Se llamaba Cristina Basave y era rubia, guapita, no muy simpática la verdad. Su holgada situación económica la hacía portarse como una mujer de la aristocracia, nivel al que estaba muy lejos de pertenecer. Sólo porque su padre era un exitoso comerciante en vinos de Rioja y porque su madre pertenecía a una familia madrileña de abolengo eclesiástico, la tal Cristina —Cristi, le decía Luciano— se sentía la reina de Saba. Ella y su familia se trasladaron a París cuando se instaló la República española y en esta época a la que me refiero, cuando Hitler amenazaba invadir Francia, los Basave iniciaban los preparativos del regreso, ahora que Franco derrotó a los rojos y España retoma el camino de la libertad y del orden: decía Cristina acariciándose con la yema del índice la naricita respingada para llamar la atención de Luciano. Le coqueteaba de lo lindo, en mi mera jeta, siempre que mi marido la invitaba a comer a la casa, luego de encontrarse a la salida del Conservatorio donde ambos estudiaban; ella violín y sólo como un pasatiempo,

¡atención!, no pensaba dedicarse profesionalmente a la música, ni lo mande Dios —y lanzaba sus chilliditos—; eso de rozarse con gente de todas las clases sociales en una orquesta no era para una chica de su educación.

Hasta insultos como éste le reía Luciano a Cristina, todo le reía. Porque la alusión era un insulto, ni duda cabe. La ambición de mi marido era precisamente participar en una sinfónica, una sinfónica importante, y luego alcanzar el sueño dorado de convertirse en solista y viajar por el mundo.

—Pero por tu madre santa, Luciano, no te devanes los sesos. Pon los pies en la tierra, chaval, no te sobrestimes —lo seguía ofendiendo Cristina aunque ya no delante de mí; a solas, cuando platicaban en el café del Conservatorio—. Los solistas famosos, los que andan por el mundo tañendo recital tras recital y paleando dinero, María Santísima, son unos cuantos elegidos por los dioses, Luciano: unos cuantos, poquísimos.

Si él quería dedicarse a la música debería adquirir un verdadero sentido práctico —remataba su charla Cristina en una mesita a la calle en el Café de Flore— y elegir rápidamente otro instrumento como el violín. El violín tenía más posibilidades: en orquestas de cámara, en conjuntos de cuerda, en las mismas sinfónicas había de vez en cuando oportunidad de conseguir una plaza de violín y ascender quizá, con el tiempo, a concertino. Con el piano no hay manera, chaval. En pocas obras para sinfónica el piano está presente como instrumento de batalla, y pensar en tocar como solista por muy alumno predilecto de Rubinstein que hubiera sido —hay tantos alumnos de Rubinstein vagando desempleados por el mundo, Luciano— es soñar; eso, soñar en ser Liszt, Chopin, Sauer, Granados, Albéniz... Vanidad de vanidades; soberbia de gran iluso la de Luciano Lapuente.

Cómo odiaba yo a Cristina Basave. Además de convencer a mi marido con razones de esta índole, terminó prestándole uno de sus carísimos violines de colección —un Morgana de la parentela de los Guarneri, ¡ella tenía un Guarneri!— y lo puso a estudiar en Violín 2 del Conservatorio. Dominó pronto Luciano el violín, desde luego. Como yo para los idiomas, mi marido tenía una notable facilidad para el manejo de los instrumentos musicales. Aún no cumplía tres meses de haberse iniciado en el violín cuando interpretó para Cristina y para mí, en una sobremesa en la casa, los momentos más importantes de una de las primeras sonatas de Beethoven para violín. Qué maravilla. La misma Cristina, que llevaba tantos años dale y dale con su Guarneri, no hubiera sido capaz de tocar aquello con tal habilidad, con tanto sentimiento sobre todo.

—Os lo dije, os lo dije —chillaba Cristina mientras aplaudía—. Tú serás el Paganini mejicano.

Pedante estúpida.

Pese a los celos que me comían el corazón, reconocí y agradecí en todas las formas posibles la generosidad con que se portaron con nosotros Cristina y su familia. El señor Basave activó sus influencias políticas para facilitar nuestro traslado a Madrid y todavía nos hizo un préstamo considerable que si no recuerdo mal nunca le pagamos. Cristina por su parte consiguió desde París una plaza de violinista para Luciano en un conjunto de cuerdas valenciano administrado por el maestro Atenor Gris, un pariente que la quería muchísimo. Antes pues de presentarnos en Madrid, mi esposo ya tenía un buen trabajo.

A dos o tres meses de que Luciano y yo desmontáramos nuestro piso en la Rue de la Fleur, los Basave regresaron a España. Me descansó librarme del latoso mesié Gustave, pero sí sentí muchísimo deshacernos mediante una venta apresurada del viejo Ronish: porque me había encariñado físicamente con el piano, con su presencia en nuestra apretada salita, con sus sonidos nocturnos, y porque esa venta representaba para Luciano una quema de naves y para mí el punto final de una etapa romántica en la que el piano fue el cupido de nuestro encuentro, el móvil de todo lo ocurrido después.

Una semana antes de dejar París hice un viaje relámpago a Burdeos. Quería despedirme del padre Lipstein, confesarle quizá que lo soñaba obsesivamente haciéndome el amor mientras huíamos en un tren de pasajeros lejos de Luciano y de Dios. No encontré a André Lipstein en la fundidora de acero; lo habían echado por incompetente, me informaron, y al parecer trabajaba ahora en la Gascuña, en el sur de Francia. Conseguí sin embargo una dirección en Bayona que años después me permitiría saber de su muerte cuando militaba en la resistencia francesa.

Los viejecitos zorros del casino Lafayette se despidieron lindísimos. Me regalaron un ajedrez de ébano que aún conservo, junto con un par de cartas de recomendación para un club madrileño, muy exclusivo, donde jugaban grandes veteranos españoles. También los directores de la Asociación de Intérpretes me contactaron con su filial en España. A pesar de que escaseaban las oportunidades de trabajo, porque la guerra civil lo había paralizado todo, los de la Asociación confiaban en que mi dominio del francés y del alemán me abriría camino. Así fue, bendito sea Dios. En menos tiempo de lo que supuse, mi trabajo de intérprete, luego de traductora en el Ministerio de Educación del gobierno franquista, me permitieron enfrentar —casi yo sola— las necesidades económicas de nuestro matrimonio.

Llegados a Madrid nos instalamos en un modesto piso en la calle de Fuencarral, cerca del hostal donde vivimos las primeras semanas. El edificio tenía en la planta baja, hacia la calle, una zapatería donde solicité y conseguí trabajo durante cosa de un mes. El dueño era un alemán de nombre Günter no sé cuánto, que me pagaba un sueldo miserable, aunque en esos días aliviador. Se entraba en el edificio por un lado de la zapatería y subíamos hasta el tercero derecha por una empinada escalera que crujía. Todo el edificio crujía y tronaba y se movía como si padeciera escalofríos. El sereno que cuidaba la entrada a la calle, don Amareto, un viejo arrugadísimo porque se había encogido de repente, solía meternos miedo en razón de que éramos mejicanos con jota y sospechosos simpatizantes de los republicanos vencidos.

—En este edificio espantan —enroncaba la voz—. Hay fantasmas, muchos fantasmas porque en el tercero derecha ¿sabéis quién vivió? Serafín Montoya, el gitano.

La mentada orquesta de cámara de don Atenor Gris donde Luciano empezó a tocar el violín era uno de los pocos grupos subvencionados por el gobierno. A menudo le organizaban giras por el país y eso hacía ausentarse a Luciano muchos días al mes. A veces sospechaba yo que en las giras de la orquesta Cristina Basave acompañaba a los músicos.

En realidad yo no debería hablar mal de la Cristina Basave de aquellos tiempos. Gracias a ella conseguí mi puesto de traductora oficial en el Ministerio de Educación, luego de que Cristina estuvo porfía que te porfía, con su padre, hasta que su padre se vio forzado a realizar la gestión a muy altos niveles y Cristina llegó una tarde a darme la magnífica noticia, con su naricita respingada y su gesto de fuchi, eso ni modo.

Superando mis malos sentimientos le compré de regalo unas partituras carísimas de Honnegger, Milhaud y Erik Satie en la casa Level, elegidas desde luego por Luciano. También preparé una comida para ella y sus compañeros del Conservatorio de Madrid: utilizando guindillas en lugar de chiles jalapeños seguí paso a paso la receta de mi tía Francisca de un pescado a la veracruzana. Por desgracia eso encendió la lengua de los comensales, hicieron un escándalo horrible, dejaron a un lado el pescado infernal y sólo probaron de muy mala gana el arroz con alubias y un postre de leche que se me aguadó demasiado.

Luciano me reclamó a gritos, por la noche. En realidad estaba pasado de tragos y me gritó cosas que en sus cinco sentidos jamás me habría espetado. Que se arrepentía de haber salido conmigo de Guanajuato, dijo; fue un craso error. Debió viajar solo porque si hubiera viajado solo no sería este violinista de tercera metido en una orquestucha de quinta. Él había nacido con la estrella de gran pianista y tenía cualidades suficientes —se lo dijo Rubinstein en persona, no un maestrillo cualquiera, se lo dijo Rubinstein—, cualidades suficientes para sorprender al mundo con la música de los grandes interpretada con el sentimiento que solamente los grandes manifiestan a través de un pianista de primer nivel. Por fugarse con una prima calenturienta y cuzca, gritaba Luciano, abandonó su rancho, perdió a sus padres, traicionó a sus hermanos. Y ahora de lo único que tenía rabia y verdaderos deseos era de golpear a Norma hasta quitarle el sentido, de arrojarla a la calle, de maldecirla por frígida, por estéril, por hueca, por puta infeliz.

Cómo lloré.

Más que comer con Cristina Basave en nuestro piso de Fuencarral, éramos Luciano y yo quienes con más frecuencia, y contra toda mi voluntad, degustábamos los almuerzos en el piso elegantísimo de los Basave situado a espaldas del Museo del Prado, en Alberto Bosch. Presumían también de una hermosa casa de campo en El Escorial, para los meses del verano.

El señor Basave, el padre de Cristina, Martín Basave, era el más simpático de la familia; me recordaba a veces a mi tío Grande por lo fatuo y lo prepotente, porque se descarrilaba hablando de política —éste elogiando la gesta de Franco, así le decía: la gesta—. Bromeaba a cada rato. Era muy generoso. Le caía yo muy bien por mi sonsonete de mexicana y por mi asombroso dominio del francés y del alemán y del italiano y poco del portugués: levantaba los brazos y señalaba hacia mi sitio como si me presumiera ante sus visitas, desconocidas siempre para mí.

Al hijo varón de los Basave, José Ramón, unos años mayor que Cristina, se le veía poco en aquellas comidas porque o andaba en la casa de campo, o en las playas del Mediterráneo español, o en francachelas con los señoritos de Madrid interesados en todo menos en la horrible guerra que ensangrentaba Europa. Tenía fama de despilfarrador y consentido de su madre, doña Remedios, a quien sugirió casar a Cristina su hermana con un amigo entrañable, ése sí retoño de la aristocracia española, auténtico Borbón. El exquisito amigo de José Ramón se llamaba Antulio del Valle Almoneda y antes de que Cristina pudiera decir pío, o esperen un momento, ¡coño!, déjenme probar, los Basave y los Del Valle ya estaban celebrando una boda pomposa en el Templo de los Jerónimos que sonó a ceremonia de reyes, cuando menos de príncipes: el excelentísimo don Antulio del Valle Almoneda y la finísima Cristina Basave y Gutiérrez, unidos por la gracia de Dios y por la bendición a distancia de su santidad el papa Pío Doce.

Varias semanas, por no hablar de meses, tardó mi querido Luciano en sofocar la ira que primero le provocó la intempestiva boda de su adorada Cristina, y el desánimo en que se prolongó después tan desagradable acontecimiento, fruto del doble interés de los padres del varón y de los padres de la hembra: los de Cristina prontos a empalagarse con las mieles de la nobleza, y los del joven Antulio ansiosos por resolver de una vez por todas ciertos reveses económicos surgidos en los tiempos aciagos de la República.

—Lo de siempre, carajo; el mismo cuento de toda la vida entre comerciantes y príncipes, hasta parece de novela —gemía Luciano en un bar de la plaza del Callao, empujándose el último brandy en compañía del chelo, de la viola y el contrabajo del conjunto de cámara valenciano—. Y la única víctima es la pobrecita de Cristi.

No me atreví a contradecir a mi marido por dos razones: porque me sentía feliz de que su hipócrita romance se hubiera roto en pedacitos, y porque no ganaría más de lo mucho que ya había ganado con la boda convenciendo a Luciano de que su Cristi podía ser todo menos una víctima. Era ella la primera interesada en agarrarse a la rama de un árbol genealógico como el de Antulio, no seas ingenuo. Seguramente la chica no podría querer nunca a ese hombre —en eso tenía razón Luciano—, pero a quién diablos podía querer una egoísta y vanidosa y presumida muchacha como ella. ¿A Luciano? ¿Podía enamorarse Cristi de Luciano, si la pobre no sabía lo que significaba renunciar a una familia, entregarlo todo por el ser amado? Cristina era incapaz de tomar decisiones. Se dejaba llevar sin remos, sin timón alguno por la vida, y la corriente se encargaba de escribirle la historia que a ella le competía edificar con su voluntad.

—No sé si me explico.

Lo definitivo fue que a raíz de la pérdida de Cristina como amiga musical, como confidente de inquietudes que a mí nunca me comunicó, y una vez superada la ira, el desánimo, la breve etapa alcohólica inevitable, Luciano giró la cabeza y girándola nos reecontramos casi con la misma ilusión de nuestro enamoramiento original. Volvió a ser el romántico Luciano de los nocturnos de madrugada, y aunque ahora prefería el violín —y como violinista conseguía trabajos con su Morgana, tocaba en bodas, en fiestas de cumpleaños, en reuniones exclusivas— sus ojos volvían a brillar como si estuviera frente al piano, navegando sobre ese oleaje de la música que lo balanceaba de derecha a izquierda en el banquillo, sus dedos glisseando sobre las teclas graves y agudas de mi cuerpo tanto tiempo olvidado.

Fuimos felices en la tranquilidad. Él en sus tareas musicales, ya sin el frenesí juvenil de alcanzar la gloria; yo en mis trabajos de traducción y un poco, a veces, en el arte del ajedrez. Sin ánimo de desmerecer a Luciano puedo decir que en ese tiempo —recién terminada la guerra mundial, cuando en el casino no se oía hablar más que del plan Marshall— la del verdadero éxito profesional era yo. Brillaba en mi trabajo. Ganaba buen dinero. Ahorraba cada mes.

En eso pensaba una tarde, sola en mi departamento, mientras preparaba unas torrejas en la cocina. Sonó el timbre. Era invierno, recuerdo. No sabría precisar el año pero estábamos sufriendo un invierno muy crudo, como dicen: había nevado dos días seguidos en Madrid. Fui a la puerta. Ya no vivíamos en el tercero derecha de Fuencarral, donde por cierto nunca dejó de asustarnos, noche a noche, el fantasma de Serafín Montoya invocado por don Amareto. Ahora vivíamos en un piso mejor, más amplio, más luminoso, en Campoamor, cerca de la plaza de Alonso Martínez. Después de un inútil ¿Quién es? desde el pasillo, giré la perilla. La puerta rechinaba siempre porque se estaba colgando por el peso excesivo y las bisagras necesitaban aceite, me decía Luciano todas las mañanas pero nunca hacía nada para remediarlo. La puerta rechinó cuando la abrí. Rechinó: un ruido agudo, pudo ser un gemido. Pude yo desmayarme. Perder el conocimiento en el acto. Caer en el quicio y despertar muchas horas, muchos años después. Nada de eso, al contrario; más que un susto fue una conmoción: un relámpago de vida, un intenso silencio que siguió al rechinido y que hizo transitar la mirada de dos que se encuentran diez años, doce años, ¿cuántos años después?

Inmenso, arropado por un abrigo que lo hacía parecer un gigante y cubierta la cabeza con una gorra de pana negra, ahí estaba Lucio Lapuente.

Tardamos en hablar. Lo primero fue un abrazo en el plano mismo del quicio, en la frontera exacta entre el afuera y el adentro de mi casa. Me hundí en su ropa abundante y suave, ligeramente húmeda; al retirarme un paso sentí que sus labios me quemaban un poco la frente como cristalitos de hielo. Seguramente como brillaba la mía, su mirada brillaba con luces de lágrimas. Me sentí incapaz de articular más palabra que su nombre: Lucio Lucio Lucio Lucio, y él me respondió Norma Norma Norma Norma.

Después me dijo que a todas horas durante el viaje no hacía sino imaginar las variantes que podrían ocurrir cuando nos encontráramos: él conmigo, él con Luciano, Luciano y yo con él al mismo tiempo. El silencio. La ira. El dolor. La tristeza. El llanto. La alegría y el placer de continuar vivos y de tropezar nuevamente nuestros ojos a pesar de lo ocurrido.

—¿Por qué? —me preguntó Lucio.

No le respondí hasta haber escuchado de su boca todo lo que pasó en Guanajuato y que ignorábamos casi por completo porque fueron muy escasas las noticias de Orestes Marañón, y es que Orestes Marañón —reveló Lucio—, murió como al año y medio de la fuga. Fue un accidente. Mejor dicho: un hecho de sangre provocado, según algunos, por una pandilla de rateros que entró a robar los tesoros artísticos del profesor Marañón, y al oponerse el viejo lo acuchillaron en el forcejeo; según otros fue la venganza de un homosexual loco, aunque nunca se tuvieron sospechas en ese sentido de Orestes Marañón; el caso es que el crimen no ha sido resuelto y la casa del profesor permanece cerrada a piedra y lodo por orden de las autoridades.

—También murió mi padre, Norma, tu tío Grande —dijo Lucio. Y no me solté a llorar de golpe porque mi ansia por saber más detalles fue más fuerte que la cuchillada de dolor.

—¿Por nuestra culpa, Lucio?

—Sí, por la noticia de ustedes. No aguantó la noticia. Más que la noticia: no aguantó la mentira, la forma ruin en que se fugaron. El engaño. La traición. La falta de confianza en él. ¿Por qué, Norma? —repitió Lucio.

—¿Cómo fue lo de mi tío Grande?

—Le dio un ataque al corazón. Eso que llaman ahora un infarto. Y aunque salió bien y vivió reponiéndose ¿qué digamos? un año, dos, tal vez dos años y medio reponiéndose, el corazón volvió a fallar y de ese segundo trancazo ya no lo sacó ni Dios. Ahora soy el único hombre del rancho porque el gordo Luis se fue de cura a no sé qué puta orden, y ni a quien le importe.

—¿Y mi tía Francisca?

—Ella como siempre. Tal vez hasta mejor, aunque te sorprenda —dijo Lucio—. Como si la muerte de su marido la hubiera aliviado de tantos malos tratos y malos recuerdos de mi padre que en realidad siempre fue con ella un perfecto cabrón. Mi madre habla mucho de ti, Norma, a todas horas. Pero habla muy chistoso, como si fueras difunta; como hablaba de mi hermana Lucrecia cuando resulta que no nació, tú conoces la historia. Habla de ti como de una santa en el cielo y habla de Luciano como de un pianista de fama mundial que no puede ir a visitarla porque está muy ocupado, lo justifica mi madre, tocando aquí, tocando allá, triunfando en todas partes.

—¿Y mi tía Irene?

—Bien. Regular. Envejeció muy rápido y se puso como una ciruela pasa, chiquitita. De vez en cuando viaja a México para visitar a tu padre que está bien, me parece, no sé mucho de él.

—¿Y tú, Lucio?

—Yo qué.

—Tú qué, Lucio.

Lo volví a abrazar, muy fuerte muy fuerte. Entramos a sentarnos. Encendí la chimenea. Abrí una botella del Rioja 42 de los Basave.

Lucio se había casado con una joven de Celaya, Elsa Rendón, de una apreciable familia Rendón poseedora de tierras que se extendían desde Salvatierra hasta Yuriria, disfrazado el latifundio con falsas divisiones que amparaban escrituras firmadas por prestanombres y socios fantasmas, además de una ganadería magnífica de reses bravas. Se casó bien Lucio Lapuente, no faltaba más, y era feliz con Elsa y los tres hijos varones de seis, cuatro y tres años que habían de heredar con el tiempo, porque Elsa era hija única, las hectáreas de los Rendón y el rancho de los Lapuente.

Trabajaba Lucio de sol a sol, más duro desde la muerte de su padre, sin dejarse de preguntar jamás al correr de las semanas, los meses y los años, por qué de repente Norma, tan pronta a jurarle amor y compañía eternas se había largado con su hermano Luciano así como se fue, por la puerta de servicio —calificó alguna vez mamá Francisca—, por los corrales de las mulas —completó papá Grande en pleno ataque de rabia—, envenenada el alma por los malos consejos de Orestes Marañón con su ridículo espíritu bohemio... o por cuáles endemoniadas razones te fuiste, Norma: ¿porque sabías mis amores secretos con Chayito, la cuñada de Celestino?, ¿de mis andanzas eróticas con las trabajadoras del rancho?, ¿de mi incapacidad física y mental para ser hombre de una sola mujer? ¿Eran estos motivos suficientes para traicionarme con Luciano?, cuando debiste en el momento de la decisión que si... vaya, bueno, está bien, si te gustaba más mi hermano podías tranquilamente declarar en voz alta tus verdaderos sentimientos, y pasada la primera impresión, el inevitable estallido grosero, brutal, hirviente de mi orgullo herido, de mi dignidad lastimada, de mi envidia vuelta grito, pasada esa primera impresión mía y de mis padres, mis padres y yo acabaríamos por comprenderte y hubiéramos sido los últimos, óyeme bien Norma, yo habría sido el último en tratar de impedir que te casaras con Luciano. Soy hombre de infinito amor propio, de lucha, de agallas, y precisamente por eso soy un buen perdedor. Si yo hubiera oído de tu boca el "Prefiero a Luciano por mucho que te quiera a ti también Lucio", juro por Dios santísimo que me habría rebanado los labios con mis propios dientes antes de pronunciar un insulto contra ti o contra él, porque tú y él eran entonces y lo seguirán siendo hasta el fin de mis días, óyelo bien, Norma, mis seres más queridos. Más que a mis padres quise y quiero a Luciano, y más que a la buena de Elsa, mi mujer, más que a ella con todo y sus hijos que son los míos, te quiero a ti, Norma, desde aquellos días de campo en las afueras del rancho, ¿te acuerdas? Lo que te dije con mis ojos y con mis manos fue para la eternidad.

Por eso fue que Lucio, al decir de Lucio, siguió enviando durante año y medio las remesas de dinero a París sin enterar a su padre de tales operaciones que el padre daba por canceladas desde el momento en que conoció la noticia mortal de la fuga de sus hijos. Por eso era que Lucio había dejado pasar muchos años, los suficientes para lograr que se desvaneciera todo legítimo afán de venganza, y se presentaba ahora aquí, una tarde en Madrid, en pleno invierno, con intenciones de abrazar a Norma y a su afortunado marido.

Era el momento de la reconciliación. Fue el reencuentro de dos hermanos cuando impulsada desde afuera, luego de hacer chirriar la llave y las bisagras, se abrió la puerta de nuestro piso en Campoamor y un gesto de estatua se congeló en el rostro de mi querido Luciano.

Se repitió la escena. Lucio se adelantó. Se abrazaron. Todo fue así de sencillo al cabo de la historia.

No sé qué hablaron los hermanos Lapuente cuando los dejé solos y cuando al otro día, por la tarde, en el bar del Hotel Palace donde se hospedaba el mayor de los hermanos, bebieron hasta la madrugada. No sé qué pudieron confiarse aunque estoy segura de que nada dijo Lucio al segundo de los Lapuente sobre el camino rumbo a la mina de San Bernabé.

Pensé que Lucio se quedaría más tiempo en Madrid, pero se fue a los tres días porque le faltaban asuntos por arreglar en Tenerife y Lisboa, mintió. Era sin duda que no quería abusar de los sentimientos. Se había producido la reconciliación y resultaba peligroso tentar al diablo, como solía decir mi tía Irene en situaciones donde la fragilidad de un sentimiento pone en peligro una decisión.

Por un telefonema de Lucio supe años más tarde, los primeros días de un lluvioso noviembre de Madrid, que mi padre se había metido el cañón de una pistola en la boca y había jalado el gatillo.

Capítulo VI

Norma encontró por fin la manija de la portezuela. Estaba a punto de llorar, quién sabe por qué. Tal vez de rabia, de miedo, de emoción. También ella, de repente, se sentía enamorada. Absurdo, absurdo, absurdo.

—No te vayas —le suplicó Daniel.

Tres

Norma impulsó la portezuela con toda su energía y brincó a la banqueta. Corriendo llegó hasta la puerta del edificio. Le temblaban las manos cuando buscó el llavero dentro de su bolso y no acertaba a distinguir entre las otras la llave dorada de la cerradura principal. Abrió con un empellón y no volvió la cabeza para despedirse ni para mirar siquiera hacia el camioncito de redilas de Daniel Limón.

Cuando se tiró de espaldas en su cama sintió que el cuarto comenzaba a girar porque se había subido al volantín del parque infantil de Chapultepec. Respiraba como si tuviera un fuelle dentro. Le brincaba el corazón.

Durante toda la noche, tendida sin desvestirse sobre la cama cubierta, luchó entre sueños consigo misma: unas veces regañándose por no haber huido con Daniel Limón, ¡cobarde!, y otras agradeciendo a la Virgen de Lourdes su mano extendida cuando estaba a punto de desbarrancarse por aquel precipicio que era el pecado. Ella y nadie más que ella era la culpable de haber ido a la fiesta de Paquita, y ella y nadie más que ella era la culpable de no haber tenido el valor suficiente para seguir las luces de colores del maravilloso Daniel, aunque sólo fuera por una noche.

Hasta que se levantó a la mañana siguiente con una terrible jaqueca, Norma advirtió que su padre y su madrastra no habían dormido en casa. Andarán de farra, pensó, o se habrán ido de viaje sin avisar, como la otra vez. Eso sí: tomó una doble decisión mientras degollaba las naranjas para el jugo y se preparaba una taza de café: no volver con Toño Jiménez, como ya lo había jurado, y no ver nunca más, pero nunca más, al mentado Daniel Limón. Si Toño o Daniel la buscaban cualquier día de ésa o de otra semana les diría claramente, a cada uno, algo muy similar:

—Pero si ya te dije que habíamos terminado, Toñito, ¿en qué forma quieres que te lo repita?, ¡carambas!

—Eres muy simpático, tienes mucha labia y mucho *charme* y lo que gustes y mandes, pero no me interesas ni así de tantito, Daniel. Adiós.

Ninguno de los dos llamó a Norma esa primera mañana de sus cavilaciones. Fue Paquita Suárez quien la buscó al tercer día en la zapatería de don Günter. Al salir a la una y media se topó con la amiga y juntas fueron a comer unas tortas de pavo en Motolinía.

—Perdón que no te llamé antes —se excusó Paquita—, pero es que hemos estado todos en el jaleo.

—¿Qué pasó? —abrió los ojos Norma.

Había sucedido que esa noche de la fiesta Daniel regresó al estudio de Florentino, después de dejar a Norma en su departamento de Donceles, echando pestes de ella. No la bajaba de timorata, niña cursi, mosca muerta: furioso porque primero le diste jalón —interpretó Paquita— y a la hora de la hora el cortón inclemente. La verdad todos estábamos seguros, apenitas notamos que se hicieron humo de la fiesta, que el canijo Daniel te había llevado a su cuarto como hace con todas. Cuando regresó despotricando contra ti me di cuenta que lo habías mandado a romanear, y no me extrañó ni tantito porque te conozco mosco.

—Pues qué se pensaba el mugroso.

—Entonces que se pone a empinar el codo y a molestar a mis amigas, ¿vas a creer? Y ya se iba a armar el pleito, imagínate nomás, hasta que Florentino muy centrado le marcó el alto porque iba a dar al traste con la fiesta, le dijo, y la fiesta es de mi mujer, le dijo Florentino a Daniel. Entonces Daniel le dice: está bueno. Y que agarra y que se larga con dos amigos a seguirla por ahi, con el Chale y con Agustín, que fue el que nos contó todo. Se llevaron dos de ron, enteras, y en el camión de Daniel iban chupe y chupe. Entonces planearon pasar por las güilas de una casa de mala nota que está en Mixcoac, según nos contó Agustín, por las barrancas. Es un congal al que van todos los cuates del taller, menos Florentino, me jura y me perjura Florentino, pero vete tú a saber, manita, yo no metería la mano al fuego.

—Todos los hombres son iguales, decía mi tía Irene.

—Entonces que se van al congal. Pero como ya iban bien troles los tres en el camión, y Daniel maneja rapidísimo, a la hora de pasar por la vía del tren, porque por ahí pasa el tren que va a Cuernavaca y a Cuautla, ¿ya sabes dónde?... Entonces que van por ahí y que les toca cruzar justo en el momento en que el tren ya estaba por pasar, manita. Nomás por hacerse el muy macho, dice Agustín, este Daniel que se lanza a pasar antes, así, presumiéndoles a sus cuates, tú lo oíste cómo es de presumido, puras ganas de presumirle al Chale de su audacia y de su valor, ya iba bien trole el pobrecito.

—¿Qué pasó?

—Pues eso. Que una llanta del camión que se atora en la vía, ahí había puros hoyancos, dice Agustín, mientras el tren venía pitando. Nomás imagínate. El tren los agarró de lleno, hizo pinole al camioncito de redilas. Y sólo Agustín salió ileso. El Chale y Daniel se murieron.

—¿Se murieron?

—Sí, se murieron.

—No me vaciles, Paquita, ¿se murieron?

—Aplastados. Horrible. Ayer mismo los enterramos en Dolores. —Paquita sacó un pañuelo de rayitas—. Perdona que no te avisé, manita, pero andábamos en el puro jaleo.

Paquita Suárez tenía los ojos colmados de lágrimas y se llevaba hasta la orilla de los párpados la punta del pañuelo. Norma parecía una estatua. Se mordía la uña del índice derecho.

Ahora fue la abuela quien interrumpió las conversaciones dos viernes seguidos. El primero, llegué a Córdoba 140 con veinticinco minutos de retraso por culpa de un tráfico tremendo, era viernes de quincena, y tan pronto abrió la reja la enfermera me informó que la señora había amanecido muy mal. Fue necesario solicitar un tanque de oxígeno, llamar al médico —un tal doctor Gutiérrez—, inyectarle no sé qué. Afortunadamente reaccionó a media mañana y ya desde las cuatro se veía con buen semblante, aunque no quería hablar ni salir de su recámara; la dejó durmiendo ahora que oyó sonar el timbre y bajó a abrirme, sabía que era yo. Me ofrecía disculpas por no haberme telefoneado a tiempo pero era cierto: no se había despegado de la señora más que para pedir el oxígeno y llamar al doctor Luis Miguel Gutiérrez; no tuvo cabeza para más.

Di la vuelta con intenciones de retirarme luego de hacer un comentario cortés. La enfermera me detuvo. Podía pasar, descansar un rato, tomar un café si me apetecía, dijo con una sonrisa que me sorprendió más que la indisposición de la abuela. La enfermera me estaba sonriendo por primera vez en los cinco o seis meses que llevábamos de conocernos. Aunque no puedo acusarla de acto grosero alguno en los intercambios de palabras a que se reducía nuestro trato, su gesto casi siempre agrio me hacía suponer que le resultaba antipático. Era ella quien ponía punto final a cada sesión, siempre: subía la escalera o salía de algún cuarto de la planta alta y su sola presencia indicaba que ya debía retirarme por más que la abuela tratara de retenerme y me retuviera con su cháchara algunos minutos más. La enfermera bajaba entonces conmigo y me acompañaba hasta la reja en silencio casi absoluto. Siempre la vi con su uniforme blanco, sus medias apenas traslúcidas, sus toscos zapatos tenis; a veces se echaba a la espalda un suéter, como si fuera una capa, o se presentaba con el cabello suelto que le llegaba a los hombros. Si no fuera tan corpulenta llamaría la atención por sus ojos grandes y unos labios finísimos que ahora me sonreían por primera vez. La sonrisa le quitaba casi diez años: parecía una mujer de treinta, treintaicinco.

Me condujo por la breve escalinata hasta el porche y allí me senté. Ella desapareció unos minutos y regresó con una charola de asas: contenía un termo, dos tazas de porcelana muy delicada, con sus platitos y las cucharitas y la azucarera y las servilletas blancas, deshiladas...

Empezó hablando de cualquier cosa: del clima cálido que hacía hervir la ciudad como su estuviéramos todos dentro de una tetera, de los anticuarios que abusando de la señora se habían llevado ya, la semana pasada, a un precio de esquilmadores, una alfombra de Tetuán regalo de la Carmelita de don Porfirio al notario Jiménez, el juego de sala Biedermeier del salón blanco, los maniquíes italianos del taller de costura de doña Elvirita, el viejo escritorio de cortina del doctor. Como si diera por universalmente sabida la historia de Córdoba 140, la enfermera hacía referencia a muebles de valor, y sobretodo a personas de las que yo había recibido muy escasa información de la abuela y cuyos nombres y parentesco se me enredaban en la memoria. En realidad no hacía más que dar vueltas a temas sin importancia para ver de qué manera provocaba mis preguntas. Necesitaba mis preguntas de reportero, porque celosa de la abuela quería sentirse, como ella, la protagonista de un relato recogido por mi grabadora con toda seriedad reporteril y en vistas a convertirse en un girón de historia. Eso supuse que discurría en su interior la enfermera mientras llenaba por segunda vez mi taza de un café riquísimo que nunca había bebido en la casona.

—Me lo mandan de Jalapa, tengo parientes por allá. A la señora no le gusta.

—¿Cuánto tiempo lleva usted viviendo aquí?

—Como veinte años.

—¿Veinte años?

—Era jovencita cuando llegué. Acababa de terminar mi preparación en la Escuela de Enfermería y Obstetricia Florencia Nightingale. Ahí me conoció el doctor Jiménez Careaga. Él ya se había jubilado, y estaba muy enfermo de sus pulmones cuando nos fue a dar un curso o unas charlas, ya ni sé, sobre el cuidado a los pacientes de posoperatorio, todavía me acuerdo, figúrese, lo tengo bien clarito.

—¿Y cómo vino a dar aquí?

La enfermera sonrió y sin quitarme los ojos de encima, mirándome por arriba del filo de la taza, dio un breve sorbo a su café. Había logrado su propósito. Aunque sin grabadora de por medio, estábamos iniciando ya la ansiada entrevista.

—El doctor Jiménez me contrató para que lo cuidara. Pobrecito. Sabía que no iba a durar muchos años porque lo suyo era un cáncer de pulmón: un tumor de este tamaño. Lo operó un compañero suyo, oncólogo, el doctor Bladimiro Lapuente, pero no hizo más que provocar que el cáncer se le extendiera por todos lados y al año y medio, a los dos años, ya no se podía hacer absolutamente nada. Pobrecito. Sufrió mucho el doctor Jiménez antes de morir... En las tardes, como a estas horas, luego que le metía sus cinco miligramos de morfina, porque sólo con eso se le calmaban los dolores, se ponía a platicarme y a platicarme, no sé ni por qué.

—¿De qué le platicaba?

—De todo. De su vida. Me contaba su vida, ¿va usted a creer? Cómo fue que conoció a la señora, de jovencita, cuando él todavía estudiaba en la facultad, que entonces estaba allá en el centro, en la plaza de Santo Domingo. Pobrecito. Y como se enteró de que la señora, la muchacha esa que le gustaba, jugaba muy bien ajedrez, él fue con un amigo ajedrecista buenísimo, campeón de no sé dónde, y le pidió que le diera un curso relámpago. Pues aprendió. Y aprendió tan bien y tan rápido, porque era muy inteligente, que se fue con la muchacha y la retó y le ganó en un dos por tres cuatro partidos al hilo.

—Él a ella.

—Sí, él a ella. El doctor Jiménez a la señora cuando eran veinteañeros. Cuatro partidos al hilo en forma brillante, me contaba. Entonces ella se pasmó de la emoción y aceptó ser su novia. Se casaron antes de que él sacara su título de médico cirujano y se vinieron a vivir aquí a Córdoba con los padres del doctor, porque los muchachos andaban muy mal de dinero, imagínese, el doctor de estudiante y ella pues nada, era de familia muy pobre. Yo no conocí en persona a los padres del doctor Jiménez, tenían años de muertos cuando llegué. El padre madrileño, era un notario de mucha fama, don Mauricio, y mamá Elvirita cosía ropa ajena: tenía su taller allá en el fondo, donde ahora es el garage; un día lo llevo a verlo: está lleno de triques y de basura pero tiene cosas muy valiosas como los maniquís italianos; bueno, no, los maniquís ya se los llevaron esos negociantes abusivos, son una plaga, la verdad.

—Según me contó la señora, Toño Jiménez tenía dos hermanos.

—Cómo que Toño. El doctor Jiménez. Jiménez Careaga. Don Antonio, le decían sus gentes.

—Tenía dos hermanos. María Elena se llamaba la mayor, me parece, ¿no es así?

—Sí, María Elena. Tampoco a ella la conocí. Ya vivía en Madrid con su esposo, un arquitecto español. Igual se fueron a radicar a España los papás del doctor Jiménez, cuando el doctor Jiménez ya era famoso, y les dejaron esta casa para ellos solos, qué suerte: para el doctor y la señora; los heredaron en vida.

—¿Muy famoso el doctor Jiménez?

—Famosísimo. Usted debería saberlo como periodista. En sus tiempos de gloria no se hablaba en México más que de dos cardiólogos: don Ignacio Chávez, que había sido su maestro, y don Antonio Jiménez Careaga. Lo máximo de lo máximo. Pero como cirujano, cirujano del corazón y de digestivo y de respiratorio, el mejor del país y de América Latina, incluyendo Cuba, era el doctor Jiménez. Hasta de Rochester lo mandaban llamar cuando se presentaba una intervención difícil.

—Habrá ganado mucho dinero, supongo.

—No sé. Tal vez sí, aunque era muy caritativo con la gente pobre, atendía gratis al primero que se le ponía enfrente y repartía su dinero a manos llenas. Y luego, bueno, también, la de líos en que lo metió su hermano.

—Su hermano Javier.

—Jaime. Se llamaba Jaime; tenía cuatro años menos. Yo lo conocí muy de paso, justo cuando se murió el doctor. Llegó al entierro de negro riguroso y con esos lentes oscuros, como si se hubiera pasado llorando toda la noche, vaya usted a saber. Una tarde, de repente, me habló mucho de su hermano el doctor Jiménez. Estábamos aquí en el porche; él muy tranquilo, parecía haberle caído bien la quimioterapia, y que se suelta a hablar del tal Jaime. Era terrible, yo no sabía: un dolor de cabeza, pobre doctor, le sacó canas verdes su hermanito. Le entraba muy fuerte al trago y al pócar, no sé si también a la droga, pero no me extrañaría nadita. Total, que recién jubilado el doctor Jiménez, según me contó el propio doctor, se le presentó su hermano Jaime para proponerle un negocio de muchos millones de pesos. Era algo así como entrar en sociedad con una firma de laboratorios farmacéuticos: la Janssen, la Schering, la Upjohn, una de esas transnacionales enormes. No sé qué le pasó a don Antonio: si creyó de veras en el proyecto de Jaime, si solamente trató de ayudarlo, o si le entró de golpe la codicia. El caso es que invirtió todos sus ahorros, según me dijo, y hasta se endeudó hipotecando esta casa para entrar en aquella maldita sociedad que terminó resultando un fracaso como cualquiera pudo suponer desde la aparición de Jaime y que hundió económicamente al doctor Jiménez y a la señora Norma. Ya no se repusieron jamás. El hermano estafador desapareció del mapa y luego vino el cáncer y la extirpación del tumor, y la prolongada agonía de la que fui espectadora y asistente durante cuatro o cinco años, ya no sé cuántos fueron. Más que perder a uno de sus más eminentes científicos, México perdió con el doctor a un hombre bueno, sensible, honrado, tierno, dulce, leal, maravilloso ser humano. Aunque hayan pasado quince, casi veinte años, nunca terminaré de llorarlo.

La enfermera se había puesto de pie y giró el cuerpo para soslayar su figura apesadumbrada. Del escote había extraído un pañuelo azul y con él se frotaba suavemente la orilla del ojo derecho. Hizo un ruido con la nariz, para contener la humedad, mientras negaba obsesivamente con la cabeza, como si más que en el porche de la casona de Córdoba 140 estuviéramos quince años antes en la agencia funeraria donde se velaba al doctor Antonio Jiménez Careaga.

No pude evitar la pregunta obvia del reportero acostumbrado a agredir. Ni siquiera la pensé:

—¿Estaba usted enamorada del doctor?

Pensé que la enfermera me dispararía con los ojos. Se mantuvo así, a punto, unos instantes, hasta que al fin la sonrisa de sus labios finísimos le apaciguó el semblante. Descubrí que el centro de su labio superior dibujaba claramente la hendedura del corazón prototípico. Arriba temblaban unas gotitas de sudor. Daban ganas de besarla justo ahí.

Respondió tranquila:

—El doctor Jiménez sólo estaba enamorado de su esposa Norma. Jamás quiso a otra mujer, ni por asomo. Sólo a ella, a ella, a ella. Y de eso le gustaba platicar cuando nos sentábamos en estos sillones. De cómo aprendió ajedrez para conquistarla, de cómo la convenció de que se casaran antes de terminar su carrera. Se vio forzado a traerla a vivir a la casa de sus padres, pero jamás permitió que ellos o el hermano Jaime le faltaran al respeto. Le dio su lugar y se lo mantuvo. Consiguió que sus padres la terminaran queriendo como a otra hija. Le demostró siempre, a todas horas, el gran amor que un hombre es capaz de sentir por una mujer durante toda la vida, así como lo prometió frente al sacerdote el día de su boda.

Interrumpí a la enfermera. Su exaltación de la fidelidad masculina amenazaba convertirse en demagógica.

—Perdón. No le pregunté si el doctor Jiménez amaba a su esposa. Le pregunté si usted amaba al doctor Jiménez.

—¿Yo?

—No me responda si no quiere. Es simple curiosidad. Curiosidad de la buena, créame.

—¿Se me nota?

—Francamente sí.

Volvió a sentarse. Su figura corpulenta parecía ir adquiriendo esa extraña fascinación de las protuberancias que esconden y prometen los cuerpos femeninos abundantes. Se sirvió más café, aunque luego no se llevó la taza a los labios, ni siquiera le añadió el azúcar que en las tazas anteriores se había obsequiado generosamente.

—Yo era muy joven en ese tiempo, ya le dije, no llegaba a los veinticinco. Admiraba al doctor Jiménez por su fama de cirujano y de científico, y más porque me había elegido entre enfermeras más inteligentes y más capaces para que viniera a cuidarlo en sus últimos meses de vida. Había algo de trágico, y por trágico terriblemente atractivo, en una situación como aquélla, es obvio. El doctor Jiménez era un condenado a muerte y mi trabajo, mi apostolado pensaba yo, consistía precisamente en hacerle más llevaderos sus dolores y más tranquila su agonía. Qué muchacha a esa edad, ¡o a cualquier otra, qué caray!... porque sí le digo una cosa: si eso lo volviera a vivir hoy a mis cuarenta y siete cumplidos, igual me enamoraría locamente de un hombre de la talla del doctor Jiménez. Cuánto más a los veintitantos, ¿no le parece? Cuando una siente, como enfermera y como mujer, que está cuidando a su maestro, a su padre, a su dios. Era un dios para mí, eso estaba clarísimo, aunque también, más que todo, la verdad, un hombre deseado carnalmente con todas mis fuerzas.

—¿Y él se dio cuenta?

—Claro que se dio cuenta.

—¿Cómo?

—El doctor Jiménez había pasado una mala tarde aquella vez, con dolores horribles que ni las píldoras ni las inyecciones lograron aliviar. Yo subí a llevarle un té de bugambilia al saloncito de allá arriba, el que usted conoce, donde ve a la señora. Tenía los ojos cerrados y se impulsaba muy despacio en la mecedora. Me sintió llegar y sin abrir los ojos, con un simple gesto, rechazó el té. Dijo que ya se sentía mejor; bastante mejor, dijo. Le pregunté si se le ofrecía alguna otra cosa. No me respondió pero me dejó acercarme, paso a paso. Le acaricié la frente, las cejas, las mejillas, la barba que se había dejado crecer para compensar el pelo de la cabeza perdido por la quimioterapia. Un largo rato, bien largo, lo estuve acariciando hasta que el doctor extendió su mano derecha y con los ojos cerrados, siempre con los ojos cerrados, me tocó, me palpó los pechos. Esa noche terminamos en la cama, qué remedio, en la cama de mi cuarto. La señora no estaba en la casa. Se había ido por la mañana a Guanajuato, a sus cosas, y fue el doctor Jiménez, no yo, quien caminó hasta mi cuarto, enfermo como estaba; el cuarto que está allá atrás, junto al garage, donde era antes el taller de costura de mamá Elvirita. No había anunciado su visita, pero yo lo estaba esperando luego de las caricias en la mecedora que ni siquiera fueron un manoseo fenomenal, no se vaya a creer: fue simplemente un intercambio cariñoso de dos o tres minutos a los más. Yo le acaricié la frente, las cejas, las mejillas, la barba, y él me tocó los pechos como si fueran esponjas. Me aparté. Me despedí. Regresé después a decirle Buenas noches: desde abajo, a la mitad de la escalera, y como no respondió pensé que se había quedado dormido. Estaba dormido pero sabía yo que se despertaría unas horas después. Se despertó. Se quitó la ropa. Se puso una bata y bajó y caminó hasta mi cuarto, a un lado del garage. Golpeó suavemente la puerta. Yo estaba desnuda en la cama y le dije: Entre, doctor. Pasamos juntos casi toda la noche, abrazados, acariciándonos, aunque no se produjo un verdadero contacto carnal, usted me entiende. Quiero decir: no hubo coito completo, pero sí mucho amor, usted me entiende. Ésa fue la única vez que estuvimos juntos: dos meses antes de que el doctor Jiménez falleciera.

La enfermera se abotonó los dos ojales altos de la blusa blanca de su uniforme. Luego vació dentro de la taza de café ya frío tres cucharaditas de azúcar que se puso a mover y a remover, los ojos fijos en el líquido. Se levantó de golpe como si un recuerdo la hubiera asaltado.

—Voy con la señora, perdóneme un momento. A ver si no se le ofrece nada. Regreso.

—Si le parece...

—No, no se vaya, por favor, todavía es temprano. ¿Se le antoja una copa de vino?

—Estoy bien así, gracias.

—¿Una copa de vino, o más café? Tengo abierta la botella. Es un chablis.

—No, gracias. De veras no.

Desapareció por el interior de la casa. Tardó poco en regresar al porche. Traía en la derecha una botella de vino blanco, descorchada, y dos copas en la izquierda, trenzadas de las patas por el índice y el anular. Se habían vuelto a soltar los dos botones altos de la blusa blanca del uniforme. Mostraba una sonrisa nostálgica.

—Está muy tranquila la señora. Al rato se duerme, no hay problema.

—¿Por qué me cuenta todo eso?

—¿Qué cosa?

—Su aventura con el doctor Jiménez.

—Usted me preguntó.

—No tiene obligación de hacerme caso.

—Si va a escribir la historia de la señora es bueno que sepa cosas que ella no sabe, ¿o no?

—Aunque sean mentiras... o fantasías.

—Yo no cuento mentiras. Tal vez ella sí, no sé; usted sabrá mejor.

Nos bebimos la primera copa de chablis. Estaba muy frío, recién salido del refrigerador, y pensé en

Elías Chávez: los buenos vinos no se enfrían, aunque sean blancos, de no ser el champán.

—Usted conoció aquí a la señora Norma, me imagino.

—Sí, aquí. Cuando vine a cuidar al doctor Jiménez.

—¿Se veía muy enamorada de él?

—Muy enamorada, claro, por supuesto.

—Yo tenía la impresión, por lo que usted estaba contando, que era al contrario. Que a la señora Norma le fastidiaba cuidar a su esposo enfermo, desahuciado, y por eso la contrataron a usted.

—Uy no, no, qué barbaridad, jamás quise decir eso. Si lo di a entender es un error mío, terrible. De ninguna manera, de veras. La señora estaba enamoradísima del doctor, como lo estuvo desde que se casaron, según llegué a saber... Y lo cuidaba a todas horas como si fuera un bebito. Lo acompañaba al hospital. Se estaba con él durante las radiaciones, en la quimioterapia, en las consultas. Lo quiso muchísimo, siempre.

—¿Está segura?

—Segurísima, igual que usted, no se haga. La señora debe haberle contado maravillas de su esposo... Si de algo habla conmigo, a veces, cuando está de buenas, es del doctor Jiménez: su amor inolvidable.

—No tuvieron hijos, ¿verdad?

—La señora era estéril.

—Estéril con él. Tuvo un nieto, ¿qué no? El muchacho este, reportero, Beto Conde, el de Guanajuato... por el que vine aquí.

—De esa historia no sé.

—No me diga que no conoció a Beto Conde, por Dios. Estuvimos platicando de Beto Conde la primera vez que pisé esta casa, ¿ya no se acuerda?, cuando usted me dejó entrar.

—Me acuerdo de Beto Conde, claro, pero no conozco su historia.

—Por lo que me ha contado hasta ahora la señora Norma, Beto Conde debió ser hijo de Luchita, María de la Luz, la hija que ella tuvo con su primo Lucio Lapuente, el del rancho de Guanajuato.

—Ya le dije que de Guanajuato no sé nada.

—¿De veras nada?

—Bueno, cuando la señora estaba más entera iba a veces a Guanajuato, a visitar a sus parientes del rancho. Pero a mí no me hacía comentarios. La señora nunca me ha contado cosas de su vida, como a usted. Lo poco que yo sé es lo que he visto y lo que he vivido aquí. Y lo que me platicó el doctor Jiménez sobre su familia, sobre el matrimonio con la señora... Claro, muchos de los muebles y de las cosas que se roban esos malditos anticuarios se los trajo la señora del rancho, pero más no sé.

—Ni de su nieto.

—Ay, mire, la señora le dice mhijito y mi nietito al primer chamaco que se le pone enfrente. Como no tuvo hijos, ¡y no tuvo ¿eh!, se lo puedo jurar por la Virgen del Perpetuo Socorro, siente que el mundo está repleto de descendientes suyos... Son las fantasías de la señora, créame, por ahí le ha pegado su enfermedad: imagina, sueña historias y gente que nunca conoció.

—¿Y las fotografías?

—Las fotografías no sirven para probar nada; usted como periodista lo sabe mejor que yo. Pero vaya a Guanajuato, ándele, vaya a investigar. Hace muchos años que se vendió ese rancho y le va a costar sudores encontrar algún Lapuente o amigo de Lapuente por esos rumbos.

—¿No me acaba de decir que de Guanajuato no sabe nada?

—Eso no es saber. Son datos aislados, de oídas, sin importancia.

Bebimos la segunda y la tercera copa de chablis.

Había amainado el calor, concluido la tarde, y la enfermera se levantó para encender la luz. El porche tenía en el centro del muro frontal un viejo arbotante de latón ennegrecido, con un foco de no más de sesenta watts que maliluminaba el sitio. En realidad no hacía falta más para distinguir el perfil de la enfermera. Confirmé que a pesar de su corpulencia y de su andar de pronto paquidérmico resultaba atractiva quizá por eso mismo, ya lo dije: por el contraste entre la vastedad y la fineza de sus facciones: los labios delgadísimos, cortados como a navaja, y el brillo de dos ojos grandes cuya humedad permanente era imposible discernir: o los lagrimales no funcionaban bien, o el recuerdo de su romance con el doctor Jiménez había removido sus sentimientos.

Permanecimos largo rato mudos luego que la enfermera regresó al sofá de mimbre. Se escuchó a la distancia el estruendo de un pesado camión que cruzó por Córdoba y las turbinas de un jet rugiendo y desapareciendo su ruido en el crepúsculo.

—Tampoco sabe nada del padre de la señora...

—¿De don Lucas?

—Ah, vaya, sí sabe... sabe algo de su historia.

—Más que de su historia, lo conocí a él, a él mismo, aquí, en persona, en esta casa.

—Conoció a don Lucas.

—Eso es lo que me pasa, ¿no le digo?, mi peor defecto: a cada rato doy a entender cosas contrarias a lo que estoy pensando o quiero platicar. Y es por mi incultura, porque nunca me enseñaron a explicarme bien, no aprendí... ¡Claro que conocí a don Lucas! Justo por don Lucas me contrató para este trabajo de planta el doctor Jiménez, aquí en su casa. La señora lo quería muchísimo.

—Al doctor Jiménez...

—Sí, al doctor Jiménez, claro, lo quería muchísimo como le estaba diciendo hace rato. Pero también tenía que cuidar a don Lucas, y ya dos enfermos eran palabras mayores. La señora no podía atender a don Lucas y al doctor Jiménez al mismo tiempo, resultaba agotador; aunque ella decía que sí, que sí podía, que iba a cuidar a los dos, que tenía fuerzas y corazón para eso y para más, cosa que afortunadamente no le permitió su esposo, porque antes que nada él era muy considerado con su mujer. Y fue entonces cuando me trajo a mí. Se plantó personalmente en la Escuela de Enfermería y Obstetricia, y aunque la doctora Lombardo le recomendaba chicas con más experiencia que yo, el doctor Jiménez estuvo dale y dale: Quiero a la gordita, quiero a la gordita..., como me decía cuando fui su alumna. Hasta que la doctora Lombardo dejó de necear y dijo Bueno, está bien, como usted quiera, doctor, llévese a la gordita.

Mientras la enfermera desenrollaba su lengua, achispada tal vez por el chablis, yo me puse a hacer cálculos mentales.

—Perdón. Un momento.

—Qué.

—Espéreme. Según mis cuentas, cuando usted vino a esta casa, don Lucas ya estaba muerto, por fuerza. Lo digo por lo que hace el número de años, nada más, sin pensar en lo del suicidio.

—Cuál suicidio.

—Por el número de años.

—No. Sus cuentas están mal. Cuando yo vine a esta casa, don Lucas estaba vivo. Ya era viejísimo, pero estaba vivito y coleando. Con decirle que sobrevivió al pobrecito doctor Jiménez, cómo la ve. Murió después de él, más tarde: a los ciento siete años de edad; óigalo bien: a los ciento siete.

—Don Lucas.

—Eran un anciano maravilloso. En sus últimos años ya no hablaba, ya no podía caminar. Se quitaba a cada rato los lentes y quién sabe por qué razón hacía girar como remolino sus ojitos de lenteja. Horas y horas allí, en su silla de ruedas, a la mitad del jardín, frente a su mesita de ajedrez, estudiando o jugando contra él mismo, no sé, yo nunca he entendido cómo se juega el jueguito ese. De vez en cuando, la señora jalaba una silla de fierro, se acomodaba enfrente y parecían enfrascarse los dos en una partida que duraba siglos, en absoluto silencio. Yo los veía desde aquí, al lado del doctor Jiménez que estaba sentado donde está usted. Desde aquí. Y entonces el doctor jiménez me contaba cómo él y su esposa, la señora, se trajeron a vivir a esta casa a don Lucas, cuando don Lucas se quedó por segunda vez sin mujer... Pobre don Lucas, tuvo una vida horrible. Su primera esposa, la mamá de la señora/

—María de la Luz. Luchita.

—Yo no sé cómo se llamaba la mamá de la señora, no me invente nombres por favor. Esa primera esposa de don Lucas, le estoy diciendo, se fugó o la raptaron. La raptó un general revolucionario, parece.

—A Luchita.

—La señora Norma era una bebita entonces, todavía no cumplía un año, y se quedó sin mamá porque su mamá se fugó con ese general revolucionario que le digo, llegado del norte, de los villistas que andaban de pleito con Carranza. Abelardo Iracheta se llamaba el general, ya me acordé. Ése era su nombre: Abelardo Iracheta. Se fugó ella con el general Iracheta o el general Iracheta se la llevó a la fuerza, como a usted le convenga creer; nunca se llegó a saber la verdadera versión. El caso es que a partir de ese momento ya nadie tuvo noticia alguna de la tal Luchita, según dice usted que se llamaba la mamá de la señora, aunque le decían con un apodo muy feo: la Embadurnada, la Chamagosa, algo así. Entonces don Lucas dio por muerta a su esposa, y en consecuencia su hija única, la señora, creció como huérfana cuidada, eso sí, por una tía, hermana de don Lucas, de nombre Imelda, o Inés, o Iliana, sepa Dios. Hasta que don Lucas volvió a casarse, esta vez sí

con una verdadera santa, al decir del doctor Jiménez.
Una monja del Sagrado Corazón, una Santa Teresita del
Niño Jesús, así era de buena la segunda esposa de don
Lucas llamada Carolina Garza, me parece, aunque la señora Norma la odiaba con toda su alma y todavía
ahora, en sueños, dice cosas horribles de su madrastra
Carolina: simplemente por el hecho de ser su madrastra, cosa muy explicable a mi entender, porque para
una chamaca como era entonces la señora a los catorce
o quince años, toda frágil, toda mocha, tener una madrastra y haber tenido como madre a una casquivana
capaz de fugarse con el primer general villista que pasa
a caballo por el mero centro de la ciudad, es el peor
castigo con que Dios nuestro señor puede ensañarse
contra una criatura inocente. Lo que quiero decir con
todo este alegato es que el matrimonio de la señora
con el doctor Antonio Jiménez Careaga, a quien Dios
tenga en su santa gloria, fue la mismísima salvación
eterna para la señora. El doctor Jiménez le dio tanta alegría y tanta vida a su compañera que desde recién casados la señora dejó de pensar que su madre Luchita se
había fugado con el general Iracheta y admitió por fin
las virtudes de doña Carolina Garza. Por desgracia esta
santa madrastra murió de tifoidea justo cuando la señora estaba empezando a quererla de verdad. Entonces el
doctor Jiménez le ofreció a su mujer, le propuso mejor
dicho, traerse a esta casa a su suegro, al desconsolado
don Lucas, moralmente desbaratado por la muerte de
su segunda esposa doña Carolina. Don Lucas oyó la
propuesta, lo pensó un poquito, se limpió una lágrima
con la punta del pañuelo y ya está: se vino a vivir aquí
sin problemas, como usted debe comprender, porque
la casa es grandísima, pueden vivir al mismo tiempo varias familias sin estorbarse. Pues aquí vivió don Lucas
durante añales. Aquí se hizo viejo, viejísimo, hasta su
muerte, cuando acababa de cumplir ciento siete años
como le decía, y su hija, la señora, ya tenía para enton-

ces como setenta y pico. No sé muy bien cuántos. No me haga caso. Soy tonta para medir los años y para sumar y restar números. Lo que sí digo es que muerto el maravilloso doctor Jiménez y muerto después don Lucas, el ancianísimo padre de la señora a quien nunca, por cierto, escuché pronunciar una sola palabra, ¿va usted a creer?, una sola palabra no le escuché, estaba mudo ya de tan viejo, ¿va usted a creer?; muertos los dos varones de la casa pensé, me dije: ya nada tengo que hacer aquí. Era el momento de agarrar mis cosas, hacer mi maleta, irme. Pero me quedé. Me quedé porque la señora empezó a enfermarse de la edad. Alguien necesitaba cuidarla, ¿o no? Alguien.

—Sí, alguien.

—¿Está usted de acuerdo?

—Estoy de acuerdo, claro.

—Eso hice.

—Muy bien.

—No podía hacer otra cosa.

—Hizo lo debido.

—¿De veras lo piensa?

—Por supuesto. Hizo lo debido.

—Gracias. Muchas gracias, joven.

Me puse de pie. Habíamos agotado la botella de Chablis y empezaba a punzar en mi cabeza, de lado a lado, una de esas terribles migrañas que me tumbaban por horas en la cama y por las que María Fernanda me insistía en visitar al doctor Iglesias, mandarme hacer una resonancia magnética, atenderme a la mayor brevedad, no vaya a resultar un tumor, Dios no lo quiera. Me sentía en ese instante, sobre todo, desinteresado ya de aquel amasijo de anécdotas en las que muy poco o nada me parecía verdadero.

—Ya le conté lo que quería saber —dijo la enfermera.

Sonreí con un gesto cajonero como para despedirme. Levanté el portafolios, me moví hacia los escalones del porche. Entonces la enfermera me detuvo del brazo presionando con agudeza el huesito de mi codo; estuve a punto de lanzar un gemido.

—¿Puedo preguntarle algo? —dijo.

—Qué. —Me solté de su pinza.

—¿De dónde sacó esa barbaridad?

—Cuál barbaridad.

—Lo del suicidio de don Lucas.

—El arzobispo de Parangaricutirimícuaro se quiere desarzobisparangaricutirimicuarizar, el que lo desarzobisparangaricutirimicuarizare será un buen desarzobisparangaricutirimicuarizador.

Riéndose con toda su bocaza desportillada, horrible, la abuela estaba haciendo pendular nuevamente su mecedora. Parecía feliz de verme rabiar otra vez, como todos los viernes, ante su latosa manía de interrumpir a medio curso sus relatos con esos juegos de lenguaje que apasionaban a María Fernanda cuando escuchaba las cintas. (Perdón. Rectifico. Suspendo. Abro un paréntesis porque María Fernanda está leyendo este párrafo y dice que no. A ella le interesaron en un principio los galimatías de la abuela —hasta inició un análisis semiótico, como ya dije—, pero no estos trabalenguas ni los insulsos jueguitos de palabras en que derivó después. Ésos la decepcionaban, me dice María Fernanda. Y cierro el paréntesis.)

—La madre godabre pericotabre tarantantabre fue con sus hijos godijos pericotijos tarantantijos al monte godonte pericotonte tarantantonte a cazar una liebre godiebre pericotiebre tarantantiebre.

Volvió a reír, qué fastidio. Sus ojos ágata brincaban como rebotando tras los lentes de botella. Me pidió una copita de coñac. Se había fatigado con los trabalenguas.

—Así que estuvieron platicando, ¿eh? Mientras yo me moría, ustedes plática y plática. —Dio un pequeño sorbo a su coñac después de levantar en brindis el pequeño cubo.

—Sólo ese viernes —me disculpé.

—De mi nieto.

—No, de eso no. La enfermera duda que Beto Conde haya sido nieto de usted.

—¿Duda?

—No cree. Eso me dijo.

—Qué puede saber la pobre —resopló la abuela al tiempo que dificultosamente trataba de ponerse de pie.

Me precipité a ayudarla. La sostuve del brazo derecho y la impulsé hacia arriba mientras ella se afianzaba a la mecedora que también detuve, con la pierna. Luego le puse la mano en el mango del bastón que me solicitaba con ademanes.

—Vamos abajo —ordenó.

—¿Quiere que llame a la enfermera?

—Tú nada más. Qué. ¿No eres capaz de ayudarme?

Asentí mientras desconectaba la grabadora y emprendía las acciones necesarias para llevar conmigo, a toda prisa, los útiles de trabajo: mi portafolios, la libreta de argollas, la grabadora por supuesto.

La alcancé cuando empezaba a bajar por la suntuosa escalera pero rechazó el apoyo de mi mano. Con la izquierda se sostenía del barandal y con la derecha empujaba enérgica el mango del bastón cuya punta iba clavando peldaño tras peldaño. Era la primera vez que la veía fuera del salón verde, lejos de su mecedora.

—Beto Conde era hijo de Luchita —empezó a decir al bajar—; mi pobre Luchita mhija linda. Se encandiló con un gigantón que vivía en León y trabajaba con el cuero para hacer botas, zapatos, guantes de beisbol. Él era beisbolista, primero en la liga del Bajío, con los Talabarteros de León, y luego jugó profesional con los Diablos Rojos del México, en la Liga Mexicana.

—¿Y era bueno para el beis?

—Malo como jugador de cuadro y como, como... ¿cómo les dicen a los que juegan hasta mero atrás?

—Jardineros.

—No no. Los que juegan mero atrás.

—Fílders. El cénter fílder, el rait fílder...

—Eso. Fielders —pronunció con perfecto inglés.

La abuela se detuvo en el último tramo de la escalera. Nunca la había visto tan de cerca; su piel encarrujuda por surcos profundísimos que se iban convirtiendo en nudos al llegar a su largo cuello de gallina cocorera. A treinta centímetros de distancia se antojaba una vieja de noventa y nueve años, no de los ochenta y pico que mis sumas y restas le calculaban. Tal vez tenía ya los ciento siete a los que llegó su padre cuando se murió de eso, de pura vetustez, de ancianidad, si es que de veras don Lucas se murió de ciento siete; tal vez la profusión de vidas de la abuela, si es que de veras hubo tal profusión, amontonó edades en un solo cuerpo, de tal manera que esa vieja sumaría no ya los cien verosímiles años de su apariencia, sino los doscientos o trescientos de una existencia con suerte interminable.

Pensé en Beto Conde. Recordé su rostro alumbrado a media noche por un rebote de luz neón sobre la mesa larga de la redacción y traté de encajarlo en el rostro ligeramente cetrino de la abuela. Se parecían muchísimo sin duda, al menos en mi recuerdo. Volví a leer el grito de la libreta azul de taquigrafía, el *Avísenle a la abuela* que me metió en esta aventura de la que renegaba a veces cuando me dirigía a Córdoba 140 en lugar de aprovechar mi viernes libre en la Cineteca, en el dominó del Chamaco, en mi casa con María Fernanda,

¡carajo, qué estoy haciendo aquí en lugar de estar cogiendo!

—Era fielder de los Diablos Rojos del México y muy bueno con el bat. Se llamaba Heriberto Tonina Conde. Pobre de mi Luchita mhija linda, se murió antes de tiempo.

—¿Se murió su hija?

—Todos se mueren antes que yo.

—¿Su hija o el beisbolista?

—Todos.

—¿También Lucio Lapuente?

La abuela se acercó a milímetros como para hablarme en secreto, a la oreja.

—Tuve otro nieto, para que te enteres, shhh. Beto Conde no fue el único, tuve otro: varoncito. Pero nació down.

—¿Niño down?

—Sí, down.

—Por eso ayuda usted a las escuelas especiales.

Pareció sorprenderse. Habíamos llegado ya a la planta baja y la abuela se soltó del remate del barandal para girar hacia mí.

—Quién te dijo.

Me turbó. Me sentí en pecado. No supe cómo rectificar.

—Cómo lo sabes.

—La enfermera —confesé al fin, alzando los hombros—. Me dijo que el candil que estaba por allá —y señalé hacia la sala grande, borrosa en la penumbra— era una donación para una escuela de niños down. Eso me dijo. ¿Tiene algo de malo?

—Voy a tener que prohibírtelo.

—Prohibirme ¿qué?

Encendió la luz de la sala casi al mismo tiempo en que levantó el bastón como para señalar algo. Qué. Empezó a batirlo en el aire, a la derecha, arriba, insegura como si de pronto hubiese olvidado a dónde pen-

saba dirigirlo. Se golpeó con los nudillos la boca cerrada, en un gesto muy suyo, y también meneó la cabeza
de aquí para allá.

—¿De qué estábamos hablando?

—De su nieto. De Beto Conde... De su yerno
beisbolista.

—No no, antes. Mucho antes.

—De su padre.

—¿De papá?

—De una partida de ajedrez de don Lucas.

—¿Qué te dije?

—Nada. Se puso a decir trabalenguas.

—Ah, sí... —La abuela sonrió con el gesto aliviador de quien recobra la memoria. Me golpeteó la
pierna con el bastón: Ven para acá.

Avanzamos hasta la mesita de ajedrez que había llamado mi atención desde la tarde de mi llegada.
Era una mesa de muy fina madera sin duda, cuyas cuatro patas se entretenían en retorcimientos y en enrosca-
duras afrancesados antes de caer sobre el piso conver-
tidas en garras de águila. En la superficie —que daba
espacio a un reloj de competencia con sus dos carátu-
las y sus botones interruptores, lo mismo que a las piezas sacrificadas durante la partida y a dos cuadernillos
de anotación apuntando respectivamente al norte y al
sur— se implantaba la cuadrícula blanquinegra de un
tablero empotrado de mármol. Las piezas eran de diseño tradicional pero de ébano, averigüé después.

—¿Sabes ajedrez?

—Un poco.

Dije *un poco* aunque en realidad no era un mal
aficionado. Mi tío Bernardo me regaló mi primer tablero cuando cumplí ocho años y en la prepa cinco gané
un campeonato de preparatorias oficiales. Ahora jugaba de vez en cuando en el café de la librería Gandhi,
antes en la Casa del Lago, y ganaba y perdía al parejo.
Mi mayor hazaña fue un jaque mate maravilloso al

poeta Homero Aridjis, luego de una larguísima entrevista que le hice sobre la mariposa monarca para el suplemento cultural de Armando Ponce. Pero eso fue hace más de cinco años.

La abuela apuntó hacia el tablero con el bastón:

—El momento decisivo.

La partida andaba en su último tercio con las negras arrinconadas en su área, a la derecha del tablero. Llamaba la atención —lo distinguí de un golpe de vista desde el primer día— la incomodidad del rey negro, en jaque por el único caballo de las blancas. Ya no había reinas. La ventaja parecía de las blancas.

—Tú llevas las negras. ¿Qué haces?

—Ni idea —respondí.

La abuela me impulsó con su garra derecha a que tomara asiento en el lugar de quien llevaba negras. Ella permaneció de pie. Insistió:

—¿Cómo te quitas ese jaque?

—No sé, la verdad.

—Cómo que no sabes. Piensa, no seas flojo. Concéntrate. Tómate el tiempo que necesites.

No era fácil pensar, ni concentrarse, teniendo a mis espaldas a la abuela en su papel de maestra-genio capaz de reprobarme sin misericordia.

—Concéntrate, concéntrate.

Sí, la ventaja del caballo blanco sólo admitía dos reacciones: o arrimar el rey jaqueado hacia la torre —no hacia un peón tejedor que estorbaba por ahí— con la esperanza de organizar un contrataque, o comer el caballo jaqueador con el alfil negro sobre negras, que a su vez sería comido después por la torre blanca; es decir: un cambio de piezas: caballo blanco por alfil negro.

Lo dije:

—Una de dos: o arrimar mi rey hacia la torre, o comerme el caballo.

—Exacto, muy bien —aprobó la abuela—. Ésas son las únicas respuestas inteligentes. ¿Cuál escoges?

Luego de tantos viernes oyendo hablar de proezas ajedrecísticas, no ponía en duda que la abuela fuera jugadora de primerísimo nivel. No me estaba tomando el pelo. Me ponía a prueba porque necesitaba medirme —sepa Dios con qué intenciones—, aunque no se daba cuenta de que mi nivel de aficionado me impedía calcular jugadas en frío. Si de pronto yo conseguía buenas partidas en la Gandhi o como aquella contra Homero Aridjis, era no por mi ánimo calculador, sino por esa bendita inspiración que brota al calor mismo del juego, por los jaloneos psicológicos entre los contendientes, por las descargas de adrenalina, por el orgullo de ganar frente a una chica que me está viendo y admirando. En frío sólo ajedrecistas como la abuela Norma o como los campeones internacionales pueden resolver problemas de manera brillante.

—Creo que lo mejor es comerse el caballo blanco —dije después de cinco o siete minutos de concentración.

—¿Por qué?

—Porque un caballo metido ahí, en el nudo de la batalla, sobre el enroque, es muy peligroso a estas alturas del juego. Luego se van a echar encima las torres, los peones con ganas de coronar.

—¿Entonces?

—Lo mejor es comerse el caballo blanco —repetí.

La abuela tensó una esquina de los labios en un gesto que no pude calificar como sonrisa. Enseguida, mientras tomaba asiento en la silla del jugador de blancas y apoyaba el mango del bastón en el filo de la mesa, cerca de las piezas desechadas, dijo suspirando:

—Eso mismo pensé yo aquella noche.

Cuatro

Don Lucas trató de salvar de dos trancos los cuatro escalones del porche pero se tropezó en el remate del último y cayó al suelo, cerca de la mano inútilmente tendida de Norma que no alcanzó siquiera a tocarlo. Uno de los cristales de sus anteojos de miope se estrelló al chocar contra el mosaico del piso, y la mano izquierda con la que intentó detenerse se luxó a la altura de la muñeca.

Norma pensó que su padre estaba ebrio (ya volvió a beber, ¡maldita sea!, no te digo) y por un instante deseó que se hubiera quebrado de veras la mano o que un trozo de cristal lo hubiera dejado ciego en castigo por la traición a sus promesas. Pronto descubrió, con alivio, que no, que su padre no andaba ebrio, al contrario: era tanta su emoción y su deseo de llegar pronto hasta su hija que intentó subir de dos trancos los cuatro escalones del porche, como si fuera un muchacho, y cayó de bruces, lastimado, definitivamente ridículo.

—Ora sí ya estoy viejo.

Mientras Norma le vendaba la muñeca en el cuarto que años atrás perteneció a Jaime Jiménez, el hijo problemático de doña Elvirita y del señor notario don Mauricio, don Lucas expuso a su hija las razones de su emoción. Proveniente de San Francisco, donde se había enfrentado a Emile Jakobson, el más peligroso rival del campeón del mundo Mijail Botvinnik, estaba pronto a llegar a la ciudad de México el célebre gran maestro internacional Benito Palomera, un joven español de veinticinco años, natural de Santander. En el Internacional Palace de San Francisco, luego de empatar ocho juegos de una ronda de quince, Palomera había terminado venciendo a Jakobson por cuatro partidas a tres.

—La última fue de alarido, aquí la traigo anotada. Jakobson abrió con la siciliana, imagínense, y trató de sorprender al español yéndose al cambio desenfrenado de piezas, como si estuviera jugando pin pon. El español lo dejó llegar, le respetó hasta lo último la iniciativa, al grado de ofrecerle su torre a cambio de un mugroso alfil. Jakobson aceptó sin pensarlo, parecía muy ventajoso el cambio, pero eso lo descolocó y cuando menos lo pensábamos todos los ahí presentes, el mismo Jakobson incluso, el españolito se fue puje y puje y coronó su peón negro envenenado. Hubieran visto qué tenacidad, qué decisión la de este Benito Palomera.

Quien así narraba el acontecimiento acaecido en San Francisco era Ramoncito Iturriaga, el nuevo presidente del club de San Juan de Letrán. Inteligente, buen jugador a los cuarenta y dos años de edad, aunque nada notable, nada del otro mundo, Ramoncito Iturriaga había obtenido tan honroso cargo a raíz del fallecimiento del viejo presidente del club, muerte que lastimó muchísimo a don Lucas.

No faltó en la cofradía de ajedrecistas capitalinos quien propusiera justamente a don Lucas como sucesor del viejo presidente, pero fue don Lucas el primero en rechazar cualquier posible candidatura.

A él le importaba el ajedrez, no la política del ajedrecismo —sentenció, inventando la palabra—. Aunque se tratara de una política noble como ésta, era al fin de cuentas política, y no. Él no. Cómo arrogarse además el puesto y la memoria de su queridísimo amigo a cuyo tesón se debía el engrandecimiento del respetado club.

Las propuestas recayeron entonces en dos candidatos: Simón Reveles, hijo del poeta Reveles también ya fallecido, y este Ramoncito Iturriaga, que gozaba del padrinazgo decidido de don Jacinto Morales. El excéntrico don Jacinto Morales no se había vuelto a parar en aquel segundo piso remodelado gracias a sus donaciones desde el brutal descalabro sufrido frente al juego relampagueante de don Lucas, unos trece o quince años atrás, ¿lo recuerdan? No obstante, seguía subvencionando al club con generosas partidas de dinero cada vez que la cofradía le lanzaba gritos de auxilio. El excéntrico diletante estaba muy viejo, se decía en el medio, casi ciego y paralizado de las piernas a causa de una artritis que le estaba convirtiendo los huesos en charamuscas. Seguía jugando en la intimidad de su mansión, casi siempre con sus mismos invitados extranjeros, tan excéntricos como él, y ya no se dejaba mirar ni en las recepciones de las embajadas europeas a las que fue en un tiempo tan adicto. Ahora moraba como un ermitaño forrado en oro, pero ermitaño al fin, en la cueva de ese estrambótico palacio en la prolongación del Paseo de la Reforma.

En las elecciones para presidente del club de San Juan de Letrán el apoyo de don Jacinto Morales a Ramoncito Iturriaga fue definitivo. De los 61 votos emitidos por los miembros activos, 58 fueron para Ramoncito y solamente tres para Simón Reveles; uno de esos tres, por cierto, así se supo, del veterano don Lucas. Ramoncito celebró su aplastante victoria con una cena-bufet en el salón del club a la que asistió don Lucas, un poco a regañadientes, acompañado por Norma y el doctor Jiménez. Dada la fama pública del connotado cirujano y cardiólogo, la presencia de Antonio Jiménez en el festejo dio singular relevancia a la toma de posesión de Ramoncito. Así lo registró un breve texto aparecido en *Excélsior* —con una foto posada de Ramoncito, Jiménez y Norma— en el rincón dedicado a las noticias de ajedrez, al final de la sección deportiva.

Norma no había conversado antes con Ramoncito Iturriaga. Lo conocía a distancia, de verlo jugar en el club algunas de las dos o tres tardes al mes en que Norma acompañaba a su padre —ahora que su padre vivía ya con ellos en Córdoba 140— y no sospechó entonces que pudiera ser un hombre tan avispado, tan vivaz, tan divertido. Desde luego la euforia de esa noche le daba un encanto especial, aunque de cualquier forma y bajo cualquier circunstancia Norma hubiera terminado convencida —lo dijo Norma—, en oposición a su padre, de que Ramoncito imprimiría al club una notable vitalidad: tenía ideas, propuestas, un gran entusiasmo sobre todo. Lo demostró pronto. A los tres meses Ramoncito había organizado ya un curso de ajedrez para principiantes, otro de perfeccionamiento y actualización para veteranos, y un programa de colegios de primaria y secundaria donde el ajedrez se proponía como materia optativa pero validable, al nivel del taller de modelado, del taller de electricidad, del taller de teatro. Ramoncito también organizó torneos y viajes de intercambio con ajedrecistas cubanos y argentinos, y de él fue la idea de traer al club de San Juan de Letrán al celebérrimo Benito Palomera, el español que asombraba al mundo.

Como después de su presentación en el Internacional Palace de San Francisco Palomera quería darse una vuelta por México para conocer Xochimilco —eso dijo a Linda Foreman, reportera del *San Francisco Herald*— Ramoncito entró en negociaciones con Imelda Serrano, la agente de Palomera —una mujer hombruna y racista, dura de carácter—, para conseguir una presentación del español en el club de San Juan de Letrán.

Ramoncito Iturriaga proponía que durante día y medio Benito Palomera se enfrentara a tres grandes ajedrecistas mexicanos en rondas individuales de tres partidas cada una. El jueves en la mañana jugaría contra Mario Campos López, un jovenzuelo, casi adolescente, que acababa de resultar subcampeón en el torneo caribeño celebrado en Caracas. El jueves en la tarde jugaría contra don Lucas, la estrella del club de San Juan de Letrán, y el viernes por la mañana o por la tarde competiría contra el teniente coronel José Joaquín Araiza, nuestro campeón nacional.

Imelda Serrano interrumpió a Ramoncito con una fingida carcajada, estruendosa y grosera. No. No necesitaba siquiera plantear esa propuesta a Benito. Conocía su respuesta de antemano. Ella misma contestaba por él, ahora. Sabían, sí, de muy buena fuente, del tal José Joaquín Araiza, el campeón de México. Era un jugador de muy buen nivel, pero...

—Pero por Dios, señor Iturriaga, está muy por debajo del nivel de Benito —chilló la Serrano—. Benito no puede sentarse en un tablero y jugar individuales, de tú a tú, con principiantes.

Y si para Imelda Serrano el campeón de México le parecía un principiante, qué decir de don Lucas y de Mario Campos López.

—Imposible, señor Iturriaga.

Ramoncito se tragó su propuesta —ni siquiera contaría luego el incidente a los consejeros del club— y aceptó la propuesta que le hizo a cambio Imelda Serrano. Aceptó que Benito Palomera se presentara en el club de San Juan de Letrán sólo por una tarde, la tarde del viernes cuatro, y en plan de exhibición. Jugaría en simultáneas con un máximo de quince competidores mexicanos. Por esa única presentación Ramoncito Iturriaga se comprometía a pagar una cantidad altísima, fijada en dólares, que los miembros del consejo consultivo jamás conocieron porque Ramoncito Iturriaga ejerció su derecho a mantenerla en secreto: no se pagaría con los fondos del club, se pagaría —y se pagó— con un donativo especial de don Jacinto Morales, quien sólo pidió a cambio ocupar uno de los quince tableros de las simultáneas.

Por desgracia —y vale decirlo de una vez— don Jacinto Morales sufrió un agudo ataque de artritis la víspera de la exhibición y se vio obligado a quedarse en su palacio retorciéndose y llorando por los fortísimos dolores, o tal vez, también, por la perdida oportunidad de jugar con un genio de los tableros.

Diez de los quince tableros para las simultáneas con Palomera fueron dirimidos en una competencia capitalina, siguiendo el sistema suizo a cinco rondas, y los otro cinco se ofrecieron a los mejores jugadores del club encabezados, desde luego, por don Lucas, de la categoría de los Oro Viejo, como se clasificaba en México a jugadores estrella que no habían optado por los títulos de grandes maestros o grandes maestros internacionales de las federaciones extranjeras.

Pero don Lucas estaba furioso. Él había soñado, se había preparado, se había hasta luxado la mano izquierda de la emoción, pensando en que jugaría frente a frente contra el retador de Botvinnik. Lo daba por un hecho y ahora Iturriaga le salía con esta cantaleta; pues qué se está creyendo este alzado, carajo, gritó y manoteó. Por muy cerca que estuviera del campeonato mundial, el pinche gachupín no tenía derecho a menospreciar a los ajedrecistas mexicanos, ni al buenazo de Araiza ni al Marito Campos ni a mí, qué chingados, cómo de que no.

—No es desprecio, don Lucas —mintió Ramoncito—. Entiéndame bien. Es cosa de la Federación Internacional. Palomera estaría feliz jugando individuales con Araiza, con usted, con gente de la que tiene noticias —siguió mintiendo—. El problema es la Federación Internacional. En competencias como ésta, no programadas por la Federación Internacional, el señor Palomera tiene prohibido jugar individuales de *motu propio*, tiene que sujetarse a las reglas de la Federación.

—Y desde cuándo inventaron esas reglas estúpidas. Capablanca y Lasker y Alekhine jugaban con quienes les daba su gana, no faltaba más.

—Son reglas del último congreso, don Lucas —mintió Ramoncito por última vez—. El señor Palomera no tiene la culpa.

Norma se empeñó en convencer a su padre:

—Qué pierdes, papá, qué pierdes.

—Es asunto de dignidad —manoteó al aire don Lucas.

Estaban en el amplio comedor de Córdoba 140. La mesa larga, para doce, ocupada sólo por tres. Verónica la sirvienta llegaba y se iba con los recipientes y platones de la sopa de cebolla, el arroz blanco con rajas, las alcachofas, los pulpos en su tinta, el flan riquísimo.

Cuando llegó la hora del flan riquísimo y el cafecito, terció Antonio Jiménez:

—Anímese, suegro, usted lo puede hacer pedazos.

—En simultáneas no es ningún mérito. Si se pone a jugar contra quince es natural que alguien le gane.

—No es tan fácil, papá, no lo conoces —habló Norma—. Este Palomera es de veras bueno. Lleva cuatro exhibiciones de simultáneas en que no pierde un solo juego.

—No es cierto.

Norma estiró el brazo hacia el mueble que estaba atrás y tomó una libreta. Extrajo el recorte de una página de revista.

—Es de *Gambito*, mira. Me la dio Ramoncito Iturriaga. —Leyó: —Simultáneas en Barcelona. Contra veinticinco, Palomera ganó veinticuatro partidas y empató una. En Milán. Simultáneas contra veinte. Ganó veinte, sin empates. En Lisboa, hace dos meses. Simultáneas contra veintidós. Ganó dieciocho, cuatro le hicieron tablas. Y ahora en San Francisco.

—En San Francisco qué —gruñó don Lucas.

—En San Francisco, después de ganarle a ese Jakobson, jugó simultáneas de exhibición. Ganó quince de las quince. Nadie le hizo tablas siquiera. —Norma terminó su última porción de flan riquísimo. —No pierde, papá. Palomera no pierde nunca.

Don Lucas encendió un largo puro, de los que le enviaban de Guanajuato, mientras Toño Jiménez contenía una sonrisa porque se daba cuenta que su suegro estaba cayendo en la tentación activada por Norma. Lamentaba el médico levantarse de la mesa, pero tenía una cita urgente en el Hospital de Jesús.

—Debe estar jugando contra aficionados —rezongó don Lucas—. Para hacerse publicidad.

—Son clubs de primera, papá, de primerísima. Y si quieres te consigo la revista. Se la mandan a Ramoncito de Barcelona. Ahí traen todos los juegos de Palomera en los últimos torneos, ya los vi. Es de veras un genio, te lo juro.

Se levantaron de la mesa sin que don Lucas mostrara haber tomado una decisión. Toño Jiménez le palmeó el hombro derecho antes de avanzar a grandes zancadas hacia la puerta donde ya lo esperaba su impaciente chofer.

—Volvieron a hablar del hospital, doctor.

Esa noche, en el salón verde de la planta alta, don Lucas detuvo a Norma cuando cruzaba rumbo a su recámara. Desde la mecedora la prendió de la mano.

—Voy a jugar las simultáneas, pero con una condición.

Norma adivinó en los ojos de su padre la condición. Completó don Lucas, después de la pausita:

—Que tú también juegues.

—Ay no, papá, cómo crees —respingó Norma de inmediato. Y se soltó de la mano que la detenía—. Yo estoy entumida, ya hace mucho que no me pongo a jugar en serio.

—En simultáneas, una jugadora como tú lo puede descontrolar fácilmente; con tu chispa, con tu inventiva... Tú tienes más imaginación para el ajedrez que todos los del club juntos, ésa es la pura verdad.

—Jamás, papá, no estoy loca. Jamás. Pero si quieres, para que veas, me siento a tu lado y te digo lo que me va pareciendo el juego.

Así se hizo.

El amplio salón del club se hallaba pletórico aquella tarde-noche de noviembre. Había llovido desde

el mediodía y algunas calles del centro —Motolinía,
Bolívar, Palma...— volvieron a encharcarse por las tar-
días tormentas de otoño y más por el mal drenaje que
el regente Casas Alemán no lograba restaurar. Los socios del club y los espectadores espontáneos, varones
en su mayoría, arribaban al segundo piso cerrando paraguas y buscando un guardarropa inexistente donde
dejar sus gabardinas empapadas. Se veían obligados a
conservarlas dobladas en la percha del brazo o en el
respaldo de una silla próxima, si es que alguna encontraban libre a esa hora, a punto ya de ocurrir el acontecimiento.

Cuando el reloj de pared marcó las siete y cuarto —la cita era a las siete en punto— el local no admitía más gente. Don Tacho el portero, auxiliado por dos
compadres fortachones, marcó con su presencia y su
continuo atajamiento un punto final, y no se permitió
la entrada a más público. Unos minutos después fue
necesario incluso cerrar las puertas, entre las protestas
de los rechazados. Sólo se abrieron un par de veces
para dar paso como anguilas a tres reporteros y un fo-
tógrafo que llegaron tarde y a codazos se hicieron camino hasta el cerco de mesas, en forma de U, donde se
habían dispuesto los quince tableros con sus respectivos quince batallones de negras y de blancas: las blancas siempre para el protagonista de la exhibición —pequeña tradicional ventaja— quien recorrería tablero
por tablero, caminando por el perímetro interno de la
U y respondiendo a cada embate de los rivales.

Acompañado por la hombruna Imelda Serrano
y por el sonriente Ramoncito Iturriaga, el gran maestro
internacional Benito Palomera llegó al club pasadas las
siete y media. Pese a que se hospedaba relativamente
cerca, en el Hotel del Prado de Avenida Juárez, el tráfico perturbado por las inundaciones motivó el retardo
que a nadie pareció importar cuando vieron al español
subir las escaleras. Fue recibido con un aplauso tan

largo y tan fuerte como la expectación que generó el dinámico Ramoncito en los ambientes ajedrecísticos y en la *socialité* capitalina. Aunque pocos sabían de la existencia del campeón santanderino antes de su arribo a México, tanto se habló y se escribió de su personalidad en el radio y en la prensa que como a una personalidad ameritaba recibirlo y presentarlo. Lo presentó Ramoncito Iturriaga, desde luego, machacando la calidad de Benito Palomera como rival próximo del campeón mundial Mijail Botvinnik y haciendo pensar a la mayoría que el español no era solamente el único ajedrecista en el mundo a la altura de Botvinnik, sino su seguro victimario. Por tanto significaba un honor inconmensurable —reflexionó en voz alta Ramoncito— que este campeonísimo visitara México donde el ajedrez se está volviendo una religión y accediera a derrochar su talento en una múltiple partida en simultáneas contra quince de los mejores ajedrecistas de nuestro país.

En el centro interior de la U de mesas Benito Palomera permanecía con la vista gacha, humilde, mientras Ramoncito lo empapaba de epítetos, como la lluvia afuera. Era Benito un joven alto, muy delgado; cejijunto de cejas muy espesas, aunque rubias, lo que suavizaba el ceño continuamente fruncido como de gente importante.

—Pinche gachupín, se cree la divina garza —se oyó apenas una voz a espaldas de Norma—. Ojalá y le ganen todos.

Norma giró la cabeza y descubrió a un joven de ojos verdes que le recordó al Toño Jiménez de quien se enamoró allí en el club hacía como doce, como trece años. El joven buscó la sonrisa cómplice de Norma pero ella no aprobó el retobo: la hija de don Lucas sentía genuina admiración por un ajedrecista que había llegado a alturas inalcanzables para la mayoría de los profesionales del juego-ciencia. Eso demostraban sus partidas consignadas en revistas y libros de ajedrez, y eso fue demostrando Benito Palomera en las primeras nueve vueltas que dio frente a los quince tableros de sus rivales.

No, que no le ganen todos —se dijo mentalmente Norma para contradecir al joven majadero—. Que sólo mi padre le gane —deseó.

Jugaba rápido Benito Palomera. Recorría de derecha a izquierda tablero por tablero y de un solo vistazo detectaba el movimiento realizado por el enemigo en turno; entonces se pasaba el índice por la frente y casi sin detenerse, como si aplicara un *script* aprendido de memoria, movía una de sus blancas, un peón, el caballo, un alfil, para enseguida avanzar hacia el siguiente tablero donde se repetía el ademán, el gesto, la desestima del rival que volvía a clavar los ojos en la telaraña de las piezas modificada ahora por la nueva posición de las blancas, siempre amenazantes.

A vuelta y vuelta de Benito Palomera empezaron a caer los rivales. Y no es que fueran ajedrecistas bisoños. De los quince en simultáneas figuraban por lo menos cinco de primer nivel. Ninguno con título de gran maestro internacional como Palomera, pero sí con una calidad indiscutible demostrada en torneos nacionales y latinoamericanos: dos fueron finalistas en el último torneo de Buenos Aires; otro, Gamaliel Santamaría, era nada menos que el subcampeón de México y campeón de Guadalajara, y don Lucas, sin duda el mejor, representaba a esa legión de ajedrecistas desdeñosos de cuanto tenga que ver con torneos oficiales y competencias organizadas por las múltiples federaciones, pero a veces con una categoría muy superior a quienes repletan sus vitrinas con medallas y trofeos adquiridos en la brega del ajedrez profesional: un auténtico Oro Viejo.

—El no ser profesional no significa ser inferior —sentenciaba el poeta Reveles en sus tiempos de gloria.

Y completaba don Lucas:

—Aquí la única medida es la que brinca del tablero cuando uno se sienta frente al otro y a ver de qué cuero salen más correas. Usted muévale su peón o su caballo y yo le digo luego qué tanto puede presumir de campeón.

Justamente fueron seis competidores excelentes —porque habría que agregar a Joel Rodríguez, un estudiante de ingeniería feroz en los finales, y a don Santiaguito, el peluquero de Tacuba— quienes sobrevivieron a la masacre acaecida en el territorio yermo en que se convirtió la U de mesas: cementerio de reyes y de alfiles y caballos y peones sobre los que brilló el genio colosal de Benito Palomera.

—Puta madre, cómo juega —reconoció en un murmullo silbante el joven ojiverde. Ya no se encontraba a espaldas de Norma. La mujer había tomado asiento junto a su padre y a lo largo de la partida asentía de continuo en relación a los movimientos con que don Lucas atajaba las terribles embestidas de la reina y el latoso caballo de Benito Palomera.

Hasta aquel momento —el momento en que sólo quedaron seis jugadores vivos en la partida de simultáneas— Norma no había necesitado hacer una advertencia o aventurar un consejo a su padre. No sólo aprobaba la forma en que se replegó en su esquina derecha, sino estaba convencida de que el contrataque que preparaba don Lucas iba a sorprender al español: lo iba a tambalear y a doblegar sobre las mesas como a un toro herido por el estoconazo hasta los gavilanes.

De los seis vivientes hasta las 9:15 de la noche el primero en inclinar su rey fue Gamaliel Santamaría; más tarde los dos finalistas del torneo de Buenos Aires, y el peluquero Santiaguito abrió tamaños ojos, casi brincó de su asiento cuando en dos jugadas imprevistas una torre de Palomera, apoyada primero por el brinco de un caballo, se comió el peón negro del alfil de la dama y produjo un mate contundente. Palomera lo marcó sin pronunciar palabra. Luego de mover la torre y absorber con los dedos tentáculos el peón comido, señaló con el índice de la mano llena al rey negro muerto en ese instante, paralizado *ipso facto* por el jaque mate.

—Puta madre, cómo juega —volvió a decir el ojiverde.

Sólo quedaron vivos el estudiante de ingeniería Joel Rodríguez y don Lucas. Joel Rodríguez ya no tenía oportunidad de ganar. Lo sabía y luchaba por alcanzar unas tablas que en el contexto de esa batalla campal representaba una hazaña. El único con verdaderas posibilidades era don Lucas.

Movió el peón.

En ese instante, atraído por un ademán silencioso de Ramoncito Iturriaga, don Tacho se apareció en el interior de la U cargando dos sillas que puso una delante del tablero de don Lucas y otra del tablero de Joel Rodríguez para ofrecer descanso a Palomera. Ajeno a la silla, Palomera se inmovilizó de pie frente al tablero de don Lucas. Era la tercera o cuarta vez que se detenía a reflexionar ahí una vez eliminados trece enemigos y mientras Joel Rodríguez seguía luchando para implementar con su dama el jaque continuo que le ganaría las honrosísimas tablas con el futuro campeón mundial.

El español papaloteó sus cejas rubias y la frente se le arrugó como un abanico. Tomó asiento en la silla traída por don Tacho. Parecía asombrado del último movimiento del peón negro con que don Lucas cerró el flanco donde se atrincheraba su rey aunque dejó libre, al mismo tiempo, la casilla a la que podía saltar el caballo de Palomera para producir el jaque. Al español le era evidente que don Lucas lo estaba incitando a ese jaque: le tendía una trampa, lo azuzaba, lo engolosinaba.

Palomera aceptó el reto y sorbió la nariz cuando hizo saltar su caballo. Por primera vez en toda la noche pronunció en forma sonora la voz persa de ataque:

—Jaque.

Durante veinte segundos don Lucas mantuvo su vista en el nudo de la batalla como si quisiera memorizar su posición. Enseguida se levantó de un impulso de la silla, se quitó los anteojos, puso ambos brazos en alto.

—Pido veinte minutos. ¿Se puede?

Don Lucas no miraba a Palomera sino a Imelda Serrano sentada en una silla junto a la mesita de servicio, al fondo de la U. Imelda giró el cuello para interrogar con la vista a su representado. Éste no tenía ojos más que para la casilla ocupada por su caballo agresor, pero desde luego había escuchado la petición. Se llevó una mano a los labios entrompados que de pronto sonreían. Ahora sí miró a don Lucas, se diría que compasivamente: como miran los jóvenes a los viejos cuando están a punto de ganarles una partida de ajedrez, de dominó, de pócar.

—Tómese el tiempo que guste —dijo Palomera—. No se agobie.

—Sólo veinte minutos —replicó don Lucas mientras se daba la vuelta y trataba de alejarse, junto con Norma, hacia el otro extremo del salón, lejos de la partida en crisis.

Los observadores apiñados en torno a los dos únicos tableros vivos, se movieron trabajosamente, empellándose, para dar paso a don Lucas. Alguien le palmeó la espalda. El joven ojiverde empuñó la mano y la agitó en corto mientras decía:

—Le puedes ganar, abuelo. Tú puedes.

Desde luego ése era el anhelo de la mayoría después de dos horas de competencia. Don Lucas representaba el honor del club de San Juan de Letrán, la última oportunidad de enaltecerlo porque la posibilidad del jaque continuo de Joel Rodríguez contra Palomera se disipó catastróficamente cuando un hábil movimiento de la torre blanca, genial ocurrencia, interrumpió el penduleo de la dama negra e hizo trizas el sueño de tablas del estudiante de ingeniería.

Joel Rodríguez inclinó su rey. Se levantó y cuando iba a retirarse Palomera tendió su brazo izquierdo por encima del tablero para tocarlo apenas, para detenerlo. Con la derecha le dio un fuerte apretón de manos.

—Muy buen juego, amigo.

Luego el español fue hasta la silla vecina de Imelda Serrano y de la mesita de servicio tomó un vaso de vino tinto que su representante había solicitado a Ramoncito desde el inicio de la exhibición. Hasta ese momento Palomera probó el espeso Marqués de Riscal. Primero un sorbo, para remojarse los labios, después un trago largo que vació el recipiente. Imelda hizo ademán de llenar nuevamente el vaso, pero Benito Palomera negó con la cabeza.

Ya se acabará esa y otra botella más, pensó Ramoncito Iturriaga, feliz. Estaba por concluir la exhibición.

También en otro extremo del salón don Lucas vaciaba un vaso en su garganta seca pero era de agua mineral. Con Norma comentaba la situación, rodeado de espectadores que se mantenían en silencio, respetuosos, observando al único posible vencedor de Palomera.

Los expertos sabían, se daban cuenta. Las negras de don Lucas sólo tenían dos jugadas inteligentes para quitarse el jaque: o comer el caballo blanco con el alfil, para el cambio de piezas, o mover el rey a la casilla lateral, hacia la torre, y provocar la persecución de las negras.

—Qué piensas —preguntó don Lucas a Norma.

—Ya sé lo que buscas pero no va a caer en tu trampa, papá —dijo Norma—. Es demasiado listo para lanzarse a la persecución y dejarte coronar.

—Si me persigue lo atrapo... Para eso jugué así.

—No te va a perseguir.

—Le regalo el alfil.

—No te lo va a aceptar.

Don Lucas meneó la cabeza. Mucho confiaba en la visión previsora de Norma, en su tino para adivinar las reacciones psicológicas de los rivales. Bebió un segundo vaso de agua mineral.

—¿Tú qué harías, hija?

—Lo que hay que hacer, lo más seguro. Yo comía el caballo.

—Y empieza la matazón, se abre el tablero.

—Garantizas las tablas, papá. Con este genio, las tablas son una proeza. Búscalas, no le hagas al héroe.

Don Lucas pellizcó suavemente, amorosamente, la barbilla de su hija.

Regresaron al tablero; el viejo con una decisión: hacerle caso a Norma.

Comió el caballo de Benito Palomera y buscó a toda costa el empate. No lo dejó el español. En cinco jugadas, las dos últimas extravagantes, maravillosas, que ni Botvinnik en persona, ni Maux Euwe, ni Alhekine hubieran imaginado, previsto, Benito Palomera destruyó como si empuñara una metralleta el cerco de don Lucas y le vaticinó el jaque mate en tres movimientos más.

Don Lucas inclinó su rey.

Un aplauso de Ramoncito Iturriaga rubricó el triunfo del español. Imelda Serrano imitó a Ramoncito aplaudiendo muy fuerte, más fuerte, como para obligar a la concurrencia decepcionada a premiar con justicia la hazaña del extraordinario jugador. Todos terminaron aplaudiendo mientras Benito Palomera agradecía con caravanas de actor y sonreía, sonreía.

De regreso a Córdoba 140, en el auto de Toño Jiménez conducido por su chofer, Norma se disculpaba con su padre, sumamente apesadumbrada:

—Te aconsejé mal, perdóname. Te hice perder.

—Tal vez hubiera perdido igual.

—Te aconsejé mal —insistió Norma.

Don Lucas palmeó la mano de su hija. Lanzó un suspiro profundo:

—¿Sabes qué he estado soñando últimamente, hijita? He soñado con tu madre, ya van varias veces. Que está viviendo aquí, con nosotros, en esta casa... No me lo vas a creer pero la extraño mucho. La necesito.

Capítulo VII

Cuatro

Éstos son fragmentos; mejor dicho: ésta es una versión resumida de la historia que me contó (nos contó) el señor don Ramón Iturriaga de la Hoz apenas llegué por la vía aérea (llegamos) de Madrid.

Antes de pensar en el rancho de Guanajuato, en la tumba de mármol y bronce de mi tío Grande, en mi tía Irene convertida en una ciruela pasa chiquitita o en la tía Francisca alucinada y negadora de la realidad; antes de completar el contacto indispensable con mi primo Lucio Lapuente, quien nos telegrafió primero y escribió después por carta la terrible noticia e hizo la cita con don Ramón Iturriaga de la Hoz y prometió recibirme (recibirnos) en el aeropuerto, aunque a última hora se lo impidió un urgente viaje de negocios a Tampico y ya no pudo mi primo Lucio ser el intermediario con este señor; antes incluso de correr a asomarme a la casa de mi infancia en la calle de la Palma y buscar a Carolina García o algún vecino del rumbo; antes me presenté directamente (nos presentamos) en el club de ajedrez de San Juan de Letrán.

En una habitación del segundo piso del hotel Regis desempaqué (desempacamos) solamente lo indispensable y sin parar mientes en lo cansado de un viaje tan largo y tan peligroso salí corriendo (salimos) hacia el edificio donde ya se encontraba en espera el señor don Ramón Iturriaga de la Hoz, presidente en turno de ese club de ajedrez a cuyo local acompañé tantas veces a mi padre durante mi infancia y mi pubertad.

Poco recordaba del recinto de no ser aquella fachada imponente de balcones encolumnados y las empinadas escaleras dentro del pasillo largo y oscuro. Me pareció todo diferente. Era en verdad diferente.

—Lo ve diferente —me explicó don Ramón Iturriaga de la Hoz— porque hemos remodelado varias veces el club y ahora estamos pensando en alquilar otra oficina aquí enfrente, en el mismo piso, dando la vuelta al pasillo. Ya no cabemos —subrayó Iturriaga—. El ajedrez se está convirtiendo en una nueva religión.

Era muy amable Iturriaga de la Hoz. De inmediato me ofreció (nos ofreció) una taza de café o de té de mandarina y galletitas con nuez. Señaló con la mano extendida los sillones de cuero. Empezó a hablar mientras me temblaban las piernas, los brazos, el cuello. Sentía ganas de echarme a llorar.

Éstos son, pues, fragmentos; mejor dicho: ésta es una versión resumida y poco retrabajada de la historia que aquella tarde me contó (nos contó) don Ramón Iturriaga de la Hoz.

El español santanderino Benito Palomera, el más fuerte rival del campeón mundial Mijail Botvinnik, estaba de visita en México. Llevaba una hora y media jugando simultáneas contra quince ajedrecistas mexicanos. En una hora y cinco derrotó a trece y ya sólo quedaban dos: Joel Rodríguez, un estudiante de ciencias químicas, veracruzano de ojos saltones, y nuestro admirado don Lucas, el orgullo del club, auténtico Oro Viejo del ajedrez mexicano.

Joel Rodríguez perdió la oportunidad de un honroso empate por confiar demasiado en los movimientos diagonales de su dama. Una torre le taponeó el jaque continuo y Rodríguez fue derrotado en la jugada 46.

Don Lucas quedó de único sobreviviente, como última esperanza de sacar adelante la dignidad del club.

Cuando Joel Rodríguez inclinó su rey y pronunció en voz muy baja una sarta de insultos contra sí mismo —"la pendejeaste otra vez, vas y chingas de nuevo a tu madre"—, don Lucas avanzó un peón.

Justo en ese instante yo hice una seña a don Tacho para que acercara una silla frente al tablero de don Lucas y el español pudiera tomar asiento. Había jugado todas las partidas de pie, debía estar muy cansado.

Benito Palomera tomó asiento en la silla que acercó don Tacho. Por su gesto en trompa parecía asombrado del movimiento del peón negro. Tardó como treinta segundos en hacer saltar su caballo blanco:

—Jaque —dijo en voz alta.

Lo primero que hizo don Lucas fue clavar la mirada en el nudo de la batalla que el caballo de Palomera acababa de agudizar. Ahora estaba en jaque y a mi juicio —porque me aproximé al tablero para analizar a conciencia la situación— don Lucas sólo tenía dos jugadas inteligentes para contestar ese jaque. O comerse con el alfil el caballo blanco jaqueador, y desatar un cambio de piezas imparable que lo llevaría quizás al empate, o mover el rey a la casilla lateral, hacia la torre.

Don Lucas se puso de pie de un solo impulso. Con la voz y con los ojos se dirigió a Imelda Serrano quien además de ser una señora de piernas sensacionales, enteras y limpias como de encino, era la agente publicitaria y económica del ajedrecista, una especie de *dealer*.

—¿Puedo solicitar un receso de veinte minutos?

No fue Imelda sino Benito Palomera quien respondió. Lo hizo con la sonrisa compasiva de quien se sabe y se siente superior.

—Tómese todo el tiempo que guste, abuelo. No se preocupe.

Don Lucas se abrió paso entre la multitud de espectadores y caminó hacia mi despacho que estaba al fondo, con ventana a San Juan de Letrán. Yo entré con él. Le ofrecí un trago de brandy Fundador que guardaba en la gaveta de los licores, pero prefirió un vaso de agua.

—Con mucho hielo —dijo.

Llamé a Tacho y le ordené el vaso de agua para don Lucas. Al abrir de nuevo la puerta vi a la distancia a Benito Palomera e Imelda bebiendo del Marqués de Riscal que les dejé preparado desde el principio de la exhibición, en la mesita de servicio cercana a la formación de tableros.

Don Lucas bebió el agua y atrapó los hielos con los dientes. Se puso a masticarlos con ferocidad, ruidosamente. Caminaba de un lado a otro del despacho. Se detuvo.

—¿Qué harías tú, Ramoncito? —preguntó. (Me decía Ramoncito de cariño, desde que yo era un chamaco que aprendió a jugar viéndolo.)

—¿Qué haría yo? ¿Me está preguntando, don Lucas?

—¿Te comerías el caballo?

—Para asegurar las tablas, don Lucas.

—Eso harías.

—Yo no soy quién para aconsejarle, pero hacerle tablas a este señor, después de lo que hemos visto, es una proeza... Pienso.

—Sí, eso parece —dijo don Lucas. Terminó de masticar el último hielo, entró a mi sanitario privado para descargar una larga orinada y regresó al campo de batalla cuando no se cumplían aún los veinte minutos de receso.

Benito Palomera no quitaba los ojos de encima a don Lucas con sus cejas tan espesas muy arriba, como ventilándolas. Aún sostenía en la derecha una copa a medias que Imelda Serrano le arrancó con cierta brusquedad, porque la Federación Internacional prohibía a sus jugadores beber durante las partidas, aunque fueran de exhibición.

Don Lucas tomó asiento. Quienes nos hallábamos cerca pensamos que atraparía de inmediato el caballo blanco jaqueador para retirarlo del tablero y poner en ese sitio su alfil negro. No lo hizo. Prefirió pellizcar con la punta de los dedos la crucecita de su rey y lo movió a la casilla lateral, hacia la torre, para quitarlo del jaque.

Palomera no pudo contener una reacción de asombro. Fue un gemido bajísimo, apenas audible:

—Caramba.

El español acarreó entonces su torre, desde el extremo del tablero, y trató de emprender una cacería. No. Momento. Don Lucas cerró su cerco, se negó a los cambios desaforados que proponía Benito Palomera y en una maniobra brillante, en realidad brillantísima, regaló un alfil, encandiló luego al español con un cambio de torres, y ya cuando Palomera se disponía a saetearlo otra vez con el caballo, un peón de don Lucas se deslizaba por el flanco izquierdo como empujado milagrosamente hacia la meta por la Virgen de Guadalupe. Para atajar el peón, Palomera se vio obligado a sacrificar su segunda torre. Acababa de entregarla cuando en todo el salón se escuchó el anuncio cavernoso de don Lucas. Terrible:

—Mate en cuatro, señor Palomera.

Tan inesperado como un trueno matinal, el anuncio cayó en el ámbito con el peso de una palabrota que obligó a Imelda Serrano a descruzar las piernas con que tenía atrapada la mirada libidinosa de un joven ojiverde. Rápido fue la *dealer* rumbo al sitio donde amenazaban a su pupilo.

Hasta que el retador de Botvinnik movió instintivamente un peón, defendiéndose, resultó evidente para todos, aun para los ignorantes, que hiciera lo que hiciera Benito Palomera el mate anunciado por don Lucas era una verdad inevitable.

Y en el momento en que Palomera puso horizontal su rey estalló en el salón un aplauso espeso, gordo, que se fue haciendo interminable.

El español sacudía con sus dos manos la derecha de don Lucas:

—Mis respetos, abuelo, felicidades.

—Gracias gracias gracias —respondía don Lucas abrumado por el aplauso, pero sin quitar los ojos del vencido.

—Sobre todo por ese final —remató Palomera—. Parecía imposible.

Agitando las manos me tuve que poner delante de quienes sólo emitían entusiasmos para nuestro gran Oro Viejo, luchaban por meterse en sus brazos, y se olvidaban injustamente de la proeza realizada esa noche por el español. El saldo seguía siendo estrepitosamente favorable a éste: catorce victorias contra una sola derrota.

Cerré el acto con un breve discurso. Agradecí a Benito Palomera y a su eficaz agente doña Imelda Serrano el generoso gesto de aceptar nuestra invitación al club; no sólo a visitar este club de inigualable abolengo en el mundo del ajedrez mexicano, sino jugar en nuestro club —subrayé—: someterse al tenaz esfuerzo de una prolongada exhibición de simultáneas, en las que brilló como un sol su talento, su destreza, el genio que sin duda lo hará muy pronto, querido Benito, campeón del mundo.

Imaginé que los amigos de don Lucas se lo llevarían a celebrar a la casa *non sancta* de Graciela Olmos, si alguien se ponía espléndido, o al congal de La Negrita que tanto les gustaba a mi padre y al Chato Vargas y donde yo me inicié, a Dios gracias, en la gimnasia varonil. Me habría encantado acompañarlos porque también yo me sentía orgulloso de que hubiera quedado a salvo el honor del club gracias al más valioso de nuestros decanos. Incluso prometí hacerlo ("Si van con La Negrita allá los alcanzo", dije a Tobías) luego de llevar en mi auto a Benito Palomera y a Imelda Serrano al Hotel del Prado donde se hospedaban. Pensé que los dejaría allí, en la recepción, porque Palomera se veía con ojeras de cansado y un poco de mal humor, las cejotas gachas: no era para menos, el broche final había sido ciertamente una cucharada de vinagre en el gaznate del campeón; no querría el santanderino saber nada de nada esa noche; se echaría a dormir como un leño y nos veríamos mañana para la excursión programada a Xochimilco. Luego él se iría con Imelda al Hotel Las Brisas de Acapulco, un par de días, y a mediados de semana los dos regresarían en avión a Madrid.

Contra lo que calculaba, Benito Palomera no quiso aterrizar en el hotel. No estaba cansado ni tanto así, dijo; las simultáneas le resultaron divertidas, coño, fáciles, un buen entrenamiento para estar siempre en forma, como debe ser, y se le antojaba conocer esa noche el México nocturno, qué tal.

—Eso. Llévanos a oír mariachis y a probar la tequila.

Fue así como directamente del club, sin hacer escala en el Hotel del Prado, nos lanzamos a la Plaza de Garibaldi. Ahí, lo de rigor: saltamos de cantina en cantina, de tugurio en tugurio, y la Imelda Serrano se puso una guarapeta de órdago bebiendo caballitos de tequila como si fueran de rompope. Advertí entonces que aunque la *dealer* se hacía pasar por amante secreta y discreta del ajedrecista, eso era una soberana patraña, como diría ella. Jugaba a eso ante los demás, actuando un poco de *femme fatale*, pero lo cierto era que su interés apuntaba hacia las criaturas de su mismo sexo. Lo descubrí luego de un *show* entre folklórico y obsceno que soportamos en el último tugurio de nuestra ronda. Al levantarme a orinar, cuando topeteaba por el estrecho y oscuro pasillo, alcancé a distinguir del otro lado a una Imelda ya muy trole manoseándose con una rubia gringa que vestía de yucateca y no dejaba de reírse, como atorada entre la puerta del *toilette* y las garras frenéticas de la española. Ni Imelda me vio ni yo hice que había visto qué. Cada quién su gusto, ni modo —pensé—. Lástima de piernas.

Regresamos como a las dos y media de la madrugada al Hotel del Prado; ya muy tarde, sin duda, para alcanzar a don Lucas y su comitiva en el congal de La Negrita. Imelda Serrano tomó enseguida rumbo hacia la zona de cuartos, y cuando pensé que Palomera se iría con ella sosteniéndola y guiándola en su caminar equívoco, el español me invitó un último trago en el bar: el del estribo.

—Qué tal un martini con aceitunas negras —dijo.

Al entrar en el bar: la sorpresa. De pie, apoyado en la barra con su antebrazo, el traje todo como de papel crepé de tan arrugado y la corbata desahorcada hasta la mitad de la camisa, don Lucas nos estaba mirando avanzar hacia él. Se veía sobrio, absolutamente sobrio, me di cuenta, y su continua sonrisa era la de un hombre por completo feliz.

Los borrachos, en todo caso, éramos nosotros: Benito Palomera y yo, aunque no de caernos al suelo ni vomitarnos en la alfombra como lo estaría haciendo sin duda Imelda en su habitación. Pinche vieja.

Palomera no se aguantó la burla:

—¿Vienes a celebrar con nosotros, abuelo?

—Si tú me lo permites —le devolvió don Lucas el tuteo.

Algo dije yo en son de broma, algo replicó el español sonriendo, y entre frases huecas y chascarrillos a medias nos fuimos a sentar los tres al fondo del bar. Como una aparición se presentó de golpe una mesera de faldita corta y piernas tentadoras que alcancé a frotar apenas con las yemas de mi derecha.

—¿Qué estabas bebiendo, campeón? —preguntó Palomera.

—Jugo de toronja.

—¿Con vodka? —traté de averiguar, directo.

Don Lucas negó con la cabeza, siempre con la sonrisa por delante, y pidió a la mesera de la faldita otro jugo de toronja, aunque éste sí con vodka, dijo, como si se hubiera estado reservando este momento para empezar a beber como él lo hacía en sus temporadas severas: fuerte y de continuo.

—Que no vaya a ser Oso Negro. Vodka Smirnoff —dijo.

En lugar de los martinis ofrecidos, Palomera y yo pedimos whisky. Al primer sorbo, apenas llegaron las bebidas, dejamos de hablar sandeces. El español palmeó a don Lucas:

—No quisiera ofenderte pero debo decirte la verdad. Fue un chiripazo, abuelo.

—Lo sé —dijo don Lucas. Y bebió de su toronja con vodka.

—¿De veras lo sabes? ¿No te sientes un campeón por haberle ganado al campeón Benito Palomera?

—En simultáneas no es mérito, no me chupo el dedo. Por eso vine a pedirte un favor.

—Yo no hago favores a nadie —dijo Palomera. Y rió, fuerte. Sin ganas, pero fuerte. —Ya me sé el cuento, es el de todos. Quiero jugar con usted en individuales, Benito, por favor.

—Me lo gané —interrumpió don Lucas, con energía.

—No te ganaste nada, abuelo. Tuviste suerte, pero eso no es la clave de esta ciencia. Déjame decírtelo en seco, para que me entiendas y ya no se diga más: no estás a mi nivel.

—Déjame comprobarlo en una partida.

Palomera hizo un buche con el whisky y frunció sus cejas espesísimas. Giró hacia mí.

—Habladme mejor de Acapulco. Qué vale la pena ver por allá. ¿Los clavadistas de la Cañada?

—La Quebrada —corregí—. Sí, valen mucho la pena.

—Y las putas, ¿qué tal? ¿Es posible conseguir putas decentes?, quiero decir: finas, elegantes...

—Yo ya estoy viejo, señor Palomera.

—No me digas señor Palomera, abuelo, no me jodas.

—Yo ya estoy viejo y en toda mi vida nunca he tenido la oportunidad de enfrentarme con un jugador... de ésos, de tu categoría. Sí, me doy cuenta, absolutamente me doy cuenta, tú eres de otro nivel. De una clase a la que nunca podremos aspirar los ajedrecistas como yo, porque... porque no sé, porque no pudimos dedicarnos al ajedrez en cuerpo y alma, porque no tuvimos un padre que nos enseñara desde niños, porque nos faltó tiempo, inteligencia, no sé... No tenemos genio suficiente pero a veces olfateamos, sentimos cerca la comezón de esa naturaleza superior y quisiéramos, por una sola vez en la vida aunque sea, medir nuestra pequeñez con esa grandeza, contagiarnos de esa sabiduría, de ese poder, de ese ángel, y tratar de dar el salto al más allá. Yo estoy seguro de que puedo ganarte jugando de tú a tú, Benito. Lo presiento. Lo sé. Sólo te pido que me des una oportunidad.

—Supongamos que aceptara/

—¿De veras aceptas? —interrumpió don Lucas, ansioso—. Si tú aceptas, yo/

Ahora fue Benito Palomera el que interrumpió:

—No no, un momento. No estoy aceptando nada. Sólo digo. Supongamos que tú y yo nos ponemos delante de un tablero. Yo te haría trizas, de veras, por supuesto, créemelo, pero tú te sentirías dichoso con sólo eso, ¿no?, con haber jugado conmigo.

—Digamos que sí.

—Pero yo qué gano, abuelo. Sí sí, ¿me entiendes? ¿Qué coños gano yo?

Don Lucas permaneció en silencio un largo rato, casi inmóvil. Su único movimiento fue llevarse a los labios el jugo de toronja con vodka. Lo bebió, como si lo besara.

—Ganas la satisfacción de haberme hecho un gran favor, Benito... Si es que de veras me ganas, ¿eh?

Rió Benito Palomera y también don Lucas. Yo miré a la distancia e hice en el aire un remolino con el índice para indicar a la de faldita corta una ronda más de tragos.

—Y qué te parece si le pusiéramos un poco de música al asunto. A lo mejor terminaría aceptando. No por hacerte un favor sino porque me conviene.

—No entiendo —dijo don Lucas.

—Sí entiendes —replicó Palomera.

Don Lucas dudó. Iba a decir algo y se arrepintió a media palabra. Buscó más líquido en el vaso pero sólo quedaban un par de hielos que se resistían a despegarse del fondo. Aún no llegaba la ronda que acababa yo de ordenar.

—Estás hablando de apuesta.

—Sí. Apuesta prohibida, secreta, por debajo de la mesa, como decimos los del gremio. De eso estoy hablando, abuelo. De algo que le ponga música al jueguito.

—De cuánto.

—Una cantidad interesante. No voy a perder mi tiempo jugando contigo por una bicoca, abuelo, discúlpame. En todo caso mejor me consigo una puta que me entretenga más. —Benito Palomera se esquinó para mirarme. A él le quedaba aún suficiente whisky en su vaso. Lo bebió y aproximó su rostro a mi rostro, casi me arañaban sus cejas espesísimas. Agregó, como si estuviera ronco: —De apuesta, pero muy en secreto, ésa es la condición. Que el asunto no salga de nosotros tres, ¿de acuerdo, Ramiro?

A cada rato equivocaba mi nombre. Me llamaba Ramiro en lugar de Ramón y eso me hacía sentir ninguneado, más minúsculo que nada. Esta vez no lo corregí.

—¿De a cuánto! —insistió don Lucas.

—Cincuenta mil dólares, ¿qué tal?

Salidos del bar y del Hotel del Prado, don Lucas y yo echamos a caminar por la avenida Juárez. Soplaba mucho viento: parecía llegar como un fuelle gigantesco desde la Alameda, luego de abanicar los fresnos y los álamos y cruzar hasta la acera sur por donde avanzábamos rumbo al centro. Yo iba furioso, la verdad. Había decidido olvidarme de momento de mi auto, estacionado en la primera de Humboldt, para acompañar unas cuadras a don Lucas que prefería irse a pie hasta su casa en la calle de la Palma. Necesitaba airearse, mantenerse fiel a la costumbre de sus caminatas nocturnas, dijo. Por mi parte yo quería resoplar mi asombro, desbaratar del cogote este nudo de rabia.

Sin duda Benito Palomera era admirable como genio del ajedrez, y mi respeto científico, por ende, debería permanecer intacto; pero como ser humano, caramba, como hombre, como prójimo, como hijo de la civilización occidental, era una soberana basura —lo califiqué—, lo que se dice una caca. El infeliz se había desenmascarado de golpe, con cinismo, con fatuidad, con esa hiriente prepotencia que no respeta ni los pudores ni la sensibilidad ajena.

—Mire que ofenderlo así, don Lucas. No se lo merece una persona tan fina como usted. Podríamos hasta denunciarlo a la Federación. Hacer que le prohíban su torneo con Botvinnik.

—No es para tanto, Ramoncito —replicó don Lucas—, no es para tanto.

—Claro que es para tanto y para más. Si ni fuera porque yo debo comportarme como presidente del club y como su anfitrión, no como ajedrecista ofendido, me olvidaba ahorita mismo de él y dejaba que se hiciera bolas con su viaje a Xochimilco y a Acapulco. Que lo cuide su Imelda Serrano, don Lucas, que haga algo esa pinche tortillera, carajo, no hay derecho.

—Para qué se enoja, Ramoncito. Palomera se puede dar ese lujo.

—Nadie se puede dar el lujo de ofender a un colega, y menos proponer con ese descaro una apuesta en el ajedrez... ¡Cincuenta mil dólares. ¿oyó eso! Es un asalto a mano armada, don Lucas. Con alevosía y ventaja. ¡Cincuenta mil dólares!

—Tal vez pueda conseguirlos —dijo don Lucas.

El viejo se había detenido de sopetón frente a la antigua iglesia de Corpus Christi y parecía mirar hacia el hemiciclo a Benito Juárez. Le pegaba el viento en la cara, lo obligaba a entrecerrar los ojos. No obstante sonreía porque aún gozaba el triunfo sobre el español y esa victoria lo hacía prever, envalentonado, un triunfo aún mayor, en verdad meritorio, digno de figurar en los anales del ajedrez mexicano. ¡Don Lucas vencedor de Benito Palomera en individuales! No existía mejor broche de oro para cerrar con destellos de gloria la carrera ajedrecística de un viejo sin fama. Eso presentía y eso gozaba anticipadamente ahora mientras el viento le hendía el rostro y él se imaginaba en un sitial como el de ese otro Benito, el Benito Juárez de la historia y del hemiciclo, coronado por los laureles de oro con que aquellas diosas aladas medían la frente del Benemérito.

—Cincuenta mil dólares —volví a decir, para regresarlo a la realidad.

—El viejo Morales —murmuró don Lucas. Y echó a caminar.

Desde luego acompañé a don Lucas al palacete excéntrico de don Jacinto Morales la tarde siguiente. Yo mismo hice la cita y yo mismo, por teléfono, relaté a nuestro millonario benefactor la hazaña de don Lucas ante Benito Palomera:

—Qué lástima que no lo vio y qué lástima que no pudo jugar usted también con ese monstruo, don Jacinto.

Luego de cruzar el prolongado jardín que dilataba la construcción, luego de ser recibidos por una ama de llaves que recordaba a la momia aquella de la *Rebeca* de Joan Fontaine, luego de ser detenidos, interrogados y finalmente guiados por un batallón de jovenzuelos que pululaban por la residencia moviéndose de un lado a otro, don Lucas y yo arribamos a la biblioteca de don Jacinto Morales.

El estrafalario anciano —porque ya era eso don Jacinto: un anciano de cabello y barba blanquísimos— estaba prácticamente enchufado a una silla de ruedas que a pesar de tener la forma de un trono y el instrumental de un laboratorio no dejaba de ser el lacerante potro de tormento de un paralítico. Desde allí me sonrió y desde allí saludó con una exclamación silbante a don Lucas, a quien tenía muchos años de no ver, desgraciadamente, dijo, con sincero tono de lamentación. Sabía yo, y lo sabía mejor don Lucas, lo que ese benefactor del ajedrez lo admiraba y lo envidiaba —sobre todo esto último— convencido de que su acribillada salud ya no le iba a dar la oportunidad de alcanzar la estatura ajedrecística de nuestro decano del club. Quizá la misma distancia que separaba a don Jacinto Morales de don Lucas era la que yo veía entre don Lucas y Benito Palomera, pensé para mis adentros, y ojalá me equivoque, dije.

La conversación de don Jacinto atacó de principio el tema de su salud, por supuesto. La crisis artrítica, productora de agudos dolores, como si un tornillo gigante le contorsionara los adentros, le impidió participar en las simultáneas de Palomera como le impedía a diario pensar en otra cosa que no fuera la morfina.

Ahora el dolor empezaba a ceder, por fortuna, gracias a unas hierbas amargas que uno de sus secretarios le trajo de San Pedro Pantitlán. En dos días más se sentiría muy aliviado —le mandó decir el brujo—; incluso podría caminar por sus jardines y practicar algunos ejercicios eróticos.

No abundó don Jacinto en el tema de su enfermedad; tampoco en el de sus bellísimos secretarios; se conformó con derramarles una carretada de epítetos dulzones, rematada por una caricia fugaz sobre la barbilla de durazno del joven de rulos rubios que en ese momento se aproximó a él para vaciarle dentro de la boca el líquido verde de un gotero. Pasó enseguida al tema del ajedrez, que era la única razón de la visita de don Lucas.

—Así que le ganaste a Benito Palomera —dijo don Jacinto con una pizca de sorna.

—En simultáneas —precisó don Lucas.

—Por supuesto. Sólo en simultáneas se le puede ganar a un genio así.

—¿Tú ya habías oído de él?

Resopló don Jacinto y el resoplido pareció ser el impulso con que el millonario condujo su silla eléctrica hasta la enorme mesa de la biblioteca. Del revoltijo de papeles y porquerías que la desordenaban, don Jacinto rescató un libro de pastas duras y seis o siete ejemplares de una revista de ajedrez. Con su carga regresó hasta don Lucas y se puso a arrojarle las revistas una a una, como si fueran barajas.

—Palomera, Palomera, Palomera —iba diciendo.

Eran ejemplares de diferentes ediciones, de distintos años, de *Gambito,* publicación mensual de ajedrez, y en todas se veía a Benito Palomera en la fotografía de portada; en una de ellas era todavía un niño como de diez años, sólo por las cejas se le reconocía.

Don Jacinto arrojó también el libro hacia las manos de don Lucas, pero éste no lo atrapó. Cayó al suelo, abierto, y yo me incliné a levantarlo. En la foto se veía a Palomera concentrado sobre un tablero. El título en letras rojas, muy grandes, me pareció un tanto ridículo: *Benito, el Zorro.*

—Desde Alekhine no se veía un genio de este tamaño, te lo aseguro. Olvídate de Lasker, de Capablanca, de Jakobson. Va a destronar a Botvinnik en un abrir y cerrar de ojos. Lo he estado estudiando, Lucas, es algo de veras increíble.

—Yo también estudié unos juegos suyos. Y se le puede ganar.

En una gran charola de plata, cuyas asas eran incómodas cabezas de cisne, el secretario de los rulos rubios nos trajo las bebidas solicitadas. Whisky con agua y mucho hielo para don Lucas y para mí. Y whisky con jugo de manzana —dizque para engañar a la artritis— para don Jacinto Morales. Hasta el secretario de los rulos hizo mofa de la combinación cuando le entregó el vaso:

—Aquí está tu porquería —dijo, confianzudo, riendo y moviendo el hombro como si le dieran calambres. Se alejó cadereando.

—¿De veras crees que se le puede ganar?

—No es un superhombre —dijo don Lucas—. Tiene un punto débil, como todos. Los alfiles.

—Los alfiles qué —preguntó don Jacinto.

—Los alfiles —repitió don Lucas.

Tardamos el tiempo de otro whisky para empezar a hablar de la apuesta y de los cincuenta mil dólares, y fui yo quien plantee a don Jacinto la cuestión sin darle muchas vueltas. Pensé que se escandalizaría por la propuesta impúdica del españolito, pero nuestro excéntrico benefactor, excéntrico al fin de cuentas, la recibió con la alegría de quien escucha algo sumamente divertido. Me estaba oyendo, muy sonriente y muy atento, cuando entró en la biblioteca otro jovencito secretario, negro como de Arkansas, con una camiseta sin mangas untada a su fornida y realmente hermosa musculatura. A él señaló con el índice don Jacinto:

—Oye esto, Tomi, oye esto.

—Qué qué —cacareó el negrito.

—De lo que estábamos hablando ayer. Los campeones son los primeros en jugar ajedrez de apuesta.

—Por eso son millonarios —silbó el negrito.

Si antes de llegar a la residencia yo estaba convencido de que don Jacinto iba a decir que no y a poner el grito en el cielo apenas don Lucas le pidiera los cincuenta mil dólares en préstamo, ahora me sentía seguro de lo contrario: de una respuesta absurda por afirmativa que nuestro excéntrico benefactor empezó a razonar mientras se movía con su silla eléctrica por la biblioteca, ademaneando sin parar, libre al parecer de las terribles punzadas y los calambres de la artritis.

—No no, un momento, un momento, Lucas, entiéndeme bien: yo no te voy a prestar nada porque tú no tienes ni en qué caerte muerto. Con qué vas a pagarme si pierdes, a ver, con qué demonios me pagarías.

—Don Lucas había pensado en darle de garantía su casita de la calle de la Palma —intervine yo; don Jacinto no me dio tiempo a proseguir.

—Eso no debe valer ni treinta mil dólares, Ramón, no diga estupideces, y aunque los valiera: como voy yo a echarte a la calle y a quedarme con lo único que tienes, Lucas, no soy Stalin, carajo.

—Cincuenta mil dólares es una fortuna, Jaci, una fortuna —chilló entrometiéndose otro de los secretarios, un morenito en shorts amarillos, éste sí muy marica.

Lo calló de un manotazo don Jacinto.

—Lo que voy a hacer, Lucas, no es prestarte cincuenta mil dólares. Voy a apostar cincuenta mil dólares a tu juego contra el señor Palomera. Si ganas, yo gano los cincuenta mil que él ponga, tú ni un quinto. Y si pierdes, yo soy el único que pierdo; todo.

—No vas a perder, Jacinto —dijo don Lucas—. No vas a perder.

—Claro que voy a perder. Tú no le ganas a ese hombre ni con la ayuda del puto de San Luis Gonzaga, el de la azucena.

—Entonces para qué apuesta, don Jacinto —pregunté yo.

—Primero: porque me da mi regalada gana. Segundo: porque quiero poner una placa que diga —se rascó unos segundos la cabeza—: *Aquí jugó Benito Palomera antes de ganarle a Mijail Botvinnik el campeonato mundial de ajedrez.* Ésa es mi única condición. Que el juego se celebre aquí en mi casa y pueda yo invitar a quien se me antoje. Desde luego no a esta bola de mariquitas. A éstos los voy a mandar al zoológico de Chapultepec desde temprano. Gente seria. Intelectuales, periodistas, amigos importantes. Ésa es mi condición.

No hubo problema para que Benito Palomera aceptara la condición de nuestro audaz mecenas, en el entendido de que ninguno de los espectadores asistentes tendría el menor conocimiento de la apuesta monetaria concertada. No se admitiría además, como regla, un final tablas. En caso de empatar la partida se disputaría otra, u otras, hasta que uno de los contendientes se alzara con el triunfo.

Además de los importantes del club de San Juan de Letrán, entre quienes se encontraban el Chato Vargas y algunos de los vencidos por Palomera en las simultáneas —Joel Rodríguez desde luego—, don Jacinto Morales invitó a ajedrecistas diletantes de su tribu y a personalidades del gran mundo de México. No conocía yo a todos pero sí reconocí al pintor Diego Rivera, al maestro Vasconcelos, a don Salvador Novo por supuesto, y al publicista Eulalio Ferrer. Eran en total como veinte los espectadores congregados esa tarde de noviembre en la biblioteca de don Jacinto Morales para un encuentro que se anunció privadamente como histórico y del que darían testimonio dos periodistas acompañados de sus respectivos fotógrafos: Panchito Rosales, por *El Universal,* y el llamado Duque de Otranto por *Excélsior* y *Revista de revistas.* Ninguno de ellos sospechaba que el *tête a tête* entre el gran Benito Palomera y don Lucas era de apuesta. La apuesta se concretó a puerta cerrada en un saloncito vecino a la biblioteca. Sólo Imelda Serrano —quien desde luego terminó enterándose y tolerando el pecaminoso lance de su representado— y yo como amigo de don Lucas, estuvimos presentes. Yo puse en el interior de un secreter que perteneció a Maximiliano los dos sobres: uno con los cincuenta mil dólares en efectivo que don Jacinto extrajo de los tomos III y IV de un *Quijote de la Mancha* en edición de Jackson, y otro con el cheque que firmó Imelda Serrano sobre un banco de Nueva York. Discretamente, al terminar la partida, el vencedor iría al saloncito, abriría el secreter de Maximiliano y tomaría para él los dos sobres.

La partida se anunció para las 7:00 p.m., pero se inició una hora y media más tarde por los aperitivos que se sirvieron a la selecta concurrencia y sobre todo porque a Benito Palomera le dio por revisar varios estantes de la maravillosa biblioteca de don Jacinto y por maravillarse y preguntar y repreguntar acerca de un paisaje de José María Velasco colgado en la pared principal de la pinacoteca y que a Palomera le recordaba un Corot original que tenía en su casa, dijo, un poco más pequeño, la verdad.

—Imposible —negó Salvador Novo, quien en compañía de Eulalio Ferrer acompañaba a don Jacinto y a Palomera por la pinoteca—. Corot nada tiene que ver con nuestro Velasco. Otra realidad, otra técnica.

—Para mí, el mejor cuadro de Corot —intervino Eulalio Ferrer— es uno que está en el Metropolitano de Nueva York, me parece. *Recuerdo de Morfontaine.*

—Yo prefiero los retratos de Corot —dijo Novo—. Son menos apreciados que sus paisajes pero más intensos. *La dama de la perla*, por ejemplo, es una delicia de ternura. —Se volvió hacia Palomera: —Desde luego usted conoce ese cuadro, maestro, ¿verdad?

Palomera hizo un gesto afirmativo con las cejotas, pero sin duda mentía. Sonrieron entre sí Novo y Ferrer y los cuatro regresaron a la biblioteca.

Cuando Palomera y don Lucas se sentaron frente a la finísima mesa de don Jacinto, luego de rechazar las piezas de marfil esculpidas por el discípulo de Renoir y sustituirlas por unas comunes y corrientes, de pino, don Lucas se veía francamente nervioso. Se calmó un poco cuando ganó las blancas en el volado que yo mismo realicé lanzando al aire un centenario, pero en las primeras jugadas de su salida siciliana cometió un error de peón —pieza tocada, pieza movida— y quedó incómodo durante toda la partida. Ya no logró reponerse y nunca de los nuncas, para ser francos, estuvo en posibilidades de poner en peligro a Benito Palomera.

En poco más de media hora el español lo deshizo. Lo puso en evidencia. Lo mostró como un aprendiz del juego-ciencia, no como el talentoso don Lucas del club de San Juan de Letrán. En otras circunstancias se hubiera podido decir: fue una mala tarde para nuestro gran Oro Viejo, ya se repondrá en la revancha. No. Aquí no había revancha ni futuro posible. La mala tarde era una definitiva mala tarde para don Lucas.

Lo vi sudar. Lo vi jadear discretamente. Lo vi tratar de contener el ligero temblor que sacudía su derecha cuando se alzaba por encima del tablero para realizar el movimiento de un caballo y se ocultaba luego bajo la mesa, escondida como con vergüenza.

Toda la partida se antojaba una vergüenza.

—No es lo mismo jugar en simultáneas, ¿verdad? —sonrió Palomera en el momento de ponerse de pie, después de haber deslizado por las casillas negras un alfil que hacía guiños de muerte a la reina blanca de don Lucas.

Aún don Lucas tenía un par de buenas réplicas cuando Palomera lo conminó:

—No estará pensando que todavía puede hacer algo por su reina, abuelo.

—Salvarla.

—Sólo durante tres movimientos.

Don Lucas no había visto aún el futuro que le auguraba Palomera. Lo vio en ese instante, los ojos clavados en aquel quirófano mortal y una gota de sudor llorándole por la frente.

Se levantó.

—Tiene razón. Ya no hay nada que hacer.

—Doblar el rey —volvió a sonreír Palomera y giró el cuello para mirar hacia la silla de don Jacinto Morales y hacia el grupo de invitados: Novo, Ferrer, Diego Rivera, el maestro Vasconcelos a punto de aplaudir, verdaderamente admirado por el relampagueante español, como lo calificó después en un artículo.

Se había hecho un pesadísimo silencio. Palomera se frotó las cejas y me señaló el camino hacia el salón del secreter de Maximiliano.

—Vamos, Ramiro, tengo prisa.

Cuando regresé a la biblioteca don Lucas ya no estaba. Se oían murmullos, chasquidos, comentarios en voz baja. Dos meseros espigados repartían bebidas y bocadillos.

—Huyó —dijo don Jacinto Morales, más con lástima que con reprobación.

Entendíamos que era comprensible, lógica, saludable, su necesidad de estar solo. No imaginábamos que iría directo a su casa en la calle de la Palma y frente al espejo del cuarto de baño, mirando su imagen de perdedor, metería el cañón de una pequeña pistola escuadra en la boca y oprimiría el gatillo. No cumplía aún los setenta y cinco años.

—Fue una tontería, Norma —me dijo al terminar don Ramón Iturriaga de la Hoz mirándome a los ojos. Los suyos estaban empañados por el recuerdo—. Una soberana tontería. A esa edad sólo se suicidan los cancerosos.

Capítulo VIII

Cuatro

Fue un puñal la noticia. Desgarrador el hecho. Espantoso, terrible, aterrador, punzante, durísimo, nefasto, catastrófico, dardo de lumbre en el ombligo centro de la vida. Como una jarra me quebré sobre las baldosas del patio de mi casa y dicen que al despertar (si en verdad eran, aquéllas, bocanadas de un despertar): gemía, aullaba, hendía mi voz la barda de cemento y golpeaban mis puños los muros de esa cárcel. Dicen que me perdí, que me volví de grasa y mugre y lodo hasta los hombros. Que mis ojos oteaban el vacío. Que la espuma chorreaba de mis fauces cuando la flecha gris de un ancla me rebanó las ingles y me dejó goteando una sanguaza espesa que corría por la hilada de tabiques amenazando hormigas, formando luego contornos amarillos en las esquinas mustias y fangosas. Me llenaron de trapos. Me callaron a golpes. Me prohibieron, atándome, el agrio rechinar de mis retorcimientos para no lastimarme, le explicaron a Lucio, aunque en verdad querían no lastimarse ellos con mi clamor continuo y el estentóreo escándalo de mi dolor gritado noche a noche para impugnar a un Dios que no quiere oír hablar de compasión. Me inyectaron en todas las regiones de mi cuerpo: en el cuello, en los brazos, en las nalgas y detrás de las orejas. Me echaron así al mar, con todo y mi silencio para que no supiera a qué sabe el sabor de la venganza. Electroshocks, chalecos pierdevidas y jarabes y píldoras y jugo de limón a todas horas de la noche y el día. Tienes que repetir conmigo, me gritaban, y repetía ni nombre Norma Norma Norma Norma hasta agotar salivas y empezar a llamarme de otro modo para huir de ese trance hemipléjico, atroz. Nada querían decirme de Luchita, muy lejos de mis ojos. Ni siquiera dejaban que la vieja, viejísima tía Irene se acercara a limpiarme las babas o a frotarme de espumas a modo de caricias que nadie me dio nunca, ni al principio ni al fin de mi existencia. Sólo falsos consuelos, mentiras de a centavo para hacerme llegar al fondo de mi ansiedad, porque mi padre, mi papá, mi papacito progenitor, maestro en los tableros blanquinegros estaba muerto allí, miren allí, tendido en el mosaico de aquel cuarto de baño de la casa de la calle de Palma donde entré como niña y salí señorita, caído a la derecha del lavabo, con la cabeza toda reventada y las cuatro paredes, hasta el techo, salpicadas de sangre, pegoteadas de trozos de cráneo y de cerebro y de pelos y piel, y qué sé yo de cuánta porquería de la que estamos hechos se reventó mi padre la cabeza la tal maldita noche de noviembre. Y yo no pude más. Me reventé también. Eso pasó: no pude contener mi razón: se me escapó en un grito: se voló de mi alma y rotos mis sentidos se fueron derramando como agua entre los dedos. No los pude alcanzar. Corrí y no pude. Perdí la facultad de construir oraciones completas. Ignoraba si la luna se ve de cuando en cuando por las noches de luna, o si es el astro sol nuestra única estrella perdurable. Por eso me obligaban con mimos o con tronar de dedos exigentes a repetir mi nombre Norma Norma, Normita, Norma Norma, hasta volver a convertirme en la Norma de siempre. Ésta que al fin regresa a la casa del rancho después de cuánto tiempo. Imaginé de pronto que había pasado un día solamente, pero al cruzar la arcada del portón y mirar a lo lejos las huertas de duraznos me apercibí de que todo ese tiempo transcurrido se contaba por siglos, no por meses ni años. Me platicaron el suceso, despacio y otra vez. Me dijeron que a recoger con pala y con escoba las sobras del cuerpo de mi padre regadas en el piso de aquel cuarto de baño en la casa de la calle de Palma viajaron hasta México los míos apenas nos tronó como una bomba la maldita noticia: mi tío Grande, tía Irene y Lucio mi marido. También llegó al panteón Carolina García, me dijeron, y la gente del club: no sé quiénes ni cuántos porque ignoraba con quién hizo mi padre su familia cercana cuando yo me escapé y me vine a vivir a Guanajuato, y me casé con Lucio y me brotó del vientre mi querida Luchita. Poco a poco lograba, poco a poco, reconocer mi entorno y sopesar mi yo rescatado por fin de aquel viaje al infierno. No digas el infierno, fue una crisis mental, solamente una crisis como cualquier enfermedad, me dijo Lucio al abrazarme allí, a punto de ayudarme a montar una yegua nacida en diciembre pasado, dijo Lucio y completó Luchita con una voz de cántaro: una yegua que encargó mi papá para ti, pura sangre de Arabia. Luchita, mi Luchita. La miraba y miraba y si hubiera tenido más ojos la miraría mejor. Se había hecho una mujer. En mi pasmo, en mi encierro, en los siglos que estuve en hospitales y en casas de retiro, prisionera, durmiendo sin ensueños, soportando torturas, en todos esos días, tal vez semanas y años, mi Luchita preciosa, la vida de mi vida se había vuelto mujer. Ya se alzaban sus pechos. Ya sangraban sus labios el rojo tentaciones. Ya sus manos finísimas se tendían para darme sostén al ir pasito a paso rumbo a la casa verde que construyera Lucio en el prado trasero. Entendí que llegaba la hora del regreso. Y regresar quería decir averiguar de punta a punta lo que ocurría en el rancho. La vejez de mis tíos, lo primero. Mi tío Grande muriéndose de cáncer. Mi tía Francisca un poco despistada y excéntrica. Mi tía Irene llenándose de arrugas para arropar con ellas, en profundo silencio, la muerte de mi padre. Pero además de esa vejez cansada de los viejos, irremediable y lógica, se imponía descubrir el mundo desatado y obsceno que daba fama a Lucio. Lo sabía todo mundo desde antiguo y yo empecé a saberlo, a confirmarlo más bien porque lo sospeché de siempre, cuando volví a la casa y por quién sabe quién, por un rumor, un chisme, una oportuna indiscreción me enteré de los viejos amores de Lucio con mi amiga Chayito, la del tarot y la bola de vidrio y los horóscopos chinos, la cuñada del tonto Celestino González con quien tenía Lucio un hijo más grande que Luchita, es decir, de un amor más antiguo. Diferente, se disculpó el muy cínico cuando solté mi rabia más verecundia que desilusión porque todos estaban al tanto de esa vida de juergas y mujeres mientras yo andaba en negros muriendo en una celda de hospital. Él divirtiéndose, cabrón; él hablando borracho de matar a su hermano para vengar la afrenta del atentado aquel. No quitaba su dedo del renglón; lo escuché nuevamente y me encerré en mi orgullo para ya no sufrir. Quería nacer de nuevo para llenar de luces a mi niña querida, mi querida Luchita cabalgando conmigo por los prados del rancho. Qué bonita mi niña, qué bonita, bonita, muy bonita, señor.

Al regresar a la salud, un día, entre no sé que libros me encontré una libreta de pastas amarillas de un señor Iturriaga: don Ramón Iturriaga de la Hoz. A mano, con letra en tinta negra, clarísima, había escrito la historia de cómo fue el suicidio de mi padre. Treinta páginas eran, ceñidas, apretadas, terribles porque hasta ese momento, cuántos años después, me asomaba al detalle igual como se asoma un alma al precipicio con miedo de caer: yo con miedo de romperme de nuevo en el patio del rancho y a regresar al agrio laberinto donde perdí cordura y corazón. Desgarrador el hecho. Espantoso, terrible, aterrador, punzante, durísimo, nefasto, catastrófico, dardo de lumbre en el ombligo centro de mi padre, de mi papá cabrón, desgracia-

do, cobarde, miedoso hijo de puta. Congoja. Sufri-
miento. Pena. Dolor. La noche huele a pólvora, señores, y los árboles forman con sus ramas el corazón
pazguato de lo que fue inocencia y hoy es apenas
agua tempranera abierta a nuestros ojos. No estás aquí,
Daniel. Y si te busco, tampoco te veré. Colores de la-
garto. Eso es mejor, alcantarilla verde. Por qué diablos
me pides que rece a Dios eterno si Dios ya se cansó de
tanta pedidera.

Dejé a la abuela riendo. Regresé a la casa como a las
nueve y media de la noche.

Además de sus hallazgos semióticos, María Fernanda había descubierto que los galimatías, los juegos
de palabras, los trabalenguas de la abuela recogidos en
mis grabaciones se presentaban siempre que ella inci-
día en un episodio de tensión. No eran por lo tanto
gratuitos, ni secundarios, sino que exhibían un importante fenómeno psicológico con el que mi narradora
intentaba soslayar situaciones conflictivas evocadas por
su memoria.

—No es poesía chabacana ni simple parloteo,
¿te das cuenta? Inclúyelos completos, no los recortes.

También María Fernanda —ese fin de semana
en que nos encerramos a trabajar en casa, los niños se
fueron con mis suegros— leyó y elaboró —siempre tan
ordenada— un análisis puntilloso del último capítulo
que llevaba escrito hasta el momento, en borrador: el
capítulo VII o 7 —aún no decidía cómo designarlos.

Anotaba mi esposa que el supuesto escrito de
Ramón Iturriaga de la Hoz en la carpeta de pastas amarillas o la supuesta narración del mismo Ramón Iturriaga de la Hoz a la Norma recién llegada de Madrid por
el suicidio de don Lucas adolecía de un estilo literario
inverosímil para una persona como el tal Iturriaga —un
simple jugador de ajedrez, romo de entendederas—.

Necesitaba yo —me dijo— hacer hablar o escribir a Ramón Iturriaga con la verosimilitud de quien se expresa coloquialmente ante otra persona —ante Norma llegada de Madrid— o de quien redacta con las torpezas de un espontáneo escritor, no con el estilo de un profesional de la literatura. Me sugirió corregir anacronismos en los diálogos —el argot de los años cincuenta tiene variantes coloquiales y geográficas en relación con el de nuestro tiempo— y en las descripciones de una ciudad y de una sociedad muy distintas de las de este fin de siglo: Encontró contradicciones imperdonables —le expliqué que estaban puestas a propósito—, como la duración de la partida en simultáneas: en un relato se hablaba de dos horas y en otro de hora y cuarto, algo así. También había incongruencias en todo lo escrito hasta ahora en las distintas Normas. Relataba yo las varias líneas de experiencias como si correspondieran a Normas diferentes, y no lograba mi verdadero propósito: la imagen de una sola Norma sometida a un haz simultáneo de experiencias.

Estudié hasta muy tarde del domingo las observaciones de María Fernanda —numeradas y ordenadas en breves cuadros sinópticos— y ahora llego a la conclusión de que me va a resultar imposible corregir los errores sustanciales. No me siento capaz de crear un estilo propio, exclusivo, para cada voz narrativa, ni recrear con verosimilitud, con genuino dramatismo, las múltiples variantes de la biografía de la abuela. Entre la brillantez y la seducción con que ella me relata sus aventuras y la reelaboración novelística que yo hago se abre un abismo. Me parece sumamente difícil emocionar literariamente a los lectores tanto como me he emocionado yo escuchando a esta mujer que sin duda me engaña, pero cuyo engaño —hasta donde voy— me convence cada día más de lo fascinante que es, por compleja, toda existencia humana —y perdón por la retórica.

Prosigo pues con el relato. Es decir, prosigue ella.

Cinco

A partir de la infausta muerte de mi padre empezaron a caer uno tras otro mis queridos familiares, como aquellos soldaditos de plomo con los que jugaban a las guerritas los chamacos de la calle de la Palma cuando yo era una niña. Los observaba embelesada, recuerdo. Frente a frente, cada rival levantaba su formación con diez o doce soldados en posición de ataque o montados a caballo, protegidos algunos por un cañón de rueditas o con nopales o arbolitos planos. Empezaba entonces la batalla el primer rival haciendo rodar hacia el ejército enemigo aquellas enormes canicas ágata ganadas en el juego del hoyito. Caía uno, caían dos, caían tres y cuatro soldados, y terminaba perdiendo quien primero se quedaba sin uno solo en pie: el campo regado de cadáveres, fatídica imagen de una batalla idéntica a la vida.

El primero en caer fue mi tío Grande, víctima de un cáncer en la próstata que lo succionó en meses sin que él se decidiera a enfrentarlo con métodos quirúrgicos, radicales, como le aconsejó el cirujano aquel, el de la milagrosa operación a Lucio cuando el atentado, y a quien visitó mi tío Grande en el hospital de Jesús durante uno de sus últimos viajes a México: el doctor Jiménez Careaga.

—Prefiero morir en la cama que en la plancha —gritó, grosero—, y nadie trató de convencerlo de lo contrario.

Murió sin hacer mención alguna de Luciano, aunque ya en las últimas mandó buscar a su compadre Orestes Marañón a Guadalajara, donde éste se fue a vivir y a dar clases particulares de piano. Pronto acudió Marañón al llamado de mi tío Grande y es probable que en las dos horas que permanecieron encerrados en la habitación del enfermo, el profesor le haya contado largo sobre las andanzas de Luciano en Europa o en Estados Unidos o sepa Dios en dónde se escondía el amor de mi vida —meditaba ya a menudo mientras maldecía mi nefasta elección del mayor de los Lapuente, origen de todos los desastres acaecidos a la familia—. Intenté abordar a Orestes Marañón cuando salió de la recámara, pero el viejo profesor, muy cargado de años, cojeante de la izquierda, hosco conmigo, apenas se detuvo. Muy de paso me preguntó por mi salud —sabía tal vez de mi temporada en el manicomio—, algo dijo de la belleza en flor de Luchita a quien se encontró bajando la escalera, y cuando pronuncié con interrogaciones el nombre de Luciano echó a caminar forzando su cojera porque tenía mucha prisa, dijo, había quedado de comer con sus viejos amigos guanajuatenses en El Cañón del Colorado y quería asomarse a su casita, aquélla repleta de vitrinas, escritorios, libreros de piso a techo, que alquilaba a un violinista de la Orquesta de Cámara de Guanajuato.

Tres o cuatro días después de la visita de Orestes Marañón, vino Luis Lapuente a despedirse de su padre. Ya era un franciscano ordenado sacerdote, estaba en aquellos días destinado como auxiliar de párroco en el templo de San Francisco de la calle de Madero, en la ciudad de México, y pretendía dar la extremaunción y escuchar en confesión sacramental al perverso de su progenitor.

—Qué más quisieras, pero no te voy a dar el gusto cabrón —bufaba colérico mi tío Grande—. Morboso. Te mueres de la curiosidad, ¡tú qué dijiste! Serás muy cura muy cura, pero tu padre no es un pendejo, idiota.

No se confesó con su hijo, por supuesto, pero al rato le entraron los temblorines, le agarró la angustia y a gritos y leperadas pidió la presencia del ancianísimo padre Casimiro Huesca, el de la iglesia de San Cayetano. Con ése que había sido su enemigo toda la vida, el cura ridículo de sus chistes, el hipócrita santurrón que se atragantaba en opíparos banquetes, se emborrachaba con Chateneuf du Pape del 35 y tenía una amante de planta en Uriangato, la gorda Sanjuanera de El Remolino, mi tío Grande se reconcilió con Dios en una confesión de dos horas y media. En la cama donde iba a morir minutos después, él y el padre Casimiro Huesca terminaron abrazados, llorando a lágrima tendida, como de película española.

Ni mi tía Francisca ni mi tía Irene dieron muestras de verdadero dolor en la muerte de mi tío Grande. Lloraron un poquito, sí, durante el velorio al que asistió medio Guanajuato, incluido el gobernador Jesús Rodríguez Gaona, se vistieron de riguroso luto durante cuarenta días, pero a la semana de sepultado el dueño del rancho en el mausoleo de los Lapuente, sorprendí a mi tía Francisca cantando bajito el *Me he de comer esa tuna* mientras cambiaba el agua y ponía alpiste dentro de la monumental jaula de sus canarios.

El segundo soldadito en caer fue precisamente ella, mi tía Francisca. Aconsejada por una tal Elsa Rendón, a quien señalaban como amante en turno de mi marido y con quien ella jugaba brisca los fines de semana, mi tía Francisca estaba planeando un *tour* al extranjero con el efectivo que le dejó mi tío Grande —yo suponía que el viaje era para encontrarse con Luciano en algún sitio secreto— cuando una mañana cataplúm, de pronto, a dos cuadras de la Alhóndiga de Granaditas, en el momento justo en que cruzaba frente a la cantina-billar del hijo de Pepe Cárdenas, se le detuvo de golpe el corazón, como igual se había detenido dos días antes el reloj de la Parroquia de Guanajuato, por primera vez en setenta años descompuesto.

Así como una pulmonía suele seguir a un catarro, mi tía Irene se fue detrás de mi tía Francisca. Se había convertido en una ciruela negra encarrujada y su único quehacer consistía en pasarse las tardes hincada frente al altar derecho del templo de la Compañía adorando al Santísimo y pidiendo perdón a Dios por sus imperdonables pecados.

Sabía mi tía Irene que la muerte le iba a llegar de un momento a otro: antes de que los zanates vuelvan a cruzar por el Jardín Unión, chillaba levantando el índice con el mismo ademán del San Agustín del convento franciscano. Un día me pidió acompañarla a dar un paseo por la huerta de los duraznos. Sólo recorrimos el tramo del camino corto. Falta de aire, jalándolo como si se ahogara, tomó asiento en la banca de piedra inscrita con el nombre de mi tío Grande en los azulejitos amarillos; ahí, humedeciendo su pañuelo bordado con las lágrimas que le escurrían detrás de los anteojos, me pidió perdón también a mí por todos los desastres desatados a su alrededor, dijo.

—Por mi culpa te casaste con ese canalla de Lucio, no con Luciano o con Luis; hubieras sido más feliz, Normita. Perdón delante de Dios. Por mi culpa abandonaste a tu padre en México en las garras de la Pintarrajeada; por mi culpa se desbarató la vida de Lucas, él era el huérfano; por mi culpa tomó finalmente esa tremenda decisión que es un pecado sin atenuantes contra el Espíritu Santo, de los que no se absuelven; por mi culpa, pues, mi hermano está en el infierno por toda la eternidad. Perdón delante de Dios. Por mi culpa tu Lucio se lanzó a la vida licenciosa, a desvirgar doncellas, a embarazar mujeres casadas, porque una noche en que yo estaba furiosa contra ti por tus faltas de respeto para conmigo, y por tu ingratitud, fui corriendo a chismearle cómo te besabas con Luciano con las luces apagadas, en el taburete del piano, y cómo él te estrujaba los pechos y te metía los dedos entre las piernas. Perdón delante de Dios. Perdón querida sobrina porque siempre odié a tu madre María de la Luz, tanto que cuando estaba muy enferma de su difteria, tú no tenías más de tres años, yo dejé de darle a propósito su medicina por las noches: la odiaba, la odiaba, la odiaba; quería que se muriera y se murió. Perdón delante de Dios.

No dejé a mi tía Irene proseguir con su letanía. Me levanté de la banca de piedra. Corrí hasta la casona grande. Subí de dos en dos las escaleras y en la recámara que toda mi juventud fue mi recámara, donde aún dormía mi tía Irene, me eché a llorar de bruces en la cama y a golpear con los puños las almohadas.

—¡Vieja maldita! ¡Bruja! ¡Asesina! ¡Hija de tu reverenda chingada!

Avisada por mis gritos mi adorada Luchita entró para consolarme. Me abracé a ella fuerte fuerte fuerte, y cuando bajamos al salón y nos sentamos frente al Chase and Baker que ya tocaba muy bien Luchita, una de las muchachas del servicio llegó corriendo a decirnos que en la huerta de duraznos, en el camino corto a la banca de piedra estaba la señorita doña Irene con la cabeza apuntada para arriba y no se quería mover. Volamos Luchita y yo. Mi tía Irene tenía el brazo derecho extendido y se agarraba a su rosario con desesperación, como si se agarrara a la raíz de un durazno para que esos diablos chocarreros con cuernos de chivo y cola de iguana que tanto le servían para asustarme cuando niña no la arrastraran hasta las calderas del infierno.

—Ave María purísima.

La muerte de los grandes del rancho lo cambió todo: el ambiente, los quehaceres, el régimen de vida y de trabajo, hasta los ruidos en las caballerizas y el olor a azahares en las huertas. Luis no volvió a aparecerse por Guanajuato a pesar de que los curas de San Cayetano pedían su traslado a la diócesis para atender el templo de San Diego. Nunca supe más de Carolina García y las pocas noticias que me llegaban del profesor Orestes Marañón eran desagradables: hablaba mal de mí y me había puesto un apodo que jamás logré traducir: la Descolorida.

Fue Lucio quien adquirió un sorprendente segundo aire. Se infló como verdadero y único dueño de las propiedades del rancho: de las huertas y de las hectáreas de siembra, de los establos y de las curtidurías, de las propiedades y de los animales y de los hombres, de las realidades y de los proyectos. Al volverse así, poderoso, crecido, rompió toda clase de relaciones con su manceba Chayito y envió a su hijo Alberto —quien empezaba a coquetear con mi Luchita, sin correspondencia a Dios gracias, hubiera resultado horrible— a estudiar a Guadalajara con los jesuitas. Conmigo se dio la vuelta entera para mirarme otra vez, al menos durante un buen rato. Me empezó a comprar ropa traída desde la ciudad de México y a lucirme en las fiestas. Muchos bailes organizó Lucio en el salón de la casona, la casa grande, a la que regresamos a vivir, dueños absolutos —ya lo dije— de las tierras y de las vidas de tanta gente que trabajaba con nosotros y que yo veía cruzar de un lado para otro mientras me ponía a pensar, sin poder evitarlo, cuántos de aquellos muchachos morenos y musculosos, y cuántas de aquellas chiquillas de trenzas negras y cinturas ceñidas, jornaleros unos y otras de nuestra hacienda, podrían ser, serían, son, pensaba yo con la lectura de un libro suspendida al final de un capítulo, podrían ser hijos del gran semental del rancho erguido como gigante contra el cielo recortado de montañas, dios de esa tierra, aborrecido marido mío, adorado en ocasiones: cuando cerraba el libro y cerraba la puerta y cerraba los ojos para dejar de escuchar los zumbidos de los electroshocks y desnuda, abierta, húmeda de todos los labios de mi cuerpo me entregaba a su sexo disparador de gritos, gemidos, luces, relámpagos, retorcimientos, sueños: carajo, Lucio, rómpeme ya otra vez por tu tiznada madre.

Pasó el tiempo. Se disiparon los buenos ratos. Una tarde me dijo Lucio, olía mucho a tragos:

—Ya sé por dónde anda Luciano.

—De qué hablas.

—De Luciano. Ya sé por dónde anda. ¿Te gustaría verlo?

—Jamás.

—No mientas, puta, claro que te gustaría verlo. Mírame a los ojos. Te gustaría verlo y cogértelo y luego largarte con él.

—Jamás.

—Se hizo famoso en Europa, ¿sabías eso? Por eso ya no puede esconderse.

Me tropecé con el maldito taburete del piano. Me agarré al pasamanos de la escalera. Ahí me detuvo. Me jaloneó.

—Está en París. Voy a ir a verlo.

Me jaloneaba.

—Tenemos una cuenta pendiente, ¿te acuerdas?

En la escalera trató de violarme. Me arrancó la ropa. Me lastimé la espalda con el filo de los peldaños. Salí por fin corriendo hacia la casa del prado de los papalotes. Me encerré en la recámara de niña de Luchita, donde Luchita se iba a dormir a veces cuando su padre o yo la regañábamos, o cuando la pobre no soportaba los gritos de borracho de Lucio atronando la casona. No corrió tras de mí. No fue a buscarme el miserable Lucio. Prefirió largarse de repente a París, sin decirme una palabra y sin dejarme los encargos urgentes de las muchas necesidades del rancho. Todo lo apalabró con el idiota de Avelino Sánchez Luque, su administrador, un joven que a cada rato andaba luciendo su hermosa musculatura; sin que viniera a cuento se quitaba la camisa y así semidesnudo se plantaba ante mí, con una risita de gandalla el muy grosero. Todo lo apalabró con el idiota de Avelino, y fue Avelino quien me informó del repentino viaje de Lucio en un avión a París, vía Nueva York.

—Qué barbaridad.

Sentí el campanazo de la muerte; porque Lucio tuvo siempre a la muerte en el filo mismo de su vida, como un cuchillo, según acostumbraba decir mi tío Grande quién sabe por qué.

—La vida es un cuchillo —decía mi tío Grande—. Y tiene un filo así de largo por donde se asoma uno a la muerte. Hay quienes viven asomados desde siempre, frotando con ese filo el índice que sangra —decía mi tío Grande quién sabe por qué.

Tardé en recibir la información, el dato central y sus detalles, por boca del propio Avelino Sánchez Luque, administrador del rancho.

Lucio Lapuente fue encontrado muerto.

Lucio Lapuente fue encontrado muerto en una callejuela de París, por el rumbo de Pigalle. Tenía dos puñaladas en el vientre y una en el cuello. Durante toda la madrugada, de acuerdo con las informaciones recabadas por Avelino, el cuerpo de Lucio se vació sobre las baldosas y el agua de lluvia acarreó su sangre hasta las coladeras.

Envié a Avelino a París, a enterarse de todo, aunque mi empeño terminó siendo inútil porque la investigación policiaca se quedó a medias: nunca descubrieron al asesino, o a los asesinos, y poco se llegó a saber de las circunstancias. Sólo que en las primeras horas de la noche fatídica Lucio Lapuente fue visto en el bar Petite de la Place Blanch en compañía de un varón que no se desprendía de una amplísima capa española, embriagándose ambos en plan de grandes amigos que vuelven a encontrarse después de largos años. Al filo de la media noche, ya solo, Lucio contrató en la casa de Madame Marguerite a dos prostitutas, Marina y Cosette, y con ellas se mantuvo encerrado en la llamada habitación Richelieu hasta la una o dos de la madrugada. Salió de la casa de Madame Marguerite sin despedirse de Madame Marguerite y caminó hasta la esquina donde fue apuñalado, probablemente para despojarlo de la billetera de piel de víbora que le vieron Marina y Cosette al bajarle los pantalones, probablemente para hacerlo pagar una afrenta de índole pasional, explicó a Avelino el inspector Jean Louis Mergier encargado de las fallidas pesquisas.

Sacudidos desde luego por el asesinato del patrón en esas terribles circunstancias, aunque no dolidos por la muerte de un tipo tan déspota, arbitrario, explotador y abusivo como lo era también mi tío Grande, la gente del rancho temió sobre todo verme sufrir de nuevo el telele que me envió al manicomio cuando el suicidio de mi padre. Luchita se preocupó muchísimo por esa posibilidad apenas Avelino Sánchez Luque regresó de París y nos puso al tanto del crimen, pero qué ideas, uy no, ni comparación ¡carambas! No me quebré como una jarra en el patio de la casona ni me lancé a aullar por la huerta ni me arranqué cabellos a puñados. Me vestí de riguroso negro, sí, durante los cuarenta días de rigor como hicieron mi tía Francisca y mi tía Irene cuando cerró su vida mi tío Grande, pero una vez transcurrido ese lapso que establecen las tradiciones de la sociedad guanajuatense, desgarré todos los trapos de luto, hasta los corpiños y las pantaletas, me solté canturreando el *Adiós mamá Carlota, adiós mi tierno amor*, y vestida toda de blanco, envuelta en una túnica, me alcé de los sótanos de mi conciencia dispuesta a convertirme en el ama y señora de las huertas y de las hectáreas de siembra, de los establos y de las curtidurías, de las propiedades y de los animales y de los hombres del rancho, de las realidades y de los proyectos.

Avelino Sánchez Luque se puso de inmediato a mis apreciables órdenes, de rodillas se puso. Lo hice levantarse, lo llevé a mi cuarto, forniqué con él toda la noche y al día siguiente lo despedí sin indemnización alguna. Lo mandé a la chingada como quien dice, para acabar pronto. No me representó un gran esfuerzo conseguir nuevo administrador.

Ahí fue donde me agarró el ataque de risa. Contó de tal manera el episodio con Avelino, brillaron con tal intensidad los ojitos pícaros de la abuela, esquirlada su luz por los anteojos concéntricos, que como una cosquilla o un hipo la risa me tronó en la boca del estómago y salió brincoteando salpicada por salivazos. Me cimbraba el cuerpo, me hacía crujir las clavículas, me castañeteaba las muelas en un estira y afloja incontrolable. Qué risa, ya, por Dios, qué risa y risa. Y la abuela reía también con sus dientes amarillos para no darme tiempo a acabar de reír: el estómago otra vez zangoloteado y los ojos churridos de lágrimas, yo frote y frote el pañuelo o hecho bola dentro de la boca para tarascar la tela y tragarme hasta los dedos si pudiera en un esfuerzo para ya no más, caramba, esto es lo que llama el diccionario desternillarse de risa. Uno parece tonto.

—¿Qué te da tanta risa? —preguntó la abuela cuando ella terminó y se limpiaba los labios con el índice y el pulgar.

Dije cualquier cosa, hipeando, pero no la verdad. A risotada tras risotada me imaginaba a la Norma de cuarenta y pico fornicando con el amante de Lady Chatterley, todo lleno de músculos embarrados de crema Chantilly; ella corriéndolo después con el gesto de una reina de cómic y él escurriéndose encuerado por la puerta, encogido y triste, con los calzoncillos entre las manos hechos una bola de trapo mientras ella, con el gesto así, mandona, pronunciaba las frases que me destaparon el ataque de risa, tan absurdo como todo ataque de risa.

—Lo mandé a la chingada, para acabar pronto. No me representó un gran esfuerzo conseguir nuevo administrador.

Cuando el fuelle terminó de agitarse colegí que durante el brete la abuela había llamado a la enfermera y la enfermera llegó y desorbitó los ojos, de verdad asustadísima, como si en lugar de un ataque de risa se enfrentara a una convulsión epiléptica, tan grave así le pareció mi trance. Por órdenes de la abuela, un simple ademán con el índice enhiesto, la enfermera me sirvió un cubito de coñac que al rato se convirtió en dos.

—Perdón —gemía yo—. Perdón, perdón —conteniéndome—. No sé de veras qué me pasó.

—Mejor aquí lo dejamos —subrayó la abuela. Se quitó los lentes. Limpió los cristales concéntricos con su pañuelo blanco. Ordenó a la enfermera regresar a su recámara los álbumes de fotos que no me enseñaba aún.

—No no, permítame...

Había prometido mostrarme las fotos de ella con Luchita en los quince años de Luchita. La foto de Luchita con Lucio en la entrada de La Valenciana. La foto de Luchita montando a caballo por el prado de las cañadas. Ella jugando ajedrez con Luchita en la antigua biblioteca del tío Grande. Quién sabe cuántas fotos más.

—Mejor aquí lo dejamos.

—No no, permítame. Un momento, señora, por favor —dije mientras estiraba el brazo hacia los álbumes, como se tiende un náufrago hacia la barca salvadora.

Dejé la copa del segundo coñac sobre la mesa de vidrio. Volví a encender la grabadora.

Se había consumido el clima propicio para la risa y la abuela estaba nuevamente adusta. Se perdían definitivamente los tres álbumes verde, negro y morado en manos de la enfermera, rumbo a la recámara.

—Ya estoy muy cansada —dijo la abuela cuando me vio reencender la grabadora. Tentaleó como a ciegas hasta encontrar el mango del bastón. Se apoyó en él para erguirse. Durante ese movimiento fue cuando me atreví:

—Fue Luciano el que mató a Lucio, ¿verdad?

—¿Qué no oíste lo que dije? —se enrabietó la abuela—. El inspector Mergier no resolvió nunca el caso.

—Pero usted sabe que fue Luciano.

—Yo no sé nada, no seas tonto. De lo único que estoy segura es de que el inspector Mergier no era ningún Maigret, y eso: nunca resolvió el caso —me miró—. Tú sabes quién es Maigret, ¿no?

—El de Simenon

— ¿Has leído a Simenon?

—No, pero sé que Simenon creó ese personaje, como el Sherlock Holmes de Conan Doyle, como el Hércules Poirot de Agatha Christie.

—El mejor es el de Simenon. Maigret es mi personaje inolvidable, lo adoro.

—Maigret hubiera descubierto que Luciano asesinó a Lucio, seguro.

—¡Ay! no digas tonterías, no seas estúpido. Calimán es corazón cayuco, puente de piedra de luna, arte medio a la mitad.

—¿Cómo?

—Maigret es un personaje imaginario. Sólo puede descubrir casos de novela.

Por el pasillo, la abuela llegó a dos pasos de la puerta cerrada de su recámara. Se detuvo de repente. Me miró como si estuviera fotografiándome. Tenía la boca abierta como quien deja abierto el sobre de una carta secreta.

—Tú qué supones —preguntó despacio, incisiva.

—De qué.

—De la muerte de Lucio.

—Según lo que usted cuenta: que Lucio se fue a París para matar a Luciano y fue Luciano el que mató a Lucio, esa noche, después de que se reconciliaron en el bar, de que se emborracharon y quedaron de verse al día siguiente. Luciano, para mí, era ese hombre de la capa española. Engañó a su hermano. Le tendió una trampa. Le recomendó el burdel de la madame esa, Brigitte...

—Marguerite. Madame Marguerite.

—Lo esperó a la salida del burdel y lo apuñaleó en el callejón.

—Eso te imaginas tú.

—Eso es lo que usted me contó, señora. Lo que usted piensa.

—Yo no pienso que Luciano haya matado a Lucio, no me calumnies. Ya no tenía por qué. Había pasado mucho tiempo. Se había casado con una muchacha española, tenía dos hijos. Era un pianista famoso en Europa, lo que se dice un hombre exitoso y feliz.

—Pudo haber matado en defensa propia.

—Un año después de la muerte de Lucio, Luciano me escribió una carta en la que me contaba eso: de su mujer, de sus hijos, de sus muchos contratos para dar conciertos en Milán, en Berna, en Ámsterdam. No me hablaba una palabra de su hermano asesinado ni yo le dije nada en la respuesta. Empezamos a cartearnos. Un día de éstos, si me animo, te voy a enseñar nuestra correspondencia para que conozcas mejor al que fue el hombre de mi vida.

—Me encantaría leer esas cartas.

—Cuando Luchita terminó su secundaria, o cuando cumplió los dieciocho, no me acuerdo, la mandé de premio a París, a pasar dos meses con Luciano y su familia. Le encantó su tío Luciano a mi Luchita. Ella sabía que pudo haber sido su padre y lo quiso mucho más que al recuerdo de Lucio.

La puerta de la recámara se abrió y apareció la enfermera. Sostenía una pequeña charola con dos vasos de agua, uno lleno y otro a la mitad, y algunos frascos y cajitas de medicinas.

—Más que de verdad, esa historia parece una novela —dije.

—Cuál historia.

—La del asesinato de Lucio.

De pie tomó la abuela las medicinas que le ofrecía la enfermera: dos píldoras de un frasquito chaparro, una alargada que extrajo del plástico transparente de una cajita amarilla, y otra redonda, difícil para ella de tragar. La enfermera expulsó cuatro gotas en el vaso de agua a la mitad, el líquido se pintó color naranja.

—Cuando termine de contarte vas a entender todo, todo. Ten paciencia, muchacho. No comas ansias.

La abuela se despidió con un extraño ademán. Como una niña traviesa, de cinco años —como mi hija Perlita— sacudió la mano por debajo escondiéndola de la enfermera y me hizo un guiño, si es que lo que alcancé a distinguir al otro lado de su lente izquierdo fue de verdad un guiño. Desapareció al entrar en la recámara.

—Que tenga buenas noches.

Al pie de la escalera, en la planta baja, aguardé el regreso de la enfermera como solía hacerlo en los últimos meses, al terminar las sesiones. Ella tardaba y me asomé a la sala grande, tenía semanas de no curiosear por ahí. Encendí la luz. Gran sorpresa: se hallaba casi vacía. Ya no estaban los sillones enfundados en sábanas, ni los ternos de sala, ni la lejana mesa de billar, ni el cortinaje de terciopelo a medio desprenderse, ni las vitrinas monumentales. Una que otra silla sobre la duela ennegrecida salpicaba el espacio ampliando ópticamente sus dimensiones. Ya no estaba la mesita de ajedrez, ¡caramba!, con la jugada del jaque y los sillines de los rivales. ¡Ya no estaba!

La enfermera me encontró azorado, pajareando a derecha e izquierda.

—No está el ajedrez —gimoteé.

—Se lo llevó ayer don Venancio.

—Con todo y jaque.

La enfermera asintió. Apagó la luz de la sala grande, lo cual era una forma de impulsarme hacia la puerta del porche.

—Pensé que la señora podía vender todo menos esa mesa y ese ajedrez —dije—. Después de lo que me contó.

—Según ella ya no lo necesitaba —explicó la enfermera—. Ya había servido para lo que había servido. Eso le dijo a don Venancio Méndez. Y el maldito viejo vació la sala.

Después de aquella larga confesión de la enfermera, y de nuestras pláticas breves y ocasionales, se había establecido entre nosotros una especie de amistosa confianza —no sé bien cómo decirlo—, de complicidad tal vez.

—Me preocupa la señora —dijo ella, mientras avanzábamos hacia la reja—. Oí todo lo que le platicó sobre esa hija imaginaria y me asusta.

—Qué le asusta.

—Es pura imaginación, se lo juro, pura loquísima imaginación. La señora tiene principios de Alzheimer.

—No me diga.

—Eso sospecha el doctor Gutiérrez.

Andaba mi Luchita llegando a los treinta cuando se enamoró "locamente", "frenéticamente", "cósmicamente": me dijo en un arrebato de exaltación la noche de un torrencial aguacero en la que entró en mi cuarto empapada de la pañoleta a los tenis, y de pie frente a la cama, mientras yo trataba de desanudar tres cadenitas de oro enredadas con inquina, me hizo su solemne revelación.

—Lo quiero cósmicamente, mamá. Como a nada en la vida.

No era desde luego la primera vez que mi hija sentía haber encontrado al hombre de sus sueños, pero sí me pareció la primera en que se mostraba verdaderamente sacudida por un arrebato amoroso. De la frivolidad con que otras veces elogiaba a sus enamorados en turno, saltaba ahora, esa noche que se convirtió en una larga temporada de dos años y meses, a la seriedad y solemnidad de quien experimenta haber descubierto el complemento exacto a su persona.

Vaya, qué noticia, por fin, ya era tiempo —habría podido responder yo a su noticia—. Preferí ser cauta. Aguardar a que me ampliara los pormenores del sujeto en cuestión. Sobre todo a que el tiempo dijera si el motivador de aquel éxtasis mantenía tras la prueba de la convivencia su calidad de prospecto, de príncipe azul encarnado, de amante cuajado en marido.

Mi Luchita no era una perita en dulce, ¡vaya que no lo era! Muchos de sus enamorados no merecían, a mi juicio, los maltratos propinados por la mocosa consentida en que se transformaba a menudo la hija de mis entrañas. Otros fueron ellos los ingratos, desde luego, los abusivos, los desleales, los infieles, los sinvergüenzas, los malditos. Y otros más, la mayoría, representaron esos simples objetos del deseo que permiten a la mujer probar el sabor de distintos varones y ejercitarse en el peliagudo arte de la relación con el otro.

Como todas las madres, procuré desde siempre que mi hija encontrara su propio modelo de felicidad. Yo no tuve un padre porque abandoné a mi padre en un desplante de quinceañera estúpida (¡otra cosa muy distinta hubiera sido mi vida!) y sí tuve en cambio una horrible tía bruja que apergolló mi voluntad. Por eso dejé a mi Luchita libre como al viento. Le enseñé a jugar ajedrez, sí, pero cuando se fastidió de jugarlo, una tarde en que le dije No seas tonta, mueve el alfil porque mi caballo te va a dar jaque doble, ella se levantó de golpe y me confesó de buen modo que el ajedrez la tenía hasta la coronilla y no quería volver a asomarse a un tablero en los días de su vida. Tampoco le gustaba el piano, le hartaban los nocturnos de Chopin y el *Para Elisa* de Beethoven, y no quería volver a sentarse frente a un teclado en los días de su vida. Me sorprendieron una y otra cosa, lo confieso, porque había invertido tiempo y paciencia en mis lecciones de ajedrez, y porque había contratado a la famosa maestra Georgina del Pozo para que la convirtiera en una pianista del nivel de Luciano. Lástima. Ni modo. Está bien, le dije. No quieres jugar ajedrez, no juegues. No quieres ser pianista, deja el piano. ¿Qué quieres hacer entonces, hija mía queridísima? ¿Estudiar una profesión en México que te permita encargarte en el futuro de la administración del rancho? ¿Estudiar veterinaria para atender a nuestras Holster y a las Apicollan y a los bovinos Humberlintz y a los toros de lidia si nos asociamos con los Torrecilla o los San Mateo? Nada de eso, nada de eso, respondió mi Luchita sacudiendo las manos y poniendo cara de fuchi. Déjame pensarlo, dijo. Déjame viajar un rato por el mundo y esperar a que llegue el hombre de mis sueños. A él me gustaría dedicarme por entero, exclamó al fin Luchita en un arrebato que me escandalizó, la verdad, porque ése había sido justamente mi problema con su padre, con Lucio: dedicarme a él como quien ejerce la profesión de esposa. Por él dejé el ajedrez. Por él rechacé a Luciano. Por él no tuve el valor de regresar a México a salvar a mi padre. Y en lugar de recibir la merecida recompensa por esa entrega absoluta, mira cómo me pagó el maldito Lucio, hija mía. Hasta ahora que está muerto y enterrado en una fosa común de Montparnasse, hasta ahora que mi padrecito está retorciéndose en los infiernos en compañía de mi tío Grande y mi tía Irene, hasta ahora en que Luciano y Luis están lejos, es decir, desaparecidos, también muertos de algún modo, ésta que soy yo a los cincuenta y pico puede proclamar a los cuatro vientos su condición de mujer absolutamente libre, y absolutamente exitosa y adinerada y triunfal. Nunca antes este rancho había alcanzado tal esplendor, me dijo hoy en la mañana don Javier Marroquín. Ni con el señor Grande, ni con Lucio su esposo.

Y no se lo digo porque sea usted mi patrona, añadió don Javier Marroquín, se lo digo porque eso proclaman los papeles de la contabilidad. Gracias a su inteligencia, a su dedicación, a su mano suave y dura con sus subalternos, usted ha conseguido levantar el gran emporio de Los Duraznos que su hija unigénita recibirá como herencia el día en que usted nos falte: Dios quiera que eso tarde muchísimo, señora Norma.

El caso es que mi Luchita se cruzó de brazos en lo relacionado a cualesquiera actividades productivas y se dedicó a dejarse enamorar por una cauda de pretendientes que yo iba consignando en una de aquellas libretitas azules utilizadas por mí de muy joven para escribir mi diario: un diario que por cierto terminé tirando a la basura porque a nadie le interesó robármelo. De los más importantes de esos pretendientes, digo, elaboré una especie de pequeño diccionario que me sirvió en aquellos tiempos para adentrarme en el alma de mi querida hija. Aquí está.

Dos viernes completos, en sesiones de tres horas cada una, se dedicó la abuela a desgranarme eso que llamaba el *Diccionario de pretendientes* de su querida Luchita. Desde un tal Miguelón Arias, hijo de los encumbrados Arias con que se asoció la abuela para transformar el rancho en el segundo centro agropecuario del Bajío, Miguelón que terminó dejando plantada a Luchita la misma víspera de la boda por irse con una rubia jalisciense de Arandas, hasta el simpático Calixto Escalante, que tenía todas las virtudes deseables para una mujer (era guapo, culto, adinerado, formal) pero también un defecto insuperable: era homosexual fanático.

Aunque se antojaban sabrosos los relatos de los pretendientes de Luchita —sobre todo por la picardía con que la abuela pasaba lista a los malandrines— cuando mi esposa María Fernanda oyó las grabaciones y leyó luego las diez cuartillas en que resumí el *Diccionario de pretendientes*, me confesó con todita sinceridad que le parecía un pegote horrible en el cuerpo de la historia.

Además de largos, los relatos eran mentirosos, los calificó María Fernanda. Y no porque la abuela se propusiera mentir y mintiera adrede, sino porque su proclividad a inflar hechos pretéritos mal almacenados por su memoria la llevaba con frecuencia a levantar edificios narrativos más fantasiosos que verdaderos. No quería hacerlo la abuela, pero lo hacía. Y eso le preocupaba. Le preocupaba a María Fernanda y le preocupaba a ella misma. Le preocupaba tanto a la abuela la precisión y la verosimilitud de todo lo que platicaba, que en una ocasión, por aquellos meses, me preguntó a bocajarro apenas llegué al salón verde y antes de que empezara a instalar mis chunches:

—¿Te gusta el beisbol?

Junto con un gesto de sorpresa puse cara de tonto, creo.

—Sí, el beisbol, no me mires como pendejo. O quieres que te diga béisbol, como los pinches gachupines que ni siquiera saben hablar su idioma.

—Me gusta más el fut —contesté al fin.

—Pero sabes de beisbol. Conoces las reglas, sabes de las Ligas Mayores, de la Liga Mexicana, del Parque del Seguro Social, de don Ernesto Carmona y el jonronero Héctor Espino.

—No, de eso sí nada, nada.

—Pero conoces a alguien que sepa.

—¿De beisbol?

—Sí, alguien que sepa de la jerga y de la historia y de los récords —urgió la abuela.

—Francisco Ponce —dije.

—¿Quién es Francisco Ponce?

—El hermano de Armando. El director de la Sección Deportiva del periódico. De beis lo sabe todo. Es una enciclopedia. De niño jugó en la Liga Maya.

—Ah, perfecto. Magnífico —sonrió la abuela—. Muy bien.

—¿Para qué lo quiere?

—Yo no lo quiero para nada —exclamó la abuela—. Es para ti. Para que te ayude.

—¿Para que me ayude?

—Para que te ayude a escribir. Para que se oiga verosímil, cuando la pases en limpio, la historia de mi Luchita con el padre de Beto Conde.

Después de este largo deambular de María de la Luz Lapuente con hombres que nunca le ofrecieron la posibilidad de una feliz vida en pareja, resultaba explicable que doña Norma se quedara atónita, sacudida, perpleja, cuando esa noche del torrencial aguacero María de la Luz entró en su cuarto, empapada de la pañoleta a los tenis, y de pie frente a la cama, mientras doña Norma trataba de desanudar tres cadenitas de oro enredadas con inquina, la muchacha le hizo la solemne confesión de que estaba enamorada locamente, frenéticamente, cósmicamente, de un hombre original y único. Una maravilla de persona, dijo que era el objeto de su amor.

El fulano se llamaba Heriberto Conde. Aunque parecía diez años mayor, tenía dos menos que María de la Luz. Era prieto como un cuero mojado. Pelo lacio y tenso, eléctrico. Los ojos parecían de chino, dos almendras, pero lo más sobresaliente era su cuerpo grandote, fofo, paquidérmico. Se movía como el gigantón de Tacámbaro: bamboleándose a la derecha y luego a la izquierda, avanzando siempre muy despacio y produciendo la impresión de que de un momento a otro levantaría una de sus manazas y la dejaría caer sobre una mesa para hacer saltar las fichas de dominó, o sobre una barra de cantina para tumbar los tarros de cerveza, o sobre el hombro de un cristiano para triturarle una clavícula y tenderlo en el piso ajedrezado de mosaico.

—Parece una ballena, Luchita —le dijo doña Norma.

—Es como Babe Ruth —replicó la hija.

—¿Como quién?

—El jonronero más famoso de todos los tiempos, mamá. El beisbolista de los Yanquis.

—Desde cuándo sabes tú de beisbol.

—Heriberto es beisbolista. Le dicen justo así como tú le dices: Tonina. Heriberto Tonina Conde. Juega en la liga de aquí del Bajío, pero se lo quieren llevar a México con los Diablos Rojos del Abulón Hernández para que entre al beis profesional y se pueda ir a Estados Unidos como tantos que están triunfando allá.

Hablaba ya Luchita con la jerga del beisbol y pronto su madre se volvió experta en un deporte que también, como el ajedrez, exigía inteligencia, cálculo, estrategia, anticipación de jugadas. Vulgar, pero muy hermoso en ese sentido el tal deporte rey, como sus fanáticos lo calificaban y como a doña Norma le pareció.

Aunque para la madre de Luchita el grandote de Heriberto era sin duda un mamarracho como pretendiente de su hija —sin clase social, sin apellido de abolengo, sin dinero— cuando en el rancho le tendía su manaza para saludarla y le sonreía con una carota de niño bueno, reconocía doña Norma para sus adentros que ninguno de los pretendientes, novios o amantes de Luchita mostraron jamás esa bondad de alma que trasminaba esta enorme tonina, ¡carajo!, hasta el apodo era insoportable.

Sí, Heriberto Tonina Conde jugaba en la paupérrima liga del Bajío con los Talabarteros de León. Ganaba una bicoca como beisbolista, lo indispensable para remendarse el uniforme, para comprar un par de tortas de pierna y huevo con chorizo los días de entrenamiento y para mandar regalos a María de la Luz que consistían casi siempre en muñecas de trapo o de cartón. Las muñecas eran la adoración de Luchita. Lo fueron siempre y Heriberto Tonina Conde llenaba la vida de la consentida unigénita de muñecas que compraba en los puestos del mercado o a veces en las jugueterías importantes de Celaya y Guadalajara.

De su trabajo en el taller y en la cadena de zapaterías de León, con sucursales en Zacatecas, Jalisco y Michoacán, era de donde Heriberto se agenciaba su sostenimiento económico. Trabajaba de talabartero, muy bueno el gigantón para cortar y manejar el cuero, la vaqueta, y hubiera podido progresar mucho en ese oficio, decían sus compañeros, si no viviera obsesionado por el beisbol. Sólo quería ser beisbolista, tan famoso como los famosos del México de los años gloriosos, cuando los Pasquel y el Parque Delta de la Avenida Cuauhtémoc. El Ramón Bragaña de los Azules del Veracruz, el Ángel Castro de los Sultanes del Monterrey y luego de los Diablos Rojos, el Lázaro Salazar sólo de los Sultanes, el Roberto Ortiz de los Diablos Rojos, el Napoleón Reyes de los Pericos del Puebla cuando el gran Beto Ávila se fue a los Indios de Cleveland. Famosísimo, mejor, como los gringos de las series mundiales: Mickey Mantle, Joe Dimaggio, sobre todo el inolvidable Bambino. Él hubiera querido nacer Babe Ruth y bateando de cuarto en el orden con los Talabarteros del León lo parecía a veces, porque de cada tres o cuatro visitas al plato dos volaba la pelota más allá de la alambrada del jardín izquierdo. Era malo fildeando en el cuadro, como segunda o como tercera base, porque su cuerpazo lo amortiguaba en sus acciones, aunque de cuando en cuando tenía lances que hacían gritar a los fanáticos enloquecidos, como aquel dobleplay de fantasía, contra los Cuervos del Querétaro: Tonina Conde recibiendo a medio cuerpo la pelota del shorestop, pivoteando en la segunda para un out y lanzando un rayo hacia primera para completar de escándalo el relampagueante dobleplay. Ahí se acabó el partido: 2-0 de los Talabarteros del León contra los Cuervos del Querétaro.

Aunque iba a pocos partidos, doña Norma se volvió experta en las estrategias de este deporte-ciencia. Pero era Luchita quien verdaderamente gozaba los encuentros y se lanzaba del pobretón estadio de Querétaro a los pedregosos llanos de Salvatierra o a las tribunas en las afueritas de Guanajuato, enamorada siempre durante un año, dos años, tres años, del paquidérmico Heriberto Tonina Conde.

—¿Qué te gusta de él, hija? —le preguntaba doña Norma.

—Todo, mami, todo. La manera en que me trata, en que me mira, en que me ríe...

—Una pregunta en secreto, Luchita, ¿ya se acostaron?

—Claro que no. Delante de Dios prometimos no tener sexo hasta que nos hayamos casado.

—¿Delante de Dios?

—Delante de Dios, mamá. Beto es muy católico.

Los Diablos Rojos del México llamaron al Tonina Conde cuando los dirigía Tomás Herrera, pero él empezó a jugar un poco después con el Zacatillo Guerrero de manager. Antes renunció a la fábrica de zapatos y se fue a vivir a la ciudad de México con dos compañeros de su nuevo equipo: el tercera base Abelardo Vega y el gran pítcher Alfredo Ortiz. Tenía menos tiempo y más distancia para encontrarse con María de la Luz: sólo cuando ella lo perseguía en sus giras por la República, feliz de que *La Afición*, el *Esto* y hasta el Mago Septién empezaran a referirse a su novio como el nuevo fenómeno de la Liga Mexicana. Lo decían por su tremenda potencia con el bat, no por su errático fildeo. En la primera serie que los Diablos Rojos perdieron por limpia con los Sultanes de Monterrey, el Zacatillo

Guerrero retiró para siempre al Tonina Conde de su puesto en la segunda base y lo mandó al jardín derecho donde cometía un promedio de pifia o pifia y media por partido. Calculaba muy mal los elevados y se exasperaba con él el Zacatillo Guerrero en los entrenamientos mañaneros. Hay que salir al sonido del batazo, le repetía por quinta vez el manager, pero Tonina Conde arrancaba casi siempre tres o cuatro segundos después, lo que impedía medir la parábola de la pelota, llegar a tiempo, decidir en el trance si era mejor esperar el rebote sobre la cerca o jugarse el todo por el todo y tratar de atraparla de cordón de zapato.

Como antes doña Norma platicaba con Luchita de aperturas y finchetos, la hija le explicaba ahora esos tecnicismos beisboleros cuando se aparecía en el rancho, luego de haber seguido a los Diablos Rojos en sus giras por el norte de la República y haber aterrizado por dos semanas en la ciudad de México. Esas dos semanas en México, decía Luchita a su madre, eran lo mejor de lo mejor en su vida amorosa con Heriberto Tonina Conde. Aunque los jugadores no tuvieran partido inmediato, entrenaban todos los días en el Parque del Seguro Social, a veces hasta por las tardes, pero les dejaban una o dos libres a la semana, y entonces María de la Luz y su Tonina salían a ver películas de Pedro Infante, a comer cochinita pibil en el Círculo del Sureste o a danzonear en el California de Tacubaya. Se la pasaban de maravilla juntos Luchita y su beisbolista en la capital, le contaba la canija muchacha por teléfono de larga distancia a su madre; ella hospedada en casa de la Güera Romano, una amiga guanajuatense, decía, y él viviendo con Alfredo Ortiz, el pítcher, o a veces en el Hotel Roma de la avenida Cuauhtémoc, a dos cuadras del parque de beis.

—¿Ya hicieron el amor, mhija?

—¿Qué no entiendes, mamá! Hasta que nos hayamos casado, te dije.

En la gran serie final del campeonato de la Liga Mexicana, Diablos Rojos del México contra el Águila de Veracruz, María de la Luz invitó a su madre a viajar rápido a la capital para ver el último partido, el definitivo, entre las dos mejores novenas de la temporada: tenían lugares de palco entre home y tercera.

Para Luchita y para Heriberto Conde ese desafío lo significaba todo. Si los Diablos Rojos ganaban el partido y por tanto el campeonato, Zacatillo Guerrero había prometido al futuro yerno de doña Norma un contrato por tres años con los Diablos Rojos, con muy buen dinero. (¡No faltaba más!, Tonina Conde estaba en la cumbre: resultó líder jonronero con 22 vuelabardas en la temporada y su porcentaje de bateo cerró con .320.) Sería ése el momento para celebrar el ansioso matrimonio del que Conde y Luchita tenían ya todo planeado. Aunque vivirían en la ciudad de México por exigencias del equipo, tendrían para ellos, en el rancho, la casita verde del prado trasero que construyó Lucio al poco tiempo de su matrimonio con doña Norma.

—Eso es lo que yo te decía, mamá, ¿me entiendes ahora? Ésta es la profesión a la que quiero dedicarme: la de esposa de mi marido de tiempo completo. Él es mi vocación, mi trabajo, mi sueño, mi realidad, mi futuro.

Qué podía doña Norma replicar a su hija en ese momento, viéndola tan entusiasmada. Para qué contradecirla.

Hasta la novena entrada el partido entre los Diablos Rojos del México y el Águila de Veracruz había sido digno de una final de campeonato, lo que se dice un partidazo. Estaban 1 - 1.

La carrera de los Diablos Rojos fue producida por un sencillo de su pítcher Adolfo Ortiz que empujó hasta home a Leo Rodríguez en la quinta entrada. En la sexta empataron los del Águila de Veracruz con un jonrón impresionante del Calamar Peña: la pelota voló hasta el Panteón Francés según dijo por radio el Mago Septién.

Llegó la novena entrada. Nada pudo hacer el Águila en la parte alta de su inning: tres hombres retirados en orden. Necesitaban entonces detener a los Diablos Rojos para tratar de ganar luego en extrainnings. Una carrera de los Diablos Rojos, una sola carrera, acabaría con las esperanzas del Veracruz.

En el cierre de aquella novena entrada, Leo Rodríguez recibió base por bolas como primer bateador. Los aguileños esperaban el toque de sacrificio del siguiente en el orden, pero Domingo Cruz los sorprendió con un sencillo al jardín derecho que empujó a Leo Rodríguez, velocísimo, hasta la antesala. Domingo Cruz se quedó en primera.

Con hombres en primera y en tercera, llegó Sansón Parra como emergente del México y dio un toque perfecto. Él fue sacado out en la inicial, pero Domingo Cruz avanzó hasta segunda mientras amarraban a Leo Rodríguez en la tercera base.

En esas ventajosas condiciones (cierre de la novena, un out, hombres en segunda y en tercera) llegó el turno al bat para Heriberto Tonina Conde. Un out, hombres en segunda y en tercera, cierre de la novena entrada. No necesitaba hacer grandes proezas el toletero de los Diablos para coronarse de gloria; con sólo un globo profundo al jardín metería en pisa y corre la carrera de la victoria definitiva.

Entre la gritería entusiasta de los fanáticos que repletaban el Parque del Seguro Social —Luchita y doña Norma en su palco, temblando y haciendo changuitos—, Heriberto Tonina Conde caminó lentamente hacia la caja de bateo como personaje principal de una película de beis. Eso parecía la situación: el episodio prefabricado de una historia donde el protagonista, en el último momento del partido, hace ganar apoteósicamente a su equipo con un jonrón por la zona del jardín central.

Parte baja de la novena entrada. Un *out*. Hombres en segunda y en tercera.

Cerraba los ojos doña Norma durante su relato, y todavía puedo mirar en el recuerdo —decía— la mole del inmenso Tonina Conde dando al aire pequeños sacudones con el bat mientras avanza cansinamente hacia el home plate. Llega al fin. Rasca la tierra cobriza con los spikes. Se tienta la visera para recomponerse la gorra. Se oprime los genitales. Se abre en compás luego de señalar con el índice hacia las graderías del jardín central —remedando a Babe Ruth, le confía Luchita a su madre—, como para indicar por dónde va a mandar el cañonazo de respuesta a la primera pichada del Zurdo Bobby González, el pítcher tapón que han mandado los del Águila para contener la última embestida de los Diablos Rojos. Silencio. Expectación. El bat enhiesto arriba.

Dicen que Benito Fragoso, el cátcher del Águila, pidió al Zurdo Bobby González un slide hacia adentro, y que Bobby González prefirió mandar la recta, su recta deslumbrante de ochenta y cinco millas por hora. Era el primer lanzamiento y con él quería atemorizar a Heriberto Tonina Conde, burlarse de sus fanfarronadas a lo Babe Ruth, payaso.

La recta velocísima del Zurdo Bobby González salió, sin embargo, muy cerrada hacia el home, muy alta, muy sobre el bateador, y en el parpadeo que dilató el lanzamiento el Heriberto Tonina Conde no alcanzó a tirarse de plano de espaldas contra el suelo, a girar siquiera el cuerpo contra el pítcher, a inclinar de perdida la cabeza para meter la gorra-casco a modo de defensa; quién sabe por qué, y quién sabe cómo diablos cómo, lo que Heriberto Tonina Conde hizo fue volverse hacia el frente y la pelota lanzada a ochenta y cinco millas fue a estrellarse, a incrustarse violentísimamente en la carota del cuarto bat de los Diablos Rojos del México, todo tinto en sangre de inmediato el mazacote horrible de su faz.

Fue como un balazo de cañón en pleno rostro.

Ahí quedó muerto para siempre, tirado en la caja de bateo, el Heriberto Tonina Conde. Un accidente insólito en la historia del beisbol mexicano dijeron a diario, durante meses, todos los periódicos de la República y algunos allende la frontera.

Dos semanas después del incidente trágico, cuando ya se habían secado las lágrimas de María de la Luz y de doña Norma, la atribulada muchacha dijo a su madre:

—Voy a abortar.

—¿Qué?

—Estoy embarazada. Traigo aquí un hijo del Beto.

No tuvo ánimo doña Norma para echarle a la cara un puñado de regaños. —No tenías por qué mentirme, hija del alma —pensó—. Para qué.

Luchita salió corriendo hacia las caballerizas y se echó a galopar sobre La Consentida como si quisiera de una vez poner punto final a su futuro.

Contra la voluntad de la muchacha, doña Norma impidió que abortara. En Yuriria María de la Luz Lapuente dio a luz a un varón morenito, delgaducho, anémico, que luego regaló a una muchacha de servicio que vivía en Purísima del Rincón, en las inmediaciones con Jalisco. Mientras doña Norma se hundía otros diez meses en un psiquiátrico, Luchita se fue a vivir a Montreal con un loco canadiense que se apareció en esas fechas por Guanajuato buscando una veta de oro en la abandonada mina de San Quintín. Luego de larguísimas e inútiles operaciones y radiografías geológicas regresó a Montreal.

Antes conoció a María de la Luz Lapuente. Le dijo el canadiense, tomándole las manos:

—¿Quieres irte conmigo?
Nadie sabe nada de Luchita desde entonces.

Muerto mi padre, muertos mis tíos, muerto mi marido, mi yerno, lejísimos Luciano, desenfocado Luis, desaparecida para siempre mi hija Luchita, yo me crucé de brazos en el rancho, huérfana, viuda, loca, para esperar y sentir cómo se va llegando la vejez.

Capítulo IX

Cinco

—¿De qué estábamos hablando?

—¿Cuándo?

—La semana pasada. El otro viernes.

—Me contaba usted de Iturriaga de la Hoz.

—¿Quién?

—Ramón Iturriaga de la Hoz, el presidente del club de San Juan de Letrán. De la historia que Iturriaga de la Hoz les contó sobre el suicidio de don Lucas cuando usted y Luciano llegaron de Madrid.

—Sí, de Madrid. Pero no tengo muy claro si viajé con Luciano o viajé sola.

—Usted dijo.

—No lo tengo muy claro. Porque Luciano no quería hacer un viaje tan largo y por tanto tiempo. Tenía muchos compromisos en España. Un concierto en Bilbao y otro en Barcelona por no sé qué aniversario de Beethoven. Hablamos largo de eso antes del viaje. Discutimos. Creo que hasta tuvimos un fuerte disgusto.

—Y entonces usted decidió viajar sola.

—No estoy muy segura, te digo, no lo recuerdo. Me está fallando la memoria, ¿sabías?

—Cualquiera pensaría lo contrario, señora.

—Porque si yo hubiese viajado sola a México... después, al regresar, luego de los diez o quince meses que me quedé por estos rumbos, me habría encontrado con muchas sorpresas en Madrid. Me habría encon-

trado con que Luciano se comportaba de manera extraña: serio, malhumorado, ansioso porque tenía dificulta-
des con el director de la orquesta o con el administrador del teatro, o no sé qué otro maldito pretexto argüía
para justificar sus ojos renuentes a mirarme, o su cuerpo separado del mío en el abismo de la cama.

—Eso sucedió.

—Eso pudo suceder si yo hubiese viajado a
México y Luciano se hubiese quedado solitario en Madrid. Solitario es un decir, ¡válgame la Virgen de Lourdes! ¡Con Cristina Basave! Porque resultó que el matrimonio de Cristina Basave con su novio aristócrata, el
tal Antulio del Valle Almoneda, de los Del Valle Almoneda del antiguo reino de Santander, terminó resultando un fracaso y en una de ésas, con la excusa de que
Cristina estaba muy necesitada de consuelo y Luciano
muy solo y yo muy lejos, los dos músicos volvieron a
frecuentarse, a compartir comidas y paseos y confiden-
cias que los arrojaron directito al tálamo, como decía
mi tía Francisca para designar el lugar donde el hombre y la mujer unen sus cuerpos para el encuentro carnal.

—¿La traicionó Luciano con Cristina Basave?

—Me hubiese traicionado, tal vez, de haber yo
viajado sola a México cuando supe la terrible noticia
del suicidio de mi padre.

—¿Qué habría hecho entonces?

—Habría roto de golpe con mi marido, desde
luego. Lo habría mandado al mismísimo infierno sin
más explicación. Se acabó. Gudbay. La división por
mitad de nuestros bienes y cada quien por su lado de
aquí a la eternidad. Yo no soy mujer apta para olvidar
una infidelidad de tales dimensiones, por mucho que
Luciano pidiese perdón aduciendo que todo era efecto
de mi ausencia. ¡A la porra con un hombre así! Le
había entregado mis afanes y mi cuerpo joven y por
tan desparramada entrega perdí mis amores de Guana-

juato, particularmente a Lucio, y perdí sobre todo el respeto de mi padre quien empellado por mi proceder acabó sorrajándose un balazo. Y tan grande como había sido aquella entrega sería ahora mi rechazo a Luciano Lapuente.

—Divorciado de usted, Luciano se habría casado entonces con Cristina Basave.

—Divorciado no sé.

—Usted lo acaba de decir.

—Nunca imaginé a Cristina Basave como una mujer resignada a perder a un Del Valle Almoneda de los Del Valle Almoneda del antiguo reino de Santander. Ni capaz de enfrentar el escándalo social consecuente. No. No era de esa madera su ropero moral ni de esa intensidad su pasión. Sin duda Cristina habría continuado con su marido y tomado a mi Luciano como amante de planta. Se verían y se amarían a escondidas del aristócrata cornudo hasta que el abuso de la relación sexual desbaratara ese acuerdo mantenido no por el compromiso ante Dios y ante los suyos sino por el estallido de la evanescente pasión.

—¿Qué hizo usted al fin de cuentas, señora?

—De haber viajado sola a México cuando el suicidio de mi padre, de haber favorecido con mi ausencia el enredijo amatorio entre Cristi y mi Luciano, de haber descubierto esos ayuntamientos a mi regreso a Madrid, y de haberme separado en consecuencia de mi señor esposo, yo habría proseguido una vida independiente con mis trabajos de traductora e intérprete. Sin duda la decepción brutal y la pérdida del amor de mi vida eran suplicios de muerte, pero una vez aliviado el trance merced al transcurso del tiempo y a los consuelos maternales de la Virgen de Lourdes, yo me habría reintegrado al trabajo de las traducciones que tanto me requerían las editoriales catalanas (por las cuales obtenía mesadas suficientes para sostener una posición económica desahogada, por no decir próspera) y me habría dedicado con mayor ahínco al ajedrez. No me faltarían además, si se me antojasen, oportunidades para conseguir un nuevo marido: aún era yo joven y me había puesto maja, decían los compañeros de la Asociación de Intérpretes, cosa que confirmaba mi estela de enamorados en el casino donde iba a repartir jaques un par de veces a la semana. Admito que la mayoría de los ocupantes de esa estela eran vejetes raboverdes ansiosos por reactivar su erotismo, aunque también figuraban dos o tres varones de buen ver, maduros e inteligentes. El mejor era un ingeniero geólogo connotado, director de la Academia Española de Geología, alto, de ojos azules muy azules y manos peludas: Maximiliano Bernal. Era viudo el buen Max. Su mujer había muerto, justo al regresar del viaje de bodas, de una enfermedad extrañísima: al salir del baño de vapor de un club deportivo se le empezó a licuar la sangre y no hubo manera de contener lo que resultó un desangramiento absoluto por exudación. El cuerpo y las sábanas y la cama y los muebles y la casa toda se tiñó de rojo; se derramaba la sangre por las escaleras, corría por los pasillos, se vaciaba en el jardín empurpurado en un abrir y cerrar de ojos, me decía Max cuando me narró su pena. El ingeniero geólogo salió adelante gracias a su entrega al trabajo (sus tenaces investigaciones permitieron el descubrimiento de una mina de metales preciosos en los Pirineos), mientras su dedicación al ajedrez le deshollinaba la mente. Justo así. Y como recurso para desmemoriarse de su joven esposa apenas desvirgada las vísperas de su muerte, el bueno de Max se propuso alcanzar en el juego-ciencia el grado de gran maestro internacional que muy pocos en España ostentaban en ese entonces: digamos Benito Palomera, digamos Jordi Illescas, Zenón Francisco, Félix Uzeta. Lo obtuvo después de participar en torneos abiertos de Moscú, de Ginebra, de Praga, y ahora asistía dos o tres veces por semana al casino para confrontarse con los más avezados e impartir cursos de perfeccionamiento. Conocí a Maximiliano Bernal como maestro de uno de aquellos cursos que me devolvieron el entusiasmo por el ajedrez, entendido no como simple recreo sino como un medio para proyectar en un tablero la belleza lógica de la mente humana, diría el gran Botvinnik citado por Max. Mucho aprendí de las enseñanzas estratégicas del ingeniero geólogo aplicadas a las posiciones abiertas y al análisis de las situaciones aplazadas que tantos descalabros me producían en las partidas muy largas.

—¿Eso fue antes o después de su viaje a México?

—¿Qué me pregunta? ¿Cuándo conocí a Maximiliano Bernal?

—¿Antes o después de su viaje a México?

—No no, antes. Varios años antes conocí a Max. Y cuando por aquel telefonema o telegrama o correograma de Lucio nos enteramos de que mi padre se había sorrajado un balazo, yo sufrí un ataque de angustia y lo primero que hice fue correr en busca de Maximiliano Bernal (como hubiera corrido en busca del padre André Lipstein en París, en otro tiempo). Ahí estaba Max, hundido en un oscuro bar de la Plaza Santa Ana bebiendo un chato de anís. Me refugié en sus palabras y en sus brazos, me serenó él con razonamientos sabios, generosos, terminó ofreciéndome su consuelo de hombre.

—Era el momento ideal.

—Entre agradecida y asustada lo aparté, desde luego, repitiendo lo que me había dicho a mí misma y sentía de veras: Luciano era todo en mi vida. No lo traicionaría jamás.

—Pero Luciano la traicionó a usted.

—¿Luciano? ¿Cuándo?

—Ahora.

—¿Ahora?

—La traicionó, me lo acaba de contar.

—No digas tonterías, muchacho.

—Lo dijo hace un momento.

—Dije y digo que si Luciano me hubiese trai-cionado durante los meses que estuve en México por lo del suicidio de mi padre, yo habría aceptado a mi re-greso las propuestas de Max. "Vente conmigo a Irún, Norma", me pedía Max. "Me ofrecieron hacerme cargo de la mina." Y yo habría podido irme con él. Hacer una nueva vida con él. Experimentar con él ese calor ma-duro que había sentido arder al contacto con Luciano y que ahora me vería obligada a compartir con Max si es que de veras Luciano me hubiese traicionado con Cristina Basave.

—¿Y entonces?

—Entonces sí le arrancaría el divorcio.

—Pero usted dice que el divorcio/

—Entonces sí obligaría a Luciano a dejarme en libertad. Y comprobaría a los pocos meses de mi unión con Max que no era yo la estéril. Era Luciano, él era, él era el estéril, porque resultó que me embaracé así de rápido y tuve con Maximiliano Bernal un hijo al que bautizamos con el nombre de Victorio. Victorio Bernal. Y ese Victorio Bernal creció y se fue a estudiar aboga-cía y a vivir a la Alemania Oriental donde se casó con una mujer polaca, de nombre Judit, a quien no conocí a pesar de haberme dado un nieto que por desgracia nació enfermo de aquí.

—Deficiencia mental.

—Sí, deficiencia mental. Nació down.

—¿Y su hijo Victorio? ¿Y la esposa de Victorio, Judit? ¿Y Maximiliano?

—Nació down, nació down. Creo que te lo di-je, ¿verdad? Sí, ya te lo había dicho el otro viernes.

—Lo que no entiendo/

—Nada tienes que entender. No se trata de en-tender —me interrumpió la abuela; agitó su derecha para frenar de antemano cualquier intento de réplica.

Se llevó esa misma derecha al rostro y con la punta del índice se frotó los párpados por detrás de los anteojos.

Durante el largo silencio en que se sumió el salón verde, la abuela se había encorvado en la mecedora hasta casi tocar su regazo con la frente. Supuse que lloraba, aunque sin lágrimas, en absoluto silencio. No se movió cuando llegó la enfermera. Ésta me hizo una señal para dar por concluida la sesión; algo me decía con los labios pero no supe traducir sus frases visuales, seguramente de apremio, para que me retirara cuanto antes. Me levanté.

El retrato de la Norma joven, atrás de la abuela, irradiaba un extraño efecto sobre el cristal; como si la luz reflejada por la lámpara de pie hiciera acuosos los ojos de la joven fotografiada.

Apagué la grabadora, recogí mis útiles y abandoné el salón verde.

Era un martes trece, eran trece ladrones sentados en trece grandes picachos de piedra fumando trece grandes pipas. De pronto, uno de ellos dijo: Pedro, cuéntanos uno de esos cuentos que hacen temblar a los niños. Y Pedro, dando una bocanada de humo, dijo:

Era un martes trece, eran trece ladrones sentados en trece grandes picachos de piedra fumando trece grandes pipas. De pronto, uno de ellos dijo: Pedro, cuéntanos uno de esos cuentos que hacen temblar a los niños. Y Pedro, dando una bocanada de humo, dijo:

Era un martes trece, eran trece ladrones sentados en trece grandes picachos de piedra fumando trece grandes pipas. De pronto, uno de ellos dijo: Pedro, cuéntanos/

Cinco

—Estábamos en México y fue Luciano el que no quiso que regresáramos de inmediato a Madrid.

Sacudida por el relato de Ramón Iturriaga de la Hoz, intrigada por la reacción avasalladora de mi padre enfrentado en algún momento al espejo del cuarto de baño en nuestra casita de la calle de la Palma, yo no tenía cabeza ni voluntad más que para mitigar tan punzante dolor imaginando toda suerte de venganza posibles e imposibles contra el miserable Benito Palomera. Si era dable designar un culpable del suicidio, ¡y claro que era dable!, ése era el tal Benito sin duda alguna. Porque todo suicidio es el crimen de otro que no muere. Porque todo el que se enreda al cuello una soga o se traga de golpe un frasco de valium o presiona temblorosamente el gatillo de un arma lo hace impelido por la decisión criminal de quien pretende el aplastamiento de su víctima. No es verdad que el suicida busque por fuerza, de manera inconsciente, impregnar de culpa a su victimario; es más bien el victimario quien lo orilla hasta el filo del abismo para animarlo a saltar al vacío y luego argüir el propósito vengativo y culpabilizador de quien ya no puede regresar de la muerte para explicitar la terrible desesperanza, promovida siempre por el victimario, que lo lanzó por la puerta de emergencia.

El culpable era Benito Palomera. El responsable era Benito Palomera —aullaba yo mordiéndome los nudillos de mi mano—. Él y nadie más que él había obligado a mi padre a pulsar el gatillo curvo de aquella pequeña escuadra Smerling, plateada, brillante, que Ramón Iturriaga de la Hoz extrajo del cajoncito del escritorio apenas concluyó su relato. Me la mostró sin decir palabra.

Luciano se adelantó para tomar el arma. La examinó cuidadosamente como un experto: sí, era una Smerling modelo LM-4, calibre 22.

—¿Por qué la tiene usted?

—La verdad no sé —encogió los hombros Ramón Iturriaga de la Hoz—. Después de las averiguaciones que me empeñé en observar de cerca porque yo quería de veras a su padre, señora Norma, se lo juro, lo admiraba como mi maestro, le digo; cuando concluyó la investigación que fue muy breve porque el suicidio estaba clarísimo, el agente de la judicial me puso la pistola en mi propia mano.

—¿Se la entregó así nada más? —volvió a preguntar Luciano, extrañadísimo.

—En mi propia mano.

—Me parece absurdo. Yo no sé nada de procedimientos penales pero siempre pensé que las autoridades se quedaban con el arma de un crimen..., perdón, de un suicidio.

—¿Con qué derecho?

—Por razón de las investigaciones, supongo.

—Las investigaciones ya habían concluido —enfatizó impaciente Ramón Iturriaga de la Hoz—. Estaba claro que don Lucas se había disparado un balazo con esta escuadra, por voluntad propia. No había culpable que perseguir.

—¡Benito Palomera! —exclamé sin tiempo a contener el grito como alarido—. Claro que lo había.

Tanto Iturriaga como Luciano giraron para mirarme de frente.

—Él fue el culpable —completé con un susurro, temblorosa la voz, a punto de las lágrimas mis ojos, otra vez—. Benito Palomera.

Luciano me embrazó ciñéndome a su costado. Me besó en la frente, casi de perfil. Iturriaga de la Hoz meneó la cabeza con gesto compasivo. Luego sonrió y dijo, ligeramente pícaro:

—La verdad, le di un dinero al agente para que entregara la Smerling. Quería conservarla —me miró a los ojos con dulzura— para usted, señora Norma.

—Y ¿quién le dijo que Norma iba a querer esta porquería? —reclamó Luciano.

—Yo pensé.

Luciano me tendió el arma:

—¿La quieres? —Imaginaba una respuesta negativa.

Tardé en tomar la pistola no porque dudara de mi decisión sino porque me crispó un escalofrío al presumir la respuesta de mi tacto sobre el metal que imaginaba gélido, bruñido, macizo como la culpa. La Smerling escuadra era más ligera de lo que supuse y extrañamente transmitía una como pulsación tibia, de animal vivo; parecía respirar sobre mi palma, temblar encajada en mi puño, gritar cuando oprimí su cacha nacarada y acaricié con la izquierda su cañón chato de perro bóxer.

—Cuidado, está cargada —advirtió Iturriaga de la Hoz—. Tiene el seguro pero está cargada.

—¿Puedo quedármela? —pregunté.

Interrumpió Luciano de golpe:

—¿Estás loca? ¿Para qué la quieres?

—Como un *souvenir* —dije.

—No seas necrófila, Norma, por Dios. Lo que necesitas, y pronto, es olvidar esta desgracia.

—¿Puedo quedármela? —volví a decir mirando a los ojos verde-grises de Iturriaga de la Hoz.

—Claro que sí. Le digo que se la guardé.

—Pero usted le dio un dinero al agente de la policía, don Ramón. Dígame cuánto, por favor, yo no quiero/

—Nada, señora, nada nada nada —agitó las manos Iturriaga de la Hoz y ya no insistí. Agradecí el obsequio con un guiño mientras él y Luciano permanecían como estatuas, en silencio, viéndome acariciar ahora la Smerling escuadra calibre 22, cuando en realidad yo sentía estar deslizando mis yemas por el rostro inconsciente de mi padre, igual que muchos años atrás,

yo niña, lo acariciaba: él dormido, él roncando su bo-
rrachera, él dejando escurrir por la esquina de su boca
ceniza una baba espesa que me inclinaba a limpiarle
con la punta de mi pañuelo azul. Mi padre dormido,
borracho, muerto.

—Vámonos ya —dijo Luciano.

Levanté los ojos. Me raspé las lágrimas con el
dorso. Nos despedimos dos veces de Ramón Iturriaga
de la Hoz.

Salimos a la noche de San Juan de Letrán. Iba
yo colgada del brazo protector de Luciano mi marido,
aunque en realidad caminaba con pasos de sueño sa-
boreando el vientecillo sobre mis brazos al aire, junto a
mi padre, todo derecho por Madero, pasando Gante,
pasando Bolívar, pasando Motolinía, pasando Isabel la
Católica hasta la esquina con la calle de la Palma y
luego a la izquierda, cuatro cuadras más. Regresábamos a casa después de una tarde victoriosa de ajedrez.
Yo tenía trece años cuando mucho.

—Qué bonita noche —decía mi padre.

—Te quiero mucho, papá —decía yo—. Mucho, mucho, mucho.

—Hay luna llena, Norma, ¿ya viste? —dijo Luciano.

Fueron quince meses maravillosos. Porque Luciano y
yo nos reencontramos con un amor compacto, en preciso punto de sazón, como platillo principal de la tía
Francisca, y porque al reencontrarnos en esa Ciudad
de México, capital de la República, que yo sólo atisbé
de niña adolescente y Luciano daba por desconocida,
tuvimos ocasión de navegarla juntos y juntos arrancarle
misterios para nosotros solos.

Parecía luna de miel. Viaje de recién casados.
Bálsamo a mi dolor acerbo que escondí en el cajón de
los asuntos pendientes para no seguir mortificando a

mi querido Luciano, muy pronto enchufado en el mundo melómano de México.

Porque sucedió que el maestro Ataúlfo Argenta, director de una orquesta española (¿de zarzuela?, ¿de ópera?) y protector tardío de Luciano por la amistad común con Cristina Basave, envió al mexicano Luis Herrera de la Fuente, recién nombrado director de nuestra Sinfónica Nacional, una carta de recomendación que permitió a mi marido filtrarse por la puerta entreabierta de la casa del poderoso director hasta aquella gran sala presidida por un extrañísimo piano de chillantes colores sobre blanco laqueado y sinuosas protuberancias que parecía diseñado por el mismísimo Gaudí. Frente a ese piano tomó asiento mi querido Luciano, nerviosísimo se veía, acechado por una escasa pero docta concurrencia.

En torno a los Herrera de la Fuente —el director y su señora esposa— se agrupaban, parlanchines, sus invitados de esa noche. Recuerdo algunos: el maestro Rodolfo Halffter, el compositor Raúl Cosío, la pianista María Teresa Rodríguez y unos tres o cuatro músicos de la Sinfónica Nacional entre quienes bebía martini tras martini el percusionista Luyando. Fue una prueba repentina, imprevista para mi marido.

Hablaban los reunidos de Clara Wieck, por no sé qué película reciente sobre Schumann, y cuando la conversación derivó hacia Arthur Rubinstein y Teresa Carreño, el maestro Herrera de la Fuente sacudió palmaditas sobre el hombro de Luciano al tiempo que le dijo, sonriente:

—Ahí está el piano, caballero, para que ahora sigamos hablando de usted.

Pensé de momento que se trataba de una broma. Nada de bromas. Era un examen extraordinario —peor que un examen extraordinario— para averiguar si los adjetivos en la carta de Ataúlfo Argenta estaban bien aplicados a las aptitudes instrumentales de mi marido o eran sólo expresiones amables dictadas por la cortesía.

—Ahí está el piano, caballero —insistió Herrera de la Fuente.

Luciano quiso evadirse con un razonamiento gracioso, porque se sentía tan impertinente como el bardo del pueblo que aprovecha el menor respiro de cualquier tertulia para extraer del abrigo chamagoso sus últimas composiciones... y órale, señores, a paladear estas rimas. Algo en ese tenor argumentó Luciano, pero Herrera de la Fuente le replicó que los músicos no eran así. A los músicos les gustaba reunirse con los músicos para escuchar música y hacer pedazos, si tal era el caso —sonrió Herrera de la Fuente—, a un ejecutante tan recomendado como usted.

Partituras de Brahms o Debussy o Schumann interpretó Luciano, ya no recuerdo. Lo premió un aplauso fuerte, de veras fuerte, y de no ser por un par de comentarios ácidos del amargoso Cosío, el entusiasmo celebratorio hubiera sido unánime. A Halffter le pareció un pianista de avezada técnica, en un tiempo en que la técnica parece menospreciada —dijo Halffter—, y María Teresa Rodríguez encomió su forma de hacer cantar al piano, como pedía Rubinstein.

Esa misma noche Herrera de la Fuente, el más parco en los elogios, prometió a Luciano una serie de recitales en la Sala Manuel M. Ponce, en la Sala Chopin, en las terrazas del Castillo de Chapultepec, culminando todo con un concierto acompañado por la Orquesta Sinfónica Nacional en el Palacio de las Bellas Artes, cosa que programó y cumplió tres meses después, entusiasmado de veras con Luciano el maestro Herrera de la Fuente.

—Qué estará pasando en España que no han sido capaces de descubrir a un talento como el de Luciano Lapuente —dijo en una entrevista por televisión María Teresa Rodríguez, en pleno *boom* musical de mi marido.

El concierto en el Palacio de Bellas Artes fue su consagración. Con la Sinfónica Nacional dirigida por Herrera de la Fuente, Luciano interpretó el Tercer Concierto para piano y orquesta de Rachmaninof —el más difícil, dicen— y arrancó ovaciones de pie. La noche de ese viernes de estreno presencié la función desde el privilegiado palco del director de Bellas Artes acompañada por él, por don Miguel Álvarez Acosta, y por mi primo Lucio Lapuente y su esposa Elsa, Elsa Rendón, quienes llegaron corriendo de Guanajuato, gustosos por mi invitación. Elsa lucía impresionante con un vestido verde, largo, de tubo, y un escote atrevidísimo que la hacía verse como era: un banquete carnal e inagotable para mi querido Lucio. Muy serio Lucio, por cierto, cabeceando a ratos en la segunda parte de la función, cuando ya no estaba Luciano en el foro y los violines de una sinfonía de Mahler se prolongaban inacabables empujándolo al sueño contra el que luchaba y giraba de pronto para ver que yo lo veía en su lucha por no dormir: —No porque no me guste la música, Norma —me murmuró Lucio al oído evadiendo a don Miguel Álvarez Acosta, apoyando apenas su mano sobre mi muslo, presionando encima de la tela para hacerme sentir lo que yo ya no quería ni quise seguir sintiendo de él—, sino porque anoche, con el viaje y el maldito tren averiado antes de llegar a Lechería, me la pasé en blanco sin pegar el ojo. El concierto es buenísimo, yo lo sé —me seguía diciendo Lucio—, pero lo mejor de lo mejor fue Luciano, eso de seguro, mi gran hermanito, se salió con la suya, ya la hizo.

Y era verdad. La gran verdad para mí. Por primera vez triunfaba en grande Luciano, y ese triunfo ocurría en su propio país, en el más importante coliseo de la República, en la catedral de la música y con la mejor orquesta y el mejor director posibles está mi Luciano con su frac y sus faldones negros y su pechera bordada y su corbata de moño, mi Luciano sacudiendo las arañas de sus manos sobre las teclas blancas, sacudiendo sus brazos, sacudiendo su cabeza alborotada, su cuerpo retorcido en el taburete para alcanzar estirándose y quebrándose los momentos más tensos para luego resbalar sobre el dulce páramo de las notas suaves y tristes que me arrancan estos hilos tibios de lágrimas. Y me dejo llorar. Y me dejo sentir. Y quisiera tener el cuerpo voluptuoso de Elsa Rendón para envolver esta noche a Luciano con la música que seguirá inventando terminado el concierto mientras llueve del cielo la pura luz de las estrellas, Daniel Limón, ¿te acuerdas?; por qué carajos te pegaste un balazo, papá.

Ocho de aquellos quince meses se pasó viajando Luciano por la República. Recitales en Monterrey, en Chihuahua, en Guadalajara, en Zacatecas, en Morelia. Tocó a Schubert con la Orquesta Sinfónica de Jalisco y a Grieg con la Filarmónica de Jalapa. En el Teatro Juárez de Guanajuato —yo no quise ni fui esa vez ni nunca a Guanajuato—, la apoteosis. Sus viejos amigos, los Cárdenas de Pepe Cárdenas, Celestino González, la Chayito, el padre Casimiro Huesca, los Mendiola, Miguelón Arias, el gobernador en turno Jesús Rodríguez Gaona, la parentela sobreviviente, nada más mi tía Francisca porque a mi tía Irene ya se la habían llevado los demonios chocarreros y Luis el cura andaba de misiones no sé dónde, toda la población además, orgullosa de tener a un paisano en el Olimpo de los artistas, abarrotaron el Juárez y antes del intermedio lo hicieron tocar *encore* tras *encore*, sin descanso, y a punta de aplausos y silbidos lo obligaron a salir apenas desaparecía por la izquierda del foro y regresaba entonces secándose el sudor con el pañuelo, inclinaba la cabeza, la inclinaba, la inclinaba, y tomaba de nuevo asiento frente al Steinway de gran cola para tocar un trocito de masurka o un pasacalle y hasta canciones populares como *La paloma* o *Estrellita* de Manuel M. Ponce que el público se puso a cantar a coro, todo mundo de pie.

—Qué hubiera dado mi marido por ver este triunfo de nuestro hijo —murmuró la tía Francisca al oído del ancianísimo padre Casimiro Huesca que sin duda puso gesto de fastidio, contreras como siempre. Ella lloraba a lágrima viva durante el intermedio, me dijeron.

Si ya en Madrid, antes de que viajáramos a México, Luciano me prometió apartarse de su violín Morgana, préstamo-regalo de Cristina Basave —por eso la recomendación del maestro Argenta fue en su calidad de pianista, no faltaba más—, ahora que regresábamos a España su reencuentro con el piano era ya tan definitivo, por exitoso, que el abandono del violín se dio como un fenómeno natural ajeno a cualquier género de desgarramiento. Lo que quiero decir es que Luciano volvió a Madrid sólo como un virtuoso del piano, y que más que sus numerosos recitales en México fue un concierto en el Lincoln Center de Nueva York, aplaudido por Sir William Logan, el decano de los críticos europeos, lo que facilitó su brinco definitivo al circuito de los grandes solistas internacionales.

Nada o muy poco volvimos a saber de Cristina Basave. Durante nuestra ausencia, su marido aristócrata, el tal Antulio del Valle Almoneda, se la llevó a vivir a Ámsterdam para cortar de tajo con escándalos de amantes execrables, al decir de su familia. Su último amorío con un gitano de un pueblucho andaluz, bailarín de flamenco, desató noticias en la sección de sucesos de los diarios españoles. El bailarín estaba acusado de violación de chavales púberes, y cuando la guardia civil le tenía armado un cerco en las inmediaciones de Málaga, Cristina Basave lo escondió en la quinta de playa de una prima y lo ayudó a escapar luego por los laberintos de Marruecos. No nos enteramos de cómo terminó el lío. Tampoco supe yo si al correr de los años Luciano volvió a encontrarse con su Cristi. Nunca me lo dijo ni nunca traté de averiguarlo. Si acaso se vieron, tengo la certeza de que nada importante ocurrió entre ambos porque a esas alturas Luciano era ya un pianista famoso en Europa y Norteamérica, y una chica proclive a escándalos como Cristina le estorbaba en su vida profesional, amén de que nuestro matrimonio —y esto es lo central— había adquirido para entonces una consistencia que no logré imaginar durante las temporadas borrascosas en París y en Madrid.

Tanto esa solidez de nuestra vida en común como la solidez de su profesión acompañaron a Luciano hasta el fin de sus días. Murió a los sesenta y cinco años de una peritonitis, malatendido en un hospital de Atenas durante un curso de perfeccionamiento para pianistas de la Península Balcánica que él impartía contratado por la Fundación Lieberman.

Poco después de su muerte, y cuando yo había obtenido por fin el grado de gran maestra internacional de ajedrez, merced a un torneo abierto en Dublín y otro en Bruselas, renuncié a la Asociación de Intérpretes y regresé a vivir a México. Me vine aquí, a esta casa.

—¿A esta casa?

—A esta casa.

—Pero esta casa era de la familia Jiménez Careaga, señora.

Lo que quiero contar es mi encuentro con Carolina García a raíz de la muerte de mi padre. Nuestro lloradero al unísono cuando ambas evocamos al viejo, como le decía mi madrastra, incomprendido por todos desde siempre; por nosotras antes que nadie: ella como segunda esposa y yo como única hija no supimos, no pudimos, no logramos establecer esos canales de entendimiento que a los Sagitario con ascendencia en Tauro resulta muy difícil cuando de contactar con Aries se trata, dijo Carolina García, que era Sagitario y creía a pie juntillas en esa dificultad de salvar las barreras interpuestas por los astros en los signos zodiacales.

Confirmé lo que pensaba en Guanajuato cuando vivía mis simultáneas con Luciano y Lucio, lo que vi en ella durante esa breve estancia en la ciudad de México cuando el cumpleaños cincuenta y cinco de mi padre, en vísperas de mi estampida a Europa con Luciano: Carolina García no era la Pintarrajeada sinónimo de mala mujer, como tan fácilmente la encasillamos mi tía Irene y yo. Ciertamente fue difícil su matrimonio con mi padre —me confesó gimoteando—, porque mi padre era de mal carácter, manoteador, y la bebida le ganaba siempre los propósitos de buena conducta y las juramentaciones en la Villa de Guadalupe, y porque también ella —reconoció esa noche la Pintarrajeada— se dejó llevar por su adicción a los hombres y tuvo unos cuantos deslices con jovenzuelos calientes.

—Nada formal, Normita, nada formal. De no ser un romance más o menos sólido con un tal Paco, abogadillo de Tehuacán a quien iba a ver en escapadas súbitas a cada pleito con Lucas y pretextando que iba con mi familia, ¡y qué familia ni qué ocho cuartos tenía yo en Tehuacán! La pura comezón del sexo, Normita, ¿o no? Las calenturas de la piel cuando una se siente todavía joven y con muchas ganas de revolcarse con los hombres. No hay mejor placer, te lo aseguro, tú ya lo sabes desde que coges, Normita, ¿o no? Dios nos dio estas caderas y estas nalgas y estas piernas para abrirlas, para rodar y reír y la pura vacilada, ¿o no?

La Pintarrajeada estaba despintada y pálida, descompuesta, con su plumero de greñas. Traía un vestido negro de cuadritos blancos, hasta el tobillo, y no dejaba dos minutos vacío su caballito de tequila que llenaba y llenaba durante la plática, ya sin preguntarme a cada rato ¿no quieres?, porque me había negado desde el principio al tequila y sólo acepté una cocacola que se me iba entibiando en el vaso de plástico transparente. La verdad no quería beber ni la cocacola por miedo a que me dieran ganas de orinar y me viera obligada a visitar el cuarto de baño donde mi padre, de cara al espejo me imagino, o sentado en la taza del excusado, no sé, agarró la Smerling escuadra. Y ya.

Entre más escuchaba a Carolina García más me daban ganas de llorar. Llorar por ella, por lo que ella significó en la vida rota de mi padre, y llorar por lo descuidada que estaba nuestra casita de la calle de la Palma. No se la había dejado en testamento porque mi padre jamás firmó un testamento, pero Carolina García la consideraba evidentemente de su propiedad. Ni de ocurrencia le pasó por la cabeza que yo pudiera reclamársela, y no lo hubiera hecho nunca, la verdad, aunque la odiara. Y no la odiaba. Me daba lástima Carolina García. Grima revuelta con un poquito de asco y otro tanto de rabia. Estaba convertida en una anciana la pobre mujer: sucia y desbaratada como nuestra casita; triste y rota, ya lo dije, como la vida de mi padre.

Carolina García no se encontraba en México cuando sucedió lo de Lucas —así decía trabándose: lo de Lucas—. Andaba por Salina Cruz con la familia de su prima Toña, todos de oficio marinero. Agarró un Flecha roja apenas le telefonearon. Chille y chille todo el viaje porque se sentía culpable de haber abandonado a Lucas. Tenían por esas fechas siglos de no verse, y cuando ella se lo topó de nuevo el tipo ya era cadáver.

Llore y llore semanas enteras se pasó Carolina García.

Estaban de pleito, prácticamente separados, divorciados como quien dice, pero eso no impedía que se le vinieran encima todos los recuerdos de sus tiempos de amor, desde el coqueteo en la Secretaría de Hacienda y un acostón de maravilla en el Hotel Amatlán cercano al Zócalo, hasta el casamiento que Lucas se empeñó en consumar porque como a esposa la quería, no como a güila para un ratito. Y tanto la quería —continuaba gimoteando y bebiendo tequilas Carolina— que el viejo prefirió perder a su hija única y a su hermana del alma antes de renunciar al tal matrimonio. Y eso aquilata el valor y el amor de Lucas, por encima de todos los malos ratos y los malos tratos de los malos tiempos en su vida con él.

Lo que sí enfatizaba Carolina García era una cosa de mucha importancia para Normita, por si acaso la quieres investigar, muchacha:

—Lo de Lucas no fue un suicidio. Eso me dijeron, porque es más fácil para la policía dar carpetazo a los asuntos, pero un suicidio no fue. Fue un asesinato, Normita. No sé de quién porque en ese tiempo yo andaba ya muy alejada del viejo, pero sí de alguien con quien traía contras tu padre, eso te lo puedo jurar. Algún enemigo. Algún borracho enojado. Algún hijo de puta. Alguien mató a don Lucas, porque si de veras Lucas se hubiera pegado un tiro por su propia voluntad, lo menos que Lucas habría hecho como hace cualquier hombre en el momento mismo de la desesperación, era escribir una carta, o dejarme a ti o a mí un recado explicando las razones. Y no, no tenía razones para matarse. No tenía, Normita, no tenía, ¿o sí? ¿Un pinche jaque mate es suficiente para quitarse la vida? No. Claro que no. Ni maiz. Lo mató un enemigo cabrón e inteligente que maquilló el asesinato de suicidio y todos se tragaron el cuento, hasta tú, Normita, que cuando llegaste de Europa no dudaste de nada ni de nadie. Te dijeron suicidio y tú dijiste suicidio. Y expediente cerrado. Pero no. No no. Porque los suicidas dejan recados, como te digo, y porque nadie se mata a los setenta y pico de años por muy fregado que esté. Nadie, Normita, sólo los cancerosos. Y ahi te dejo la duda.

—Lo que también quiero contarte con detalle, muchacho, es mi venganza ejecutada a los pocos meses de que Luciano y yo regresamos a Madrid.

Una tarde en que tomaba una cañas y unas tapas en la Cervecería Alemana de la Plaza Santa Ana con mi amigo Maximiliano Bernal, el ingeniero geólogo y ajedrecista por añadidura, éste sacó a la plática, por purita casualidad, al gran maestro del ajedrez Benito Palomera, admiradísimo por Max. Palomera estaba de regreso en Madrid —dijo Max— después de una larga gira ajedrecística por Europa Oriental y la Unión Soviética. No le había ido bien en cuanto a sus tesoneras pretensiones de competir con Mijail Botvinnik por el campeonato mundial. Por no sé qué complicaciones políticas que Max me explicó pero poco entendí, los de la Federación Internacional habían puesto obstáculos a Palomera para un posible enfrentamiento con vistas a la defensa que haría Botvinnik de su título en la próxima primavera.

—El caso es que Palomera ya no tiene oportunidad de ser campeón del mundo, ¿eso me estás diciendo?

—Se aplazan sus posibilidades, Norma, se vuelven a aplazar —respondió Max que nada sabía, porque nada le había dicho yo, sobre el episodio de mi padre y Palomera en México y el posterior suicidio.

Pese a los avatares sufridos por Palomera en el extranjero, su regreso a España agitó como siempre el ambiente ajedrecístico madrileño; no en balde seguía siendo el número uno entre los grandes maestros internacionales de la Península Ibérica. Sus admiradores lo buscaban, querían verlo en público, escuchar sus consejos, aprender de su estrategia fría y fulminante. En razón de esta demanda estaba por celebrarse en los salones del Hotel Victoria, bajo el patrocinio del Banco de Vizcaya y las Galerías Preciado de Madrid, una exhibición de Benito Palomera en la que además de jugar simultáneas y partidas a ciegas, el campeón impartiría talleres relámpago para jugadores del nivel tres cuando menos, consistentes los tales talleres en el planteo sobre el tablero de problemas que los ajedrecistas inscritos deberían resolver frente a Palomera, llevándolo como contrario.

Pensando en mí como tallerista de ese próximo *Diálogo con Benito Palomera* —según lo anunció la Federación en un pequeño inserto aparecido en el diario *ABC*— Max Bernal fue a buscarme días después de aquella plática en la Cervecería Alemana, apremiante:

—Vamos juntos si quieres. Sólo son dos noches, jueves y viernes. Te garantizo que es un espectáculo ver jugar a Benito. —Me trataba de convencer como si yo me resistiera. —Igual invito a Luciano también, le puede interesar.

—Vamos tú y yo nada más —dije.

—¿Te inscribo entonces?

—¿En qué debo inscribirme?

—En los talleres, para que resuelvas problemas. Estoy seguro de que lo vas a impresionar.

—Vaya que si lo voy a impresionar —dije.

Nunca había entrado yo en el Hotel Victoria de la Plaza Santa Ana, muy cercano a la Cervecería Alemana y a espaldas de un prado triste donde meditaba la estatua de Calderón de la Barca. Sabía de las tradiciones del hotel porque alguna vez Luciano me contó que ahí se vestían de luces toreros como Manolete antes de dirigirse a Las Ventas, y el propio Max me habló de los torneos que celebraba la Federación Española de Ajedrez en los salones de la planta baja y a los que por desgracia nunca asistí. Precisamente en el Hotel Victoria se acababa de hospedar por una noche Mijail Botvinnik luego de recuperar el campeonato del mundo obtenido fugazmente por su compatriota Vasily Smyslov: oportunidad de retador que ya no tuvo Benito Palomera por razones de *política comunista* —decía la

revista *Gambito*—: *por los oscuros intereses antifran-
quistas de la Federación Internacional*.

Maximiliano Bernal llegó puntualísimo a mi
piso de Campoamor; justo a las seis de la tarde del
viernes, porque sólo el viernes decidí participar como
tallerista en aquel *Diálogo con Benito Palomera*.

Se sorprendió Max de verme con un abrigo
largo de gamuza sobre el vestido azul agua abierto en
un descarado escote, copia fiel del que llevaba Elsa
Rendón cuando causó, estupor en el Teatro de Bellas
Artes, de México, durante aquel concierto apoteósico
de Luciano.

Cuando me abrí en rendija las solapas del abrigo, Max no pudo evitar que sus ojos cayeran sobre las
curvas de mis pechos ventilados, y mientras formulaba
una broma que era a un tiempo un piropo —yo siempre tenía presente que Max vivía enamorado de mí—
preguntó por la razón de mi arreglo. Pocas veces, por
no decir ninguna, me había visto tan elegante y tan
maquillada —dijo—; como si fueras a la ópera, no a
un encuentro científico que no amerita tal atuendo. En
las simultáneas del día anterior —siguió "regañándo-
me" Max— nadie asistió siquiera medianamente elegante: era un exceso de mi parte no sólo el escote,
sino el abrigo de gamuza y el pequeño bolso de chaquira y el peinado copetón, y el brillante colgado al
cuello que Luciano me regaló en nuestro décimo aniversario de la fuga.

Max no fue el único a quien se le rodaron los
ojos sobre mi escote. Apenas me vio, Benito Palomera
levantó las horribles cejas rubias que le manchoneaban
la cara como signo distintivo. Era más feo que en las
fotografías a cada rato reproducidas en *Gambito* y hasta en el *ABC* o el *Ya!* Casi siempre las fotos lo mostra-
ban frente a un tablero, pensativo, concentrado, y eso
le otorgaba el aire intelectual y misterioso adecuado a
su personalidad. Su magnética personalidad lo hacía

sentirse y verse un hombre atractivo, pero enfrentado
así de pronto, visto como lo vi avanzar apenas llegué al
salón del Hotel Victoria en compañía de Maximiliano,
se antojaba un hombre feo: grotesco de la cara por sus
cejas horribles, y un tanto contrahecho, medio joroba-
do porque el pobre se había pasado la vida doblado
ante una mesa de ajedrez.

Me caló en el alma esa figura que me tendía la
mano, mientras con el descaro conquistado por su fama, me supongo, observaba las curvas de mis pechos
erguidos más por las trampas del vestido que por su
original naturaleza. Sentí asco al sentir su mano suda-
da, a lo que se añadía el odio hacinado en lo profundo
apenas supe que por culpa de este rubio miserable,
pedante genio del ajedrez, nauseabundo tipejo de
aliento a frituras y ajo sazonado, repugnante lombriz
de manos pálidas y uñas manicuradas, asqueroso desconocido, rata de sótanos, petrimete de mierda; por
culpa de este cabrón hijo de la chingada mi padre había muerto. Muerto, muerto, muerto antes de que yo
me encontrara de nuevo con él para tener la infinita
dicha de lanzarme a sus brazos y pedirle perdón.

Con la cabeza en otra parte, sintiendo la mano
pegajosa y el aliento a frituras, oía como rumor de piedras las frases de Maximiliano Bernal presentándome
ante el campeón español. Algo decía de mis hazañas de
niña prodigio, como niño prodigio han sido todos los
grandes ajedrecistas del mundo, por supuesto —pun-
tualizaba Max Bernal—: como fuiste tú, Benito, niño
prodigio y el ahora invencible varón que nos ha tenido a todos con el Jesús en la boca cuando te sabíamos
jugando con los mejores del mundo —insistía Max
Bernal, mientras Benito Palomera daba muestras de
empezar a interesarse no sólo por mis pechos agresi-
vos sino por lo que Max agregó de mí como jugadora
intuitiva, imaginativa, relampagueante dueña del centro del tablero.

Casi todas las grandes ajedrecistas son mujeres feas, había declarado Palomera a *Gambito* al responder con desenfado a la pregunta de si le merecían respeto las mujeres que juegan ajedrez. Eso le preguntaron. Si le merecían respeto las mujeres que juegan ajedrez. Y en lugar de responder el muy cabrón si sí o si no, respondió con lo que quiso ser un chascarrillo. Lo malo de las mujeres que juegan ajedrez —dijo Palomera al periodista de *Gambito*— es que todas son feas, por no decir horribles —todavía añadió el gran pendejo con una risa estúpida de maricón.

Se lo recordé apenas terminó el breve intercambio entre Maximiliano Bernal y Benito Palomera durante mi presentación.

—Qué belleza belleza —dijo Palomera, como relamiéndose sus ojos puestos en el brillante de mi escote.

—¿De veras? Usted dijo que lo malo de las ajedrecistas es que todas somos feas.

—Usted es la excepción —replicó. Y otro chiste: —La excepción confirma la regla, ¿no? —Se enderezó de inmediato: —Además, usted es argentina, me informa Max.

—Mexicana.

—Mexicana, sí, por supuesto, es lo mismo. Vale, mexicana. Nada que ver con las ajedrecistas europeas, nada que ver. Son feas las polacas, horribles las rusas, monstruosas las yugoslavas. Las ajedrecistas mexicanas son las únicas hermosas del mundo —volvió a sonreír.

—Usted estuvo en México, señor Palomera...

—Cómo no, sí. Hace tiempo, poco tiempo, estuve por allá en una exhibición.

Un viejo cortó la última palabra de Palomera. Llegó y señalaba hacia las mesas que se encontraban al fondo del salón. Eran diez o doce tableros preparados por Palomera con avanzadas posiciones de juego para que los ajedrecistas resolvieran problemas y recibieran del campeón, en cada caso, las observaciones, rectificaciones o correcciones pertinentes. Frente a cada tablero se hallaba una pequeña cartulina indicando las características del problema:

Juegan blancas y dan mate en dos.
Juegan negras y ganan en cuatro.
Juegan blancas y ganan.
Etcétera.

El viejo que interrumpía, a quien Max identificó como don Lope, se rascaba la cabeza con la punta de los dedos:

—Joder, señor Palomera, no le encuentro. No veo la manera de que ganen las negras. Joder.

—¿Tan difícil están? Son apenas de tercer nivel.

—Joder —repitió don Lope.

Palomera me tomó del codo con sus dedos pringosos para que lo siguiera en su camino.

—Vamos a ver, vamos a ver —dijo.

Max avanzó detrás y llegamos a la zona donde los talleristas analizaban sus respectivos problemas. Algunos proclamaban ya la venturosa solución y llamaban la atención del maestro para que confirmara sus aciertos. Palomera los detuvo con un gesto en su paso hasta lo tableros de don Lope, quien continuaba rascándose la cabeza.

Los tableros estaban así:

1. Negras juegan y ganan.   2. Blancas juegan y ganan.

Con su antipatía autosuficiente, Palomera ocultó con una sonrisa mentirosa su cara de tedio. Señaló el primer tablero. Miró a don Lope:

—¿Cuál es el problema?

—Quién coños frena ya a ese peón blanco, maestro. Corona porque corona, ¡como que yo lo sé!

Palomera giró hacia mí:

—¿Qué dice la argentina?

—Que me decepciona, maestro —respondí—. Pensé que su taller era serio y me encuentro con problemas de párvulos.

—Tercer nivel —dijo Palomera.

—Qué tercer nivel ni qué ocho cuartos. Una burla. —Llamé la atención de Maximiliano: —Ven a ver estos problemas, Max, para que digas si tengo razón.

Mientras Max examinaba las posiciones, Palomera entrompó la boca. Se veía molesto y eso me hacía feliz. Los problemas eran francamente ingenuos; me habían bastado treinta segundos para resolver los dos tableros de don Lope.

—Vamos a ver —dijo Palomera—. Quiero verla.

Fui al primer tablero:

—Con forzar el cambio de damas, las blancas están perdidas. El peón no corona nunca. Al final quedan las negras en ventaja.

—¿Quiere intentarlo conmigo?

—Por Dios, maestro, no se burle. Si yo llevo negras le gano a ciegas.

—¿Y en el segundo tablero? —preguntó don Lope.

Me dirigí a don Lope como si fuera el único ser existente en todo el Hotel Victoria:

—Enfile la torre blanca de la izquierda con la torre del rey, y ya con eso puede cantar aleluya. —Luego al campeón español: —¿A eso vino? ¿A tomarnos el pelo?

Como mi tono de voz era alto, muy alto, algunos participantes se aproximaron. El español volvió a tomarme del codo con su mano apestosa y me llevó lejos de los talleristas. Me dijo quedo, echándome en la cara su tufo:

—Allá adentro tengo el final de la última partida entre Botvinnik y Smyslov. La reto a que lo resuelva.

—¿A mí, maestro?

—Eso no es un problema de párvulos, señora. Me gustaría averiguar si una dama tan bien provista y tan jactanciosa es capaz de proponer una variante mejor que la de Smyslov.

El pequeño salón, próximo al área donde se celebraba el encuentro, parecía una suite principesca. La amueblaban un amplio sofá de cuatro plazas y un sillón de respaldo alto, invadidos ambos por apretados cojines de colores. Las paredes, tapizadas de piso a techo por lienzos colorderrosa sobrecargados de guirnaldas y motivos florales, generaban el ambiente opulento. En el centro pendía un candil exuberante y sobre el piso se derramaba una alfombra que supuse de origen persa.

—Adelante.

Desde la puerta, al abrirse, llamaban la atención las enormes piezas de ajedrez dispuestas, sobre el tablero de una mesa laqueada, en un final de partida que en ningún momento me propuse analizar. Frené a Maximiliano Bernal cuando mostró intenciones de cruzar conmigo en seguimiento de Benito Palomera que entró primero, como abriendo camino.

—Déjame —le dije.

Max balbuceó mi nombre en señal de advertencia. Parecía preocupado. Sabía seguramente cómo se las gastaba con las damas el Benito galán.

—Déjame —le volví a decir—. Yo me sé cuidar de este pillo. —Y le cerré la puerta de sopetón.

Palomera había avanzado hasta el fondo de la suite y se desprendía ya del saco de su traje blanco, elegantísimo. Lo arrojó sobre el sofá. Hasta ese instante reparé en sus ridículos zapatos de charol negro que hacían juego —pensaba el muy cursi— con su corbata oscura salpicada de florecitas y cuadritos amarillos.

—¿Champán?

Con su terca sonrisa de prepotente se dirigió a una vitrina chaparrona sobre la que se enfriaba, en la hielera de plata, una botella de la Viuda de Clicquot. No entendí qué hacían allí esa botella, ese par de finísimas copas de cristal, esos platitos con jamón y mejillones y quesos en variedad. Todo parecía dispuesto de antemano para un encuentro como el que suponía estar culminando conmigo; como si lo hubiera previsto, como si hubiera adivinado que una mujer de escandaloso escote se iba a poner a su servicio para un gambito de dama.

Mientras llenaba las copas, a la distancia, mencionó la partida inconclusa.

—Usted es Smyslov, señora. Lleva blancas. Es su turno.

Le rompí el tema sin aproximarme un centímetro.

—Me estaba contando de su experiencia en México, maestro. No acabó de decirme.

—Qué le puedo decir, señora. Fue una gira como tantas, la he olvidado. Muy breve. Cansada. Exhibiciones, partidas de simultáneas, talleres como éste... para párvulos, según le parece. —Y volvió a sonreír con sus dientes igual de blancos que su ridículo traje blanco.

—Yo soy la hija de don Lucas Andrade, señor Palomera.

—¿Quién?

—La hija de Lucas Andrade. Él era mi padre.

Me sacó de quicio su cara de no sé. Me irritó que simulara desconcierto ante un nombre y un apellido supuestamente extraviados en el tráfago de sus giras y sus torneos. Olvidado ya de su víctima el criminal. Ajeno al estallido de un trueno en la casita de la calle de la Palma.

—¿Lucas Andrade? —preguntó por fin. Puso cara de estúpido ignorante pero yo lo vi encajar la botella en la cubeta de hielos con un ademán incierto, tembloroso.

—¿Ya no se acuerda, maestro?

—Qué.

—Usted jugó con él una partida de apuesta. De apuesta, maestro. Alevosa. Criminal. Cincuenta mil dólares, ¿se acuerda?

—Ah.

Pareció relajarse. Suspiró de a de veras:

—Supe del incidente. Me lo contaron el mismo día que viajaba de regreso. No sabe cuánto lo lamento, señora.

Ya no esperé más. Introduje mi mano en la bolsita de chaquira y extraje la pequeña Smerling escuadra calibre 22. Avancé dos pasos. Le apunté al pecho.

—No juegue, señora.

—No juego, maestro. Voy a disparar.

Se había literalmente congelado: tieso, inmóvil, incrédulo ante la amenaza de mi pistola, aunque un temblor como de Parkinson le hizo sacudir ligeramente la mano con que sostenía una de las copas llenas de champán.

—Voy a disparar, hijo de puta, para que se vaya de una vez al carajo.

Lívido lívido lívido Benito Palomera. Blanco como sus dientes y su traje y la reina blanca en la casilla blanca del tablero enorme.

—Aguarde, señora...

Juro que fui al Hotel Victoria con la decisión de jalar el gatillo sobre el miserable, pero no tuve necesidad de hacerlo Virgen de Lourdes, ángel de mi guarda, mamá Luchita... Un gargajo de espuma epiléptica apareció en la esquina de su boca, y Benito Palomera se desvaneció como una lona a la que de pronto arrancan su poste central.

En un instante se desmoronó sin ruido sobre la alfombra persa.

Me quedé atónita mirando cómo una mancha oscura, a la altura de su bragueta, nacía y se extendía en una larga oleada sobre el traje estrujado por el calambre que arrugó en el piso a Benito Palomera, junto a la copa añicada.

Y del alma, del alma misma me brotó la risotada. Vengan a ver a su campeón desmayado, sincopado, perdido, orinado, cagado. Pinche rey de ajedrez tendido sobre la alfombra por el jaque mate fulminante.

Correr de gente por todo el Hotel Victoria. Gemidos y gritos de alarma. Maximiliano Bernal que se inclina sobre el cuerpo convulsionado para tratar de revivirlo. ¿Pero qué diablos pasó? Telefonemas de urgencia a todas las ambulancias de Madrid. La mentada Imelda Serrano que baja toda greñuda del tercer piso y trata de alzar a su campeón y se mancha de orines y se embarra de caca y echa a perder su pañuelito con las babas que le escurren al tipo por toda la barbilla. Los organizadores del evento que aspavientan de gritos el lugar. Los talleristas que preguntan. Los huéspedes que se asoman. Murmullos. Chascarrillos. Palabrotas. Burlas. Risotadas. Orinado. Cagado. Todavía muerto de miedo el campeón cuando revive y pregunta sandeces y busca los ojos de Max y llora. Me quiso matar, me quiso matar, me quiso matar esa miserable puta, maldito Max, de dónde la sacaste. Me estoy muriendo, coño, ¿pues qué no ves?

Patético. De risa loca, diría mi tía Francisca si estuviera aquí.

Y regresé a mi piso en Campoamor. Y me abracé a Luciano con todo el frenesí de mi venganza cumplida de un modo que nunca imaginé, Luciano, ni siquiera fue necesario disparar la Smerling, ¿cómo ves? Le di su jaque mate así y del puro susto azotó el cabrón. Y Luciano se echó a reír y me volvió a abrazar, y juntos nos lanzamos a la hazaña de ganarnos el mundo uno con otro: el uno mío con el otro de él, entre victorias y derrotas como en el juego, entre ilusiones y tropiezos como en la vida, entre dolores y penas y pactos renovados de vivir siempre juntos suceda lo que suceda, conste: Luciano vibrando las teclas de su Steinway por aquí y por allá, yo perdiendo y tableando y ganando partidas de ajedrez por los casinos de Europa y en torneos que me daban un nombre, por fin, de gran maestra, señora gran maestra internacional: un título, un diploma, una forma de ser, una asumida ilusión de volver a vivir como la chiquita Capablanca en aquel añorado club de San Juan de Letrán al lado de mi padre, en el sol de mi infancia.

Así hasta mi vejez. Como la quise, así llegó. Frente a un tablero y con relojes y jueces y testigos. Este tablero que tengo aquí, al que toco y me inclino con las últimas piezas de un final de partida.

—Ahora sí ya me puedo morir, muchacho. Muchas gracias.

Capítulo X

Era jueves. Después de mi entrevista a Porfirio Muñoz Ledo y de cubrir la manifestación de los taxistas en el Zócalo llegué a la redacción del periódico cansado y malhumorado. Muy tarde. Me llevaría hasta las once o doce de la noche redactar las dos notas, aunque podía dejar para el sábado la entrevista —no era en realidad urgente, ni siquiera una buena entrevista; Muñoz Ledo andaba de mamón— y concentrarme en la crónica de la manifestación para salir del periódico antes de las diez y alcanzar a ver con María Fernanda el especial del Canal 40. No ameritaba la mentada manifestación más de cuatro cuartillas, cinco cuando mucho con el esquema de siempre.

Ya había resuelto el *lead*, ya tecleaba encarrerado por la cuartilla dos cuando recibí el telefonema. Otra vez sin molestarse en preguntar quién me llamaba —esta niña no entiende—, Mónica me pasó directo la comunicación.

—Mendieta. Quién habla.

Tardé en entender porque tardé en reconocer la voz de la enfermera que se dirigía a mí sin presentarse, sin disculparse, sin aclarar sobrentendidos, como si estuviéramos habituados a telefonearnos todos los días. Y no. Nada más lejano a eso. Ésta era la primera o la segunda vez cuando más que la enfermera de Córdoba 140 se comunicaba conmigo a la redacción. Su llamada pertenecía a otro mundo. Era de otro mundo porque yo había intentado separar con mente esquizofrénica los asuntos del periódico de los asuntos relacionados con la abuela para que en el transcurso de la semana, durante mis horas de reporteo, las preocupaciones periodísticas no se mezclaran con ese mundo que no obstante mis esfuerzos me empezaba a crecer en el papel, y sobre todo en el alma, como los monstruos parásitos de la ciencia ficción que se enquistan en sus víctimas hasta exprimirles la última gota de sangre. Como una víctima de la obsesión por la abuela empezaba a sentirme a diario cuando en el auto camino de la escuela con mis hijos, en casa con María Fernanda, en el café con la tropa de reporteros, incluso durante una manifestación, una entrevista, un acto público, mi mente obstinada rompía los linderos de la esquizofrenia y daba un brinco mortal hasta Córdoba 140 o, lo que es peor, hasta los escenarios mismos donde se desarrollaban las narraciones de la abuela: el Hotel Victoria de Madrid para las exhibiciones de ajedrez de Benito Palomera, la casona en Guanajuato durante los conciertos de Luciano en el Chase and Baker, las callejuelas cercanas a Pigalle donde asesinaron a Lucio, la desaparición de Luchita a la muerte de Heriberto Conde.

—¿En qué estás pensando? —me preguntaba María Fernanda.

—Por dónde chingados la giras que no pelas a nadie —protestaba Luis Moreno en El Negresco de Balderas.

—¿No me oíste, no me oíste? —me sacudió Mónica—. Te anda buscando el director.

Te veo distraído. Estás como zonzo. ¿Te sientes mal? ¿Andas enfermo? ¿Tienes problemas en tu casa? ¿Necesitas un permiso? ¿Te crees la divina garza?

—Lo mejor será mandarte a Chiapas para ver si los retos cabrones te sacuden, Mendieta. Tú no eres para notas cajoneras.

Pero en lugar de mandarme a Chiapas mi orden de información de ese jueves decretaba conver-

sar con Muñoz Ledo (*pícalo, que te cuente los pleitos
internos en el partido, que se encrespe, que suelte la
sopa*) y cubrir la manifestación de taxistas (*con muchas
opiniones, con mucho color, mucho color, al estilo
Monsiváis*).

Colgué el teléfono.

—¿Pasa algo? —preguntó Mónica mientras me
dirigía al escritorio de Luis Moreno para pedirle un pa-
lomazo.

Era jueves y había dejado de llover. Calaba el
frío.

La reja entreabierta permitía cruzar por la amplia rendija sin mancharse la ropa con el agua y el lodo
del fierro mojado. En el lóbrego porche, mientras me
aproximaba por el camino de losetas, distinguí a un
grupo de cuatro o cinco personas que de momento parecían estatuas pero en un instante empezaron a moverse, a girar, a levantar acompasadamente los brazos
sin grandes ademanes ni desplazamientos, como si los
cuatro o cinco fueran muñecos del reloj suizo de un
monumento gótico dando la hora. Cuando pasé a su
lado sin saludarlos siquiera con el habitual movimiento
de cabeza, escuché frases, palabras sueltas, interjeccio-
nes, murmullos de enjambre, pero no alcancé a enla-
zarlos en un trozo de discurso.

Entré en el vestíbulo y me brincó más gente en
el salón grande y en los pasillos oscuros, tenebrosos.
Sólo reconocí a don Venancio Méndez, el anticuario,
en charla susurrante con aquel hombrecillo calvo a
quien vi cuidar durante la mudanza abusiva, cual si se
tratara de un cofre de cristal, el Chase and Baker de Luciano Lapuente. El hombrecillo me sonrió al paso, pícaro: parecía un duende cómplice de alguna travesura
ignorada por mí, y antes de que yo tuviera tiempo de
corresponderle con una sonrisa gentil, él me lanzó un
gesto obsceno con su derecha —eso creí ver— al tiempo que tomaba del antebrazo al anticuario y se perdían

ambos por el fondo del salón desierto que precisamente ellos se habían encargado de ir vaciando a lo largo
de los años.

Advertí que casi todos los reunidos en la oscura
planta baja de Córdoba 140 eran personas maduras, en-
caminadas hacia la vejez la mayoría, aunque no faltaban un par de jóvenes varones elegantes y una pálida
muchacha de negro cuyos rasgos faciales, muy a la pasada, se me antojaron emparentados con las facciones
de la Norma joven de la fotografía colgada atrás de la
mecedora.

Al pie de la escalera, cuando acababa de hacer
girar su cuerpo robusto, liberada por vez única del uniforme blanco, vestida con un sastre de dos piezas gris
con rayas perla finísimas que la hacían verse definitivamente atractiva porque además su cabello recién
cortado caía suelto a la altura del cuello y sus labios eran
de un rojo bermellón y su cutis delataba por una astilla
de luz una capa de *make-up* y sus ojillos negros parecían más intensos; cuando completaba el giro de su
cuerpo al pie de la escalera la vi y creí reconocer, tardé
en reconocer, reconocí, si acaso digo bien, a la fiel enfermera de la abuela.

Sonrieron hacia mí sus labios en punta de corazón.

Yo mostré la intención de estrecharla con un
abrazo fuerte, conmovido, sincero, pero ella echó un paso atrás para evitarlo y a cambio me tendió como un
freno su derecha que oprimí y mantuve unida a la mía
más de cuatro, cinco, seis segundos cuando ya el sudor
de la enfermera se hacía sentir en mi palma.

Nos miramos.

—¿Quiénes son? —le pregunté con impruden-
cia, abrupta mi reacción. Y en referencia vaga señalé
con un giro del mentón a la gente que apenas se
movía en las tinieblas del salón grande y en torno al
vestíbulo.

Me respondió con voz apenas audible:

—No me lo va a creer pero conozco a muy pocos. —Acerqué mi oído izquierdo para escucharla. —Algunos son conocidos de la señora o parientes lejanos de Guanajuato.

—¿Cómo se enteraron? ¿Y cómo llegaron tan pronto?

En lugar de responder se puso a dar discretos empujoncitos con la cabeza:

—Aquél es don Venancio Méndez y el afinador de pianos don Tirso. Ésa de allá es la costurera Catalina Pío, está junto al doctor Gutiérrez. Ése es el doctor Luis Miguel Gutiérrez que ha cuidado todos estos años de la señora. (Era un geriatra joven pero muy canoso, como si se hubiera contagiado de la ancianidad de sus enfermos.) Y Estercita Rubio y Marisol Río: amigas de la señora desde que vivía el doctor Jiménez —seguía siseando la enfermera—. Ése de allá es un ajedrecista del club, pero no sé cómo se llama; sólo lo conozco por Simón. Don Simón. A él le iba a regalar el tablero y las piezas, ¿se acuerda?, pero terminó llevándose todo don Venancio. Y la de allá, ésa, la del cabello blanco y lentes redondos es la profesora Ernestina Limón, la directora de la escuela especial, la de niños down.

—¿Ernestina Limón? ¿No es pariente de Daniel Limón?

—¿Quién es Daniel Limón?

—El pintor. El autor de los cuadros que están allá arriba.

La enfermera sonrió con un visaje de mofa. Observada sin el uniforme y tan arreglada como se puso adquiría la donosura de una dama de mucha clase.

Dijo burlesca:

—Usted se creyó siempre todas las historias de la señora, ¿verdad?

—Daniel Limón existió, fue un personaje de verdad.

—Pues pregúntele a la profesora, a lo mejor sí es pariente de este que usted dice y lo saca de dudas, y le da la razón —volvió a sonreír.

Avancé unos pasos hacia el espejo de gran marco dorado frente al que Ernestina Limón se había detenido a conversar con un anciano que empuñaba un paraguas como bastón y no alcanzaba a reflejarse en el espejo que casi alcanzaba el techo. Aunque la ausencia de reflejo se debía sin duda al ángulo desde el cual observaba yo al anciano del paraguas, el efecto resultaba impresionante y hacía pensar en un vampiro. Era una tontería considerarlo así, desde luego; sin embargo, en un ambiente penumbroso como aquél, donde un puñado de amigos y conocidos de la abuela parecían congregarse para acompañarla, la idea de estar junto a fantasmas que se deslizan por los pasillos, que se mueven a pausas en el porche, que danzan en el tenebroso salón grande o están a punto de flotar en lugar de subir las escaleras no se antojaba de manera alguna un pensamiento extravagante.

Me acerqué con otro paso más:

—Perdón que la interrumpa, profesora, pero quisiera preguntarle si es usted pariente de Daniel Limón. Del pintor Daniel Limón.

Ernestina Limón quitó los ojos del anciano vampiro del paraguas y me los puso a mí junto con una sonrisa afable.

—Me ausento —dijo el vampiro del paraguas.

—Espéreme, espéreme —lo detuvo la profesora—, me voy con usted, don Pepe.

Se dirigió a mí: —Así que Normita te contó la historia de Daniel Limón, eh. También a ti.

Necesitaba apresurarme porque tenía la impresión de que la profesora y el anciano estaban a punto de trasponer la puerta principal filtrándose, convertidos en humo, en viento helado de muerte. Directo afirmé:

—Es usted su hija.

El vampiro del paraguas dijo adiós sacudiendo los deditos, cruzó el vestíbulo y abrió la puerta hacia el porche antes de que la profesora Ernestina me respondiera. Ella había dejado de sonreír. No parpadeaba.

—¿Es usted la hija de Daniel Limón? —insistí, ahora en tono interrogativo.

La mano de la profesora, una mano que parecía sin color, sin peso, sin sentimientos, se posó brevemente en mi hombro. Sus anteojos redondos reflejaron la tímida luz de una lamparilla colgante que se multiplicó en esquirlas y su cabeza se movió con sentido negativo. Fue detrás del anciano, como un ave. Antes de salir al porche se volvió y me dijo:

—Desgraciadamente no.

Así como me atreví con la directora de la escuela especial para niños down, y luego con la pálida muchacha de negro y con el notario don Gaspar, así debí atreverme con todos los concurrentes a Córdoba 140 poniendo en práctica mis artes de reportero. Era la ocasión idónea y la dejé transcurrir como un estúpido. Los tenía a tiro de piedra para confrontar sus versiones particulares con las historias de la abuela acumuladas durante esos dos años —¿fueron de veras dos años?— en que me terminé perdiendo por los laberintos de una anciana mentirosa. Si era o no mentirosa, o mentirosa a medias, o fantasiosa como la Scherezada que a fuerza de contar y contar y contar conseguía detener la muerte entrevista detrás de las puertas o debajo de la mecedora, era ésa la oportunidad para descubrirlo de una vez por todas. No me porté como el reportero recién graduado en la Septién García pronto a atiborrar de preguntas al puñado de concurrentes a Córdoba 140 y la oportunidad se fue. No sé por qué no pude. Aún no me lo explico. Tenía miedo, seguro. Estaba impresionado, en desconcierto. Me sentía un deudo más con ganas de soltarme a llorar, qué ridículo.

—¿No va a subir? —me preguntó la enfermera—. Arriba sólo queda don Gaspar el notario.

La enfermera seguía inmóvil en el primer peldaño despidiendo a otra pareja de enlutados que descendía. Sentí su mirada a mis espaldas acompañándome
en el ascenso.

Don Gaspar el notario era sin duda ese pequeño viejo sentado en el borde de la mecedora, detenien-
do con sus piernas clavadas a la alfombra el posible
vaivén del respaldo. Sostenía con la derecha una taza y
su platito de porcelana y miraba hacia el fondo del té
naranja que removía con una cucharita. No alzó los ojos
cuando crucé a su lado rumbo a la recámara principal
donde yo nunca había entrado.

Al llegar a la puerta que se abría me topé con
sorpresa con la pálida muchacha de negro a quien di-
visé al llegar, en el salón grande de la planta baja. En
ningún momento la vi subir porque seguramente abrió
las alas y voló al piso alto por una ventana, sobre la araucaria del jardín y entre la balaustrada superior corona-
da por absurdos cisnes de piedra, y volando se coló
por las contraventanas al interior de la alcoba. La detuve bajo el quicio, más con el ademán que con mi contacto en su antebrazo. Se sorprendió.

—Perdone. Disculpe...

—¿Sí?

—¿Es usted pariente de la señora Norma?

Casi sin mover los labios dijo No con la nariz.
Parecía nerviosa.

—Pensé... Perdone.

—Mi abuelita fue muy amiga de doña Norma
—se animó. Tenía una voz clara, como de cristal—. Su
mejor amiga, decía mi abuelita. La conocí por ella, y
aunque sólo venía a verla muy de vez en cuando la
quise mucho.

En sus relatos, según mi memoria, la abuela
nunca me habló de amigas. Fui poco amiguera, me de-

cía. De no ser en su juventud de México, claro está, con Paquita Suárez.

—¿No fue Paquita Suárez su abuelita? —pregunté atropellado.

—¿La conoció usted? —se sorprendió nuevamente la muchacha.

—Por la señora Norma. Sólo de oídas.

—Mi abuela Paquita murió hace como diez años. Ella me traía a visitar a doña Norma. Y luego que murió yo seguí viniendo a ver a doña Norma de vez en cuando porque me contaba muchas historias de todas las vidas que vivió en esta/

La pálida muchacha de negro se interrumpió de golpe. Del pasillo le llegó la mirada punzante de un hombre moreno, canoso, aprisionado dentro de una vieja chamarra azul. También sus zapatos tenis eran viejos y estaban manchados de lodo.

—Perdón —dijo la muchacha—, tengo que irme.

Supuse que el hombre acababa de llegar a Córdoba 140 y había subido corriendo las escaleras. Jadeaba. Su aspecto me hizo recordar a los pintores chamagosos —como los llamaba la abuela— del taller de Daniel Limón, aunque era absurdo pensar en Florentino. Habían transcurrido muchos años, demasiados para sobrevivir.

—Espérate —la detuve—. Cómo te llamas.

—Tengo que irme. —Y se dirigió pronta al chamagoso de los tenis enlodados. El chamagoso me censuró con un chasquido y atrapándola del antebrazo se llevó por las escaleras a la pálida muchacha de negro.

Se me escapaban todos, sin remedio, como si estuviera tratando de agarrar peces dentro del agua.

Entré por fin en la recámara de la abuela, sumida en una oscuridad que sólo la luz ámbar de una veladora eléctrica interrumpía desde el buró. Entre las sombras, muebles como de principios de siglo cuya propiedad era atribuible al notario Jiménez —y que en situación de condenados a muerte aguardaban la codicia de don Venancio— repletaban el sitio: un ropero enorme, dos cajoneras de las llamadas *chiffoniers*, dos burós, una vitrina rinconera, un secreter, una mesita con dos sillas y un sillón reposet utilizado seguramente por la enfermera para velar el sueño de la abuela. Contrariaban la armonía de las valiosas antigüedades los tanques de oxígeno e invadían las paredes imprecisas fotografías enmarcadas, un par de óleos siqueirianos semejantes a los del salón verde y en la cabecera una reproducción enorme, barata, sin valor artístico, de la Virgen de Lourdes. Sobre las superficies del buró y de las cajoneras se repartían frascos de medicinas, bandejas de enfermería, un cómodo de hospital, además de papeles en desorden y objetos y adornos imposibles de distinguir. A pesar de eso yo quería registrar todo, inventariar hasta la más pequeña figura de porcelana porque en realidad tenía miedo de centrar mi vista en la cama donde yacía el cadáver de la abuela.

Me aproximé, no tuve más remedio.

La enfermera había vestido a la abuela con un traje azul oscuro, con chaquiras, que parecía de fiesta, como para la ópera. Le cruzó sus manos deformadas por la artritis sobre el pecho, aunque no pudo evitar que los dedos se crisparan como las garras de un buitre. El cabello me sorprendió por blanquísimo, como si la enfermera se lo hubiera teñido esa misma tarde, lo que contribuía a subrayar esa extraña belleza que sólo ahora, de manera inverosímil, recuperaba la lozanía de su juventud, cuando enamoró a Toño Jiménez, a Daniel Limón, a Lucio Lapuente, a Luciano, a André Lipstein, a Maximiliano Bernal, qué se yo a quién más y a todos juntos en simultáneas, a Luis también, a Luis Lapuente, lo olvidaba, lo olvidó ella siempre en sus relatos. Pronto esa piel añosa del semblante, en esos momentos lozana, repito, empezaría a contraerse en su deterioro imparable hasta quedar convertida en la máscara de papel maché de una momia que ya nunca veríamos, por fortuna.

Esto poco era ya lo que restaba de la abuela, pensé, de todas sus vidas, de todos sus placeres, de todos sus dolores, de todas sus mentiras.

Luego de suspender a medio viaje el beso con el que estuve a punto de acariciar su frente, salí trastabilleando, tropezando con sus pantuflas horribles, y en el pasillo me encontré con don Gaspar el notario.

—No te aflijas, muchacho —me tuteó—. Ya está descansando.

—¿Usted es el notario? —pregunté. Y tras la afirmativa implícita agregué otra pregunta con lo poco que en ese instante me quedaba de reportero: —¿Hizo testamento?

—Normita se pasó haciendo testamentos toda su vida —respondió don Gaspar—. Tengo siete. El último lo firmó la semana pasada. Le dejó todo a su primo de Guanajuato, tú debes saber. El padre Luis. Fray Luis Lapuente, de los franciscanos.

Sin despedirme de la enfermera y cruzando a través de los cuerpos opacos de los fantasmas huí de Córdoba 140 cuando empezaba a caer de nuevo una lluvia torrencial. En mi Tsuru blanco vagué por calles y avenidas más allá de Ciudad Universitaria, casi hasta la salida a Cuernavaca, maldiciendo a la abuela —qué tontería— por haberse muerto sin desenredar la madeja de esa historia que me dejó embrollada en capítulos y vidas inconclusas, atrapada mi tarea en una leyenda con finales dispersos imposibles de ordenar. Estúpido yo, me repetí porque me dejé engatusar y perdí mi tiempo sin llegar absolutamente a nada, pensé: pensaba herido por el dolor de una muerte que ni siquiera me permitía llorar.

Regresé a mi casa después de media noche. Al amanecer conté a María Fernanda el deceso de la abuela y el sábado temprano salí rumbo a Guanajuato.

Tardé en encontrar el viejo rancho de Los Duraznos, nadie me daba razón, pero lo encontré al fin gracias a un bolero que me lustró el calzado en el monumento al Pípila y me dijo que su padre fue ordeñador de vacas en la pasteurizadora de doña Norma. Ya no existía el rancho como tal. Las enormes hectáreas de labor y de pastura para los toros de lidia habían sido vendidas y fraccionadas, y las instalaciones avícolas, las pasteurizadoras, los criaderos, las huertas, terminaron sucumbiendo igual a como sucumbieron sus dueños en su derrumbe trágico, diría Aristóteles. Sólo quedaba en pie la casona abandonada, sin muebles, semidestruida, ofertada en venta por la inmobiliaria del Grupo Kirsa.

Al recorrer la casona con ánimo de ratificar o rectificar luego en mi escrito las descripciones de la abuela, admiré la construcción enclavada junto a la huerta primigenia de duraznos, ahora en el desgaste del descuido. Ahí estaba el salón principal de techos altísimos, sostenidos por vigas de grosor increíble donde resonó su música el Chase and Baker traído de casa del profesor Marañón para la inexistente Lucrecia; ahí el comedor, vecino de la enorme cocina de la tía Francisca repleta de peroles extraviados, y la escalera que trepaba despacio, lentamente, a la planta alta poblada de habitaciones. La que ocuparon la tía Irene y la joven Norma conservaba su terraza hacia el prado de los papalotes convertido luego en el espacio donde Lucio Lapuente erigió, al unirse con Norma, la casa propia donde nació Luchita y a la que asaltó Luciano como un bandido para disparar contra su hermano mayor. Era cierto entonces que Lucio y Norma se casaron porque ahí permanecía la casa, descarapelada y triste, agónica, sin vida, mirando entre hierbajos e higueras retorcidas hacia el barandal de la terraza.

Entré en la biblioteca del tío Grande. Sobre las duelas anchas, pandeadas por la humedad, como soli-

tario testigo del naufragio, se mantenía no sé por qué
un sillón desvencijado, cojo, de alto respaldo y brazos
firmes. Contra la pared: los esqueletos de dos vitrinas
para libros, muy altas y muy anchas. En una de ellas, el
desastre respetó una media docena de libros encuader-
nados en piel. Tomé al azar un par. En la Editorial So-
pena, pero empastado el volumen en color vino, Dos-
toievski seguía ofreciendo el drama de Raskolnikov. Al
hojear el libro vi caer, como le ocurrió a la Inés del Te-
norio, un papel amarillento doblado en tres. Contenía,
reproducido a mano con letra pálmer menuda y clara,
un verso célebre de Neruda:

> *Para Norma*
> *Me gustas cuando callas porque estás como ausente.*
> *Distante y dolorosa como si hubieras muerto.*
> *Una palabra entonces, una sonrisa bastan.*
> *Y estoy alegre, alegre de que no sea cierto.*
>
> *Luis*

También era cierto entonces, me dije, aquello de los
versos del joven Luis Lapuente para Norma que aparecían bajo una pastilla de jabón, o en el tablero de ajedrez, o entre las páginas del libro que la musa leía.

Escuché a mis espaldas una voz gangosa:

—¿Usted conoció esta casa?

Al volverme descubrí al cuidador que me había
permitido asomarme a Los Duraznos. Era un viejo en-
teco y rengueaba.

—En sus buenos tiempos no había nada igual en
Guanajuato, por Dios santísimo. Ahora lo tasajearon todo y nadie quiere comprarla, no sé por qué. Decían que
el gobernador estuvo en tratos para quedarse con todo,
hasta donde llega la huerta, y venía muy seguido por
aquí. Luego dejó de venir, quién sabe qué pasó.

—Es del padre Luis, me dicen —comenté—. El
padre Luis Lapuente.

—De eso yo ni idea —gangoseó el viejo—. A mí me pagan los de la compañía. La señora Infante viene cada quincena y me da mis centavos.

—¿Y el padre Luis?

Acicateado por mí y por un par de billetes después de argüir ignorancia, abundar en pretextos, el cuidador me proporcionó información suficiente, elemental, para encontrar al padre Luis. Sí, lo conocía y vivía en Guanajuato de mucho tiempo atrás: tenía a su cargo el templo de San Diego.

No lo pensé dos veces, con celeridad para que no me sorprendiera la noche, entré en mi auto y volé al templo de San Diego, en el mero corazón de Guanajuato: frente al Jardín Unión y callejuela de por medio del Teatro Juárez. Recordaba de un viaje anterior la joya colonial, aunque hasta ahora reparé en su bella fachada barroca, muestra de lo que debió haber sido el colosal convento franciscano.

Aún se podía entrar en el templo, para mi fortuna, salpicado en su interior por unos cuantos fieles. Una beata de rebozo y brazos delgadísimos, como varas, arreglaba en la zona del presbiterio las flores para las misas del domingo, supuse. Me dijo sin mirarme siquiera que el padre Luis andaba por Salvatierra o San Miguel de Allende, no estaba muy segura dónde, porque el padre Luis no tiene paradero, así me dijo.

—Con todo y sus años, ya lo ve, corre de aquí para allá en sus misiones y quehaceres. Cuando no está dando ejercicios a las carmelitas, se queda a dormir con los viejitos del asilo o echa viaje para las rancherías. Le gusta visitar a los pobres y a los enfermos, ya se sabe. Lo quieren, lo necesitan. Es un santo.

—Entonces no está aquí.

—Sí está aquí pero no está ahorita —explicó la beata sin dejar de manipular sobre los jarrones de latón. Le estaban quedando muy bien los arreglos de azucenas y gladiolas blancas y ramos de nube; se lo dije.

—Gracias, señor —me miró—. El que le puede dar razón es fray Esteban.

Fray Esteban escapaba de un confesionario. Vestía el hábito de franciscano pero lo presumía como si llevara un atuendo de príncipe. Él confirmó que el padre Luis —no lograba controlar el amaneramiento de su voz y de sus gestos— estaba en San Miguel de Allende impartiendo ejercicios espirituales. Si tanto me urgía lo podía encontrar aquí después del domingo, el lunes, a más tardar el martes —dijo. Y me despidió con un guiño.

No encontré el lunes al padre Luis —al parecer se había quedado sermoneando monjas en San Miguel de Allende—; me recibió el martes por la tarde en una pequeña estancia de la casa cural arrimada al trasero del templo. Cuando entré se balanceaba en una mecedora que me recordó la mecedora de la abuela y tenía un libro abierto en las manos. De un moderno aparato estereofónico con bocinas de a metro brotaba una canción picarona de Joaquín Sabina.

Alzó los ojos el padre Luis. Cerró el libro. Se desprendió de los anteojos bifocales.

—¿Tú eres el que me anda buscando?

Era un hombre muy gordo a quien el hábito franciscano hacía parecer un pope satisfecho, rotundo. Aunque tenía el cabello completamente blanco y según mis cálculos andaba por los ochenta, transpiraba vigor, energía, no sé si santidad. Su cara mofletuda le borraba todas las posibles arrugas.

Con el estribillo *y desnudos al anochecer nos encontró la luna* la canción de Sabina llegó a su término y el aparato se apagó automáticamente. El padre Luis me invitó a tomar asiento en un diván lateral, arrimado contra la pared, que parecía más propio de un psicoanalista que de un sacerdote. Me quedé en la orillita.

Tardé en abrir la boca porque no sabía cómo empezar; me sentía turbado, tonto, impertinente, y las técnicas de la entrevista noticiosa resultaban muletillas incómodas para abordar un tema al fin de cuentas personal. Fue necesario emprender un rodeo inacabable sobre mi visión turística de Guanajuato antes de explicarle, eso sí en pocas palabras, mi relación con la abuela, es decir con su prima Norma, y mis deseos de conocerlo personalmente y conversar con él a raíz del sorpresivo fallecimiento/

—Normita no ha muerto —interrumpió el padre Luis. Lo hizo levantando el índice y con él se rascó su enorme lunar en el mentón—. ¿Eres católico, hijo?

Asentí con vaguedad.

—Pues muy mal católico, pésimo debes ser, porque para nosotros la muerte no existe —volvió a levantar el índice—. La muerte es vida, hijo. Más vida. Mucha vida. Toda la vida que se puede alcanzar.

—Entiendo.

—¡Qué vas a entender! —exclamó con la misma expresión tantas veces utilizada por la abuela contra mí. Tú no entiendes, muchacho, me decía la abuela. Ése es tu problema, que no entiendes, no entiendes, no entiendes.

El padre Luis tosió, carraspeó, se limpió la boca con un pañuelo arrugado antes de soltarme un rollo imparable sobre el evangelio de San Juan, el pasaje de Lázaro, y citar una retahíla de textos de San Buenaventura que exponían muy bien, aseguró, los fundamentos teológicos de la vida eterna.

—En lugar de andar fisgoneando novelitas comunistas o masturbándote con películas pornográficas, lee a San Buenaventura, hijo, ponte a beber en las fuentes inagotables de los santos padres de la Iglesia. Entonces sí entenderás.

Le prometí hacerlo y aproveché su acción de guardarse el pañuelo trabajosamente bajo el hábito para soltar un rollo paralelo sobre mis largas conversaciones con la abuela en vistas a un libro que ella misma me pidió escribir para dejar testimonio de su paso por el mundo —así me había dicho, dije—. Y aunque el material recopilado hasta ahora me parecía abundante y rico en incidentes, generoso en mensajes vitales y morales muy propios para servir de guía a mucha gente, yo me sentí frenado de pronto por la muerte sorpresiva de la señora/

—Que la muerte no existe, hijo, no se te olvide.

/y consideré necesario entonces, importante, recurrir al padre Luis Lapuente para completar episodios cruciales que doña Norma dejó pendientes y que tal vez usted, padre Luis, tenga a bien relatarme, en la inteligencia de que estoy dispuesto a ser muy respetuoso de la intimidad pero también muy tenaz en mi empeño por llenar esos huecos fundamentales para mí.

—¿Y cuáles son esos huecos? ¿Qué quieres saber?

Sentí al padre Luis interesado en mi discurso, no sé si convencido ya. Dejó de moverse en la mecedora, depositó el libro en una mesita lateral, se puso de pie.

Con la gordura que le resultaba difícil mover, el viejo franciscano llegó hasta el estereofónico y extrajo el compacto de Joaquín Sabina. Le sopló, volvió a guardarlo en su caja y de un pequeño estantero eligió otro de Vivaldi, o de Bach, no estoy muy seguro, nunca supe mucho de música. Cuando volvió a tomar asiento en la mecedora, el silencio se llenó con los gratos sonidos del clásico.

—¿Cuáles son esos huecos? —volvió a preguntar. Tenía los ojos entrecerrados, los bifocales nuevamente puestos, las manos enlazadas sobre el vientre.

—¿Me permite hacerle una pregunta? ¿Una pregunta muy personal?

—Pregunta, hijo. —Parecía deleitarse con Vivaldi.

—Cuando usted era joven, mucho antes de irse al seminario, desde luego, ¿estaba enamorado de la abuela? Perdón, quiero decir: ¿estaba enamorado de su prima?... Eran muy jóvenes los dos, casi adolescentes.

—¿Enamorado yo?

—Ella me lo dijo. Me dijo que usted le escribía versos románticos. Declaraciones de amor.

Mientras se arrancaba los bifocales y abría grandes los ojos, el padre Luis tronó con una risa franca que sacudió su cuerpo con todo y mecedora.

—Cómo crees. Eso no es cierto. Qué barbaridad, cómo crees. —Dejó de reír y estiró su cabeza hacia el diván donde yo continuaba sentado. Bajó la voz: —Normita siempre fue mentirosa, pobrecilla. Muy mentirosa.

—Es que el sábado estuve en la casona y de pura casualidad encontré esto, en un libro olvidado.

Le tendí el papel amarillento doblado en tres que guardaba en el bolsillo de la camisa. Antes de desdoblarlo me miró fijamente y se enganchó los anteojos. Lo leyó con toda calma. Luego volvió a reír, ahora suavecito.

—No es mi letra. Es letra de Normita. —Como si lo hiciera casualmente arrugó el papel en el puño, lo convirtió en una bolita de basura.— Yo no tengo necesidad de mentirte, hijo, pero sí, Normita era muy fantasiosa. Ella misma copiaba esos versitos de los libros de la biblioteca y se ponía a esconderlos por dondequiera, para hacerse ilusiones de que yo se los mandaba. Estaba un poquito enamorada de mí, ésa es la verdad.

Dejé que se abriera un largo silencio —buen tip periodístico para incomodar a los entrevistados— y vi cómo el padre Luis, incómodo desde luego, volvía a ponerse de pie con dificultad. En dirección a un mueble largo y esquinado, junto a la ventana por donde empezaba a llegar la noche, arrojó como distraído la bolita en un cesto. Luego extrajo del mueble una estola morada, la besó con gesto sacerdotal y se la colgó al cuello.

—Muy bien, hijo. Muy bien, muy bien. Entiendo. Me convenciste. Es importante que en la historia de mi prima resplandezca la verdad, toda la verdad, porque la verdad nos hará libres: dijo Jesucristo por boca de San Juan. De acuerdo, muy bien. Yo voy a contarte cosas cruciales de la vida de Normita, no estas boberías romanticonas, pero antes tú necesitas limpiar tu alma con una buena confesión, una confesión sacramental, digo. ¿Me entiendes? Es la única forma de jugar limpio entre nosotros para que resplandezca la verdad. ¿Me entiendes, hijo?

No le entendía, por supuesto. Estaba atónito, desconcertado, con ganas de soltar una risotada francota, como las suyas, pinche viejo gordo, ¿qué pretende?

Avanzó hacia mí.

—¿Cuánto hace que no te confiesas, hijo?

—Yo no me confieso nunca.

—¿Nunca?

—De niño, hace muchos años.

—¿La última vez?

—La última vez cuando iba a casarme, creo. Nunca más.

—Pues ahora vas a hacerlo —dijo, muy serio, tocándose la estola—. Acuéstate.

—¿Qué?

—Aquí en el sofá. Acuéstate. —Y me dio un ligero empellón.

Aún ahora que recuerdo, meses después, aquel inverosímil episodio con el gordo franciscano en la casa cural de Guanajuato, sigo sin entender —no trates de entender, me insistía la abuela hasta el cansancio— cómo a pesar de mis protestas, de mis rotundas negativas, de mis burlas a la confesión, del regateo en que se convirtió el duelo verbal entre el sacerdote y yo, terminé como un prisionero idiota tendido en el diván con la cara hacia el techo y los ojos que no quería cerrar como jugando en un principio a enumerar pecados de niño, adolescente, joven: raterías, palabrotas, masturbaciones en el clóset, carrujos de mariguana a la salida de la prepa, y el fajo de billetes ahí, en un pasador de cobre, robado sin compasión al pendejo plomero que arreglaba un excusado en la casa de mis padres, para saltar después de esos deslices, sin saber bajo qué impulso febril de revelar secretos, hasta el Desierto de los Leones una tarde de lluvia con el Gordo Izaguirre y el Pelón Navarrete prendidos ya los tres por los carrujos y un pomo de tequila frente aquella muchacha de ojos negros y cara asustadísima, de no más de veinte años la chica, pechuda, caliente, en minifalda, que gemía y buscaba como ratita húmeda por dónde era posible arrancar a correr apenas la cercamos y entre gritos e insultos la asustábamos más cerrándole la huida, metiéndola en un círculo, agarrándola al fin de un brazo y de una pierna y a tiempo el costalazo brutal en el charco de lodo para buscar su boca y luego yo, yo que rasgué su blusa y el sostén amarillo con su filo de encajes y le mordí sus tetas y chupé sus pezones mientras el Gordo y Navarrete le detenían las piernas, pataleaba la chica, se defendía entre gritos de no y no y no, por favor ya no, y por supuesto sí, hija de puta, ahora vas a ver cómo te va por ese chingadazo, agárrenla, le gritaba al Pelón que de un tirón de uñas le sacó toda rota la pinche pantaleta; ya no rugió, ya no se defendía; se dejó coger primero de Izaguirre, después de Navarrete y yo la cabalgué el tercero, lleno el cuerpo de sangre, no sé de dónde y cómo tanta sangre, no sé de dónde salía como pluma fuente rajada el vomitón de sangre, de los madrazos sí que los tres le soltamos a lo bestia; allí quedó la pobre hecha una mierda y echamos a correr, cada quien por su lado y a su casa; después ya no volvimos a tratar el asunto: fue lo que fue, a olvidarnos de todo porque así se hace duro el corazón y el macho se hace macho, ya puede luego, muchos años más tarde, agarrar los embutes que te ofrecen a diario en el gobierno y aceptar esas dádivas, favores, para tener por fin una casita propia. Eso soy: uno más en la cola de la vida trabajando por el mísero sueldo del periódico. Eso soy: violador y ratero, ya ni quien me perdone.

—Dios perdona siempre —dijo el padre Luis.

Me tendió su pañuelo arrugado y sucio; con él me limpié la cara embarrada de lágrimas y mocos.

—Te voy a dar la absolución pero condicionada, hijo, ya sabes: la reparación del daño. *Ego te absolvo...* —soltó sus latinajos.

Yo me había sentado en el diván y le pedí pasar al cuarto de baño. Ahí vomité dentro de la taza.

Cuando regresé a la estancia todavía me zumbaba la cabeza. El gordo se estaba poniendo un abrigo negro sobre el hábito franciscano. Parecía un hombre de negocios.

—¿Te gusta caminar? —preguntó—. Vamos a callejonear si quieres, como dicen los turistas. A estas horas cae bien.

La noche era clarísima y el viento frío me hacía sentir más ligero, como aliviado de aquella pesadilla con ese gordo ojete que me tomó del brazo y me fue platicando de Luchita, la querida hija de la abuela. No recuerdo con precisión su relato porque me distraía imaginando estar en otro país, sorprendido por los callejones de subida y de bajada, cercados de viviendas y balcones y macetas y ese olor a tierra húmeda cuando acaba de llover. Tal vez yo podría como la abuela, pensé, regresar al pasado para enderezar el rumbo y elegir otra vida que me hiciera distinto del que soy.

—Luchita no abortó —me interrumpió el padre Luis—. ¿Sabías eso?

—Sí, le regaló su hijo a una sirvienta de Purísima del Rincón. Eso me contó doña Norma.

—¿No te digo?, Normita siempre fue mentirosa,
ya lo estás viendo. El niño se quedó conmigo en Guanajuato.

—Usted no estaba entonces en Guanajuato.

—Claro que estaba. El niño creció conmigo,
aquí. Fue como mi hijo: lo cuidé, lo mandé a la escuela,
estudió periodismo ya de grande. Se hizo periodista.

—Beto Conde.

—Cuando lo mató el trolebús me localizaron a
mí y fui a su entierro. Yo lo bendije por última vez.

Habíamos llegado a El Rincón de Extremadura,
una pequeña cantina de Guanajuato próxima a la Plaza
de San Roque; tal vez se había convertido en taberna el
viejo cafetín de Celestino González, pensé. El padre
Luis saludó confianzudo a un hombre espigado y nari-
gón, con la camisa arremangada a pesar del frío, que
se hallaba en la orilla más próxima de la barra, frente a
la caja registradora. Luego caminamos los dos hasta
una mesa en el fondo del establecimiento.

De no ser por una pareja de turistas empeña-
dos en frotarse las manos y en murmurarse palabritas y
chocar miradas, la taberna estaba vacía. Era un lugar
simpático, repleto de botellas detrás de la barra, con
mesitas rústicas de madera mal cortada y sillas con respaldo de metal, pintorescas pero incómodas.

El padre Luis pidió una botella de vino tinto de
la casa. Nos sirvieron dos en la hora y media que permanecimos en el lugar: él contándome cómo Luchita,
después de abandonar a su hijo la muy desnaturalizada, se fue a vivir a Monterrey con un licenciado en Administración de Empresas, no con un aventurero canadiense que buscaba oro en la mina abandonada de San
Quintín, como me contó doña Norma.

—Mentirosilla mentirosilla, te digo.

Según el gordo franciscano, Luchita seguía viviendo en Monterrey y nada quería saber de su madre
ni del único Lapuente que sobrevivió a la familia y que

era él, el padre Luis Lapuente. Pero él, el padre Luis Lapuente, había tomado la decisión de hacer un viaje a Monterrey para confesar a su sobrina, darle la absolución y convencerla de que Dios siempre está con nosotros, dijo.

En la segunda botella de tinto, mientras picábamos el jamón serrano y los variados quesos del enorme platón llevado hasta la mesa por un jovenzuelo pelado a rape, el padre Luis me relató su vida en el seminario de los franciscanos, su reconciliación tardía con su padre —el tío Grande de la abuela— en el momento justo de morir, si a eso le llamamos morir —dijo el sacerdote palmeándome el brazo—, porque la muerte no existe, hijo, ya lo sabes. El caso es que el tío Grande aceptó reconciliarse con su benjamín; no sólo eso: aceptó proferir una confesión general ante él en su mismo lecho de agónico. Confesión terrible al parecer, plagada de pecados contra el sexto y noveno mandamiento en mujeres como la Eufrosina de Silao, que el viejo dueño del gran rancho levantado por su propio esfuerzo no tuvo empacho en detallar a su hijo menor como para cerrar con el broche de oro del arrepentimiento su destino inevitable.

—Y así es —dijo el padre Luis—. Así es. Todos estamos llenos de pecados, empezando por mí. —Me volvió a palmear el brazo con su mano regordeta y chata antes de llevarse a la boca el último trozo de jamón serrano. Él también había tenido y caído en tentaciones, me confió para que yo lo supiera de una buena vez. A los cinco años de sacerdote estuvo a punto de colgar los pesados hábitos de franciscano cuando se entusiasmó hasta la fornicación con una viuda que presidía a las mujeres de la Orden Tercera de San Francisco por un solo detalle puntual: la tal viuda le recordaba, por el encaje de su cara, por su cuerpo quebrado a la mitad gracias a una cinturita de este tamaño, de este tamaño, hijo, imagínate, y por sus piernas per-

fectas, le recordaba nada menos que a la Normita chamaca con quien volaba papalotes en el prado posterior
de la casona y a quien años después escribía a mano,
con tinta negra y letra pálmer, versos románticos en papelitos escondidos por aquí y por allá.

—¿Lo ves, hijo?, te mentí —suspiró el padre
Luis—. Era cierto el cuento aquel de los papelitos, como
te lo contó mi prima, así fue. Y es que todos somos mentirosos, hijo. Todos tenemos pecadillos y pecadotes.

Se levantó el franciscano y llamó al jovenzuelo
pelado a rape para pedirle la cuenta. Se había bebido
él solo la segunda botella de tinto y su cuerpo enorme
se bamboleó al tratar de avanzar entre las mesas.

—Ya estoy pedo —dijo. Y soltó una risotada
para celebrar su vulgaridad.

Quedé de pasar por él al día siguiente para
acompañarlo —me pidió— al asilo de ancianos y al hospital psiquiátrico en su visita semanal de los miércoles.

Como a las nueve y media de la mañana llegué
en mi Tsuru blanco a la casa cural luego de comprar
un ejemplar de mi periódico a la salida del hotel. En
primera plana traía una extensa entrevista con Muñoz
Ledo. No era la mía por supuesto —no alcancé a re-
dactarla, ya lo dije—; estaba firmada por el canijo Luis
Moreno, quien por lo anunciado en los sumarios había
conseguido sacarle la sopa al difícil político, tal y como
lo exigía el jefe de información. Bien por Luis Moreno.
Empecé a leerla en el auto, a golpes de mirada, mientras conducía hasta el Jardín Unión.

El padre Luis ya había oficiado misa de ocho y
desayunado, me dijo, como rey: huevos con machaca,
frijoles refritos y unas enchiladas verdes, además de
bizcochos sopeados en el chocolatito de rigor. Se veía
feliz, satisfecho, retozón. Me trataba ahora como si me
conociera de tiempo atrás.

Fue larga y tediosa la visita al asilo de ancianos.
Viejos decrépitos, temblorosos, tristes —algunos de me-

nor edad que el padre Luis—, se apiñaban en torno al franciscano para pedirle favores, dinero, milagros, y el gordo sacerdote los animaba sacudiendo con su mano los cabellos de las ancianas o pellizcando los cachetes a los ancianos como si todos fueran niños. Todos lo parecían, la verdad. Tal vez eran vidas que estaban recomenzando un segundo ciclo, aunque sin esperanzas de llegar a una nueva juventud. Esa infancia era el final.

Como me adivinó cansado, aburrido —en realidad yo quería regresar a la Ciudad de México antes de mediodía y volver a Guanajuato otro fin de semana—, el sacerdote me propuso, mientras viajábamos al hospital psiquiátrico en las afueras, por el rumbo de Marfil, no acompañarlo en sus encuentros con los locos.

—Para qué, hijo.

Aunque este psiquiátrico era privado y los enfermos gozaban de comodidades y atenciones de las que se carecían en los hospitales mantenidos por el gobierno, la visita me podría parecer deprimente, dijo. Había aquí internos de todas las edades y todos los niveles de enfermedad, desde autistas y esquizofrénicos desahuciados, y lo que se dice locos furiosos apenas controlados por camisas de fuerza, pastillas en grandes dosis y no sé si electroshocks, hasta psicóticos tranquilos que de pronto asumían actitudes de la llamada gente normal.

—No hace falta.

No me asustaban los locos, más de una vez trabajé notas en el Fray Bernardino de Tlalpan y en las famosas granjas de la vieja carretera a Puebla, pero agradecí el comedimiento del gordo franciscano. Realmente carecía de humor para asomarme a miserias y decrepitudes. Con los ancianos del asilo ya había tenido suficiente.

Crucé con el sacerdote las oficinas de la entrada y él mismo me detuvo, después de saludar a un par de enfermeras a quienes les soltó una picardía, en un corredor de arcadas al aire libre que miraba a un enorme jardín. Era la zona de consulta externa por donde se veían cruzar a intervalos médicos y afanadoras, algunos internos quizá.

—Aquí puedes esperarme —dijo el padre Luis—. Voy de entrada por salida, no me tardo.

Lo vi desaparecer por las grandes rejas de un pasillo, ligero como si hubiera olvidado en el auto el peso de su obesidad, y me senté en una banca de madera a leer la entrevista con Muñoz Ledo. Bien por Luis Moreno. Qué envidia. La entrevista le había salido realmente redonda.

El voy de entrada por salida se prolongaba ya más de cuarenta y cinco minutos —pinche gordo ojete— cuando me aventuré por el jardín. Sobre el pasto recién cortado como para un partido de golf se alzaba a tiro de piedra una gran fuente, con alto surtidor, entre arriates de malvones, pensamientos, margaritas, azaleas que intentaban convertir aquella cárcel en algo semejante a un hotel de Taxco de cuatro estrellas por lo menos. A la izquierda del jardín localicé una severa construcción, sin duda reciente, integrada a la que supuse un ala de laboratorios, de salas para médicos, tal vez un instituto de investigación psiquiátrica. Crucé bajo una arcada y continué por un pasillo amplio, largo. Todo era soledad, asepsia, silencio, de no ser por una música muy suave que empecé a distinguir: salía de una puerta a medio cerrar. Me asomé como lo habría hecho cualquier reportero y de un vistazo, a la distancia, creí encontrarme frente a una especie de suite, dividido el espacio por una salita que antecedía sin duda a la habitación propiamente dicha. Un sillón se esquinaba en relación con la puerta y en él se distinguía una figura, un hombre, tarareando en murmullos la *Estrellita* de Ponce que brotaba del aparato de radio.

Oí su voz.

—Pásele, pásele, lo estaba esperando.

No era un hombre, era una mujer, una anciana con el cabello ondulado. Su rostro, al volverse, me recordó de súbito a la abuela. Era la abuela. Todas las ancianas eran la abuela. Todas la misma. Todas iguales. Todas idénticas: con el rostro encarrujado, con un vestido blanco como faldón, con unas horribles pantuflas de peluche, lentes gruesos como fondo de botella y detrás unos ojos de canicas ágata.

Me sonreía cuando la vi de frente, atónito. Con un gesto me indicó la presencia de un taburete para que me sentara delante de ella, pero no obedecí. Me mantuve de pie tratando de distinguirla, de precisarla entre todas las ancianas idénticas del mundo mientras ella se llevaba su mano de raíces a la boca para extraer una dentadura que depositó dentro de un vaso de agua, en la mesita lateral.

—¿No trae grabadora? —preguntó.

La vida que se va terminó de imprimirse en junio de 1999, en Litográfica Ingramex, S.A de C.V. Centeno 162, Col. Granjas Esmeralda, C.P. 09810, México, D.F. Cuidado de la edición: Sandra Hussein, Rafael Serrano y Rodrigo Fernández de Gortari.